アクセル・ワールド 18
黒の双剣士

川原 礫
イラスト／HIMA
デザイン／ビィピィ

「……こちらもそろそろ始めるか、グラフ」
黒雪姫
新生《ネガ・ネビュラス》の
レギオンマスター。
梅郷中学副生徒会長。
デュエルアバターは
《ブラック・ロータス》。

「いつでもいいぜ、ロッタ」
グラファイト・エッジ
元《ネガ・ネビュラス》幹部
《四元素（エレメンツ）》の一人。
目的も正体も依然謎に包まれている。
「私は大丈夫なのです!!《スーパールミナル・ストローク》!!」
四《シ》埜《ノ》宮《ミヤ》謡《ウタイ》
新生《ネガ・ネビュラス》のメンバー。
《四元素（エレメンツ）》の一人。
デュエルアバターは
《アーダー・メイデン》。

「そ、そーゆーんじゃないし！」
奈胡志帆子《ナゴシホコ》
親友三人からなる小規模レギオン
《プチ・パケ》のマスター。
シルバー・クロウと協力し、
親友二人をISSキットから解放することができた。
アバターは《ショコラ・パペッター》。
「──まあ、その、なんだ。
あたしも、シホはかわいいと思うよ」
「ナマで会えばあのカラス君だって
一撃KOだね！」
由留木結芽《ユルキユメ》
小規模レギオン
《プチ・パケ》のメンバー。
アバターは《プラム・フリッパー》。
三登聖実《ミトサトミ》
小規模レギオン
《プチ・パケ》のメンバー。
アバターは《ミント・ミトン》。

「今日くらいは、二人で同じもの頼んでもいいよね」

「そんなものでしょう、バーストリンカーなんて」

高《タカ》野《ノ》内《ウチ》雪《ユキ》
《レオニーズ》のレギオンマスター《ブルー・ナイト》の側近。

アバターは《マンガンブレード》。

高《タカ》野《ノ》内《ウチ》琴《コト》
《レオニーズ》のレギオンマスター《ブルー・ナイト》の側近。

アバターは《コバルトブレード》。

「カウントします。
5、4、3、2、1……ゼロ!!」
ハルユキ
中学内格差《スクールカースト》最底辺の少年。
新生《ネガ・ネビュラス》のメンバー。
デュエルアバターは《シルバー・クロウ》。

「——行きなさい、鴉さん!!」

倉《クラ》崎《サキ》楓《フウ》子《コ》
新生《ネガ・ネビュラス》のメンバー。

《心意》をハルユキに伝授した《お師匠様》。

デュエルアバターは《スカイ・レイカー》。

「K」
「パド、来週の《ラビリンス》、楽しみにしてっからな」
ニコ
《プロミネンス》のレギオンマスターである《赤の王》。デュエルアバターは《スカーレット・レイン》。
《ブラッド・レパード》
《プロミネンス》のサブマスター。《三獣士（トリプレックス）》の一角。本名は掛居美早（カケイミハヤ）。

アクセル・ワールド 18
黒の双剣士

川原 礫
イラスト／HIMA
デザイン／ビィピィ

■黒雪姫（クロユキヒメ）＝梅郷中学の副生徒会長。清楚怜悧なお嬢様。その素性は謎に包まれている。学内アバターは自作プログラムの『黒揚羽蝶』。デュエルアバターは《黒の王》『ブラック・ロータス』（レベル９）。
■ハルユキ＝有田春雪（アリタ・ハルユキ）。梅郷中学二年。いじめられっ子で太り気味。ゲームは得意だが、内向的。学内アバターは『ピンクのブタ』。デュエルアバターは『シルバー・クロウ』（レベル５）。
■チユリ＝倉嶋千百合（クラシマ・チユリ）。ハルユキの幼馴染。お節介焼きな元気娘。学内アバターは『銀色の猫』。デュエルアバターは『ライム・ベル』（レベル４）。
■タクム＝黛拓武（マユズミ・タクム）。ハルユキ、チユリとは幼少期からの知り合い。剣道が得意。デュエルアバターは『シアン・パイル』（レベル５）。
■フーコ＝倉崎楓子（クラサキ・フウコ）。旧《ネガ・ネビュラス》に所属していたバーストリンカー。《四元素（エレメンツ）》の一人。《風》を司る。とある事情により隠匿生活をおくっていたが、黒雪姫とハルユキの説得により戦線に復帰する。ハルユキに《心意》システムを授けた。デュエルアバターは『スカイ・レイカー』（レベル８）。
■ういうい＝四埜宮謡（シノミヤ・ウタイ）。旧《ネガ・ネビュラス》に所属していたバーストリンカー。《四元素（エレメンツ）》の一人。《火》を司る。松乃木学園初等部四年生。高度な解呪コマンド《浄化》を扱えるだけでなく、遠距離攻撃も得意とする。デュエルアバターは『アーダー・メイデン』（レベル７）。
■カレントさん＝正式名称はアクア・カレント。本名は氷見（ヒミ）あきら。旧《ネガ・ネビュラス》に所属していたバーストリンカー。《四元素（エレメンツ）》の一人。《水》を司る。《唯一の一（ザ・ワン）》と呼ばれる、新米リンカーの護衛を請け負う《用心棒（バウンサー）》。
■グラファイト・エッジ＝本名は不明。旧《ネガ・ネビュラス》に所属していたバーストリンカー。《四元素（エレメンツ）》の一人。いまだその正体は謎に包まれている。

■ニューロリンカー＝脳と量子無線接続し、映像や音声など、あらゆる五感をサポートする携帯端末。
■ブレイン・バースト＝黒雪姫からハルユキに転送されたニューロリンカー内のアプリケーション。
■デュエルアバター＝ブレイン・バースト内で対戦する際に操るプレイヤーの仮想体。
■軍団＝レギオン。複数のデュエルアバターで形成される、占領エリア拡大と利権確保を目的とする集団のこと。主要なレギオンは７つあり、それぞれ《純色の七王》がレギオンマスターを担っている。
■通常対戦フィールド＝ブレイン・バーストのノーマルバトル（１対１格闘）を行うフィールドのこと。現実さながらのスペックを持つが、システムはあくまで一昔前の格闘ゲームレベルのもの。
■無制限中立フィールド＝レベル４以上のデュエルアバターのみが許可されるハイ・プレイヤー向けのフィールド。《通常対戦フィールド》とは段違いのゲームシステムが構築されており、その自由度は次世代ＶＲＭＭＯにも全くひけを取らない。

■運動命令系＝アバターを制御するために扱うシステム。通常はすべてこのシステムによってアバターは操作される。
■イメージ制御系＝自身が強く想像（イメージ）することによってアバターを操作するシステム。通常の《運動命令系》とはメカニズムが大きく異なり、扱えるものはごく少数。《心意》システムの要諦。
■心意（インカーネイト）システム＝ブレイン・バースト・プログラムのイメージ制御系に干渉し、ゲームの枠を超えた現象を引き起こす技術。《事象の上書き（オーバーライド）》とも言う。

■加速研究会＝謎のバーストリンカー集団。《ブレイン・バースト》をただの対戦ゲームとしては考えておらず、何事かを企む。《ブラック・バイス》、《ラスト・ジグソー》が所属している。
■災禍の鎧＝クロム・ディザスターと呼ばれる強化外装。装着すると、対象アバターのＨＰを吸い取る《体力吸収（ドレイン）》や、敵の攻撃を事前に演算・回避する《未来予測》など強力なアビリティが使用可能となる。しかしその所有者は、クロム・ディザスターに精神を汚染され、完全に支配される。
■スターキャスター＝クロム・ディザスターが持つ大剣のこと。禍々しい形状をしているが、本来の姿は、その名の通り、星のように輝く厳かな名剣である。

■ＩＳＳキット＝ＩＳモード練習（スタディ）キットの略。ＩＳモードとは《インカーネイト・システム・モード》のことで、このキットを使えば、どんなデュエルアバターでも《心意システム》が使用可能となる。使用中は、アバターのいずれかの部位に赤い《眼》が張り付き、《心意》の象徴である《過剰光（オーバーレイ）》が、黒いオーラとして放出される。

■《七の神器（セブン・アークス）》＝《加速世界》に７つある、最強の強化外装群のこと。内訳は、大剣《ジ・インパルス》、錫杖《ザ・テンペスト》、大盾《ザ・ストライフ》、形状不明《ザ・ルミナリー》、直刀《ジ・インフィニティ》、全身鎧《ザ・ディスティニー》、形状不明《ザ・フラクチュエーティング・ライト》。

■《心傷殻》＝デュエルアバターの礎となる《幼少期の傷》、その心の傷を包む殻のこと。その殻が並外れて強固で分厚い子供が、メタルカラーのデュエルアバターを生み出すという。

■《人造メタルカラー》＝対象者の心の傷から自然に生まれる特性ではなく、第三者によって《心傷殻》をより厚くさせ、人為的に誕生させたメタルカラーアバターのこと。

■《無限ＥＫ》＝無限エネミーキルの略。無制限中立フィールドに於いて、強力なエネミーによって対象のアバターが死亡し、一定時間経過後再び復活してもまたそのエネミーに殺される、その無限地獄に陥ってしまうこと。

accel World 18

1

茜色《あかねいろ》の空より降り注ぐ、漆黒《しっこく》の流星。

高さ二百三十メートルの威容《いよう》を誇る渋谷《しぶや》ラヴィン・タワーの屋上から一直線に落下してくるデュエルアバターは、細身のシルエットが数倍の大きさに感じられるほどの高密度なオーラをまとっていた。

その存在感は、七の神器《セブン・アークス》に列せられる十字の大盾《おおたて》《ザ・ストライフ》を携《たずさ》える緑の王、グリーン・グランデにも引けを取らないとハルユキには感じられた。

あれほどの高さから何の備えもなく地面に墜落《ついらく》すれば、当人が即死するのはもちろん、落下地点にいる対戦者も無事では済まない。しかし、この対戦ステージ兼会談場の開始者《スターター》となったのは、緑のレギオン《グレート・ウォール》の幹部集団《六層装甲《シックス・アーマー》》の第三席アイアン・パウンドと第二席ビリジアン・デクリオンだ。いま落下中の黒いアバターは、ハルユキたちと同じ観戦者《ギャラリー》のはずなので、どんな高さから落ちても死なないし周囲に被害をもたらすこともない。

にもかかわらず、ステージに集《つど》う十三人のうち、ハルユキを含む十一人が口々に驚《おどろ》きの声を漏《も》らしながら――実際には、ハルユキは「うおわあああ⁉」と悲鳴を上げてしまったのだが――落下予想地点から飛び退《の》いた。微動だにしなかったのは、グリーン・グランデと、黒の王ブラック・ロータスだけだった。

二本の長剣を交差させて背負い、ロングコート状の装甲板を四方に広げた黒いアバターは、胸の前でがっちりと両腕を組み、昂然《こうぜん》とフェイスマスクをもたげた姿勢のまま真っ逆様に落下し続けた。会談場となったラヴィン・スクエア中央棟《ちゅうおうとう》屋上広場の大理石《だいりせき》の床面が間近に迫《せま》り、このままでは顔面から衝突《しょうとつ》する——と思われたその時、アバターがぎゅんっと体を前方に回転させた。

あたかも体操選手の如《ごと》く、腕組みしたまま超高速の伸身前方宙返りを披露《ひろう》し、最後の瞬間《しゅんかん》に両手を突き出して膝《ひざ》を曲げる。

ドン！　と、ギャラリーの落下にしては派手な効果音が響《ひび》いた。

控えめな土埃《つちぼこり》エフェクトが薄《うす》れると、漆黒《しっこく》の双剣士《そうけんし》アバターは、ブラック・ロータスの眼前ほんの二メートルの場所に見事な着地を決めていた。

いや、タイミングも姿勢制御も完璧《かんぺき》ではあったのだが、それでもこの着地を見事と表現していいのかハルユキは少々迷った。なぜなら双剣士は、両足の裏ではなく、両手と両膝を床面に着けて頭を深々と下げていたからだ。

この体勢を表現し得る言葉はたった一つ——土下座《どげざ》。

高度二百三十メートルからの、前方十五回宙返りジャンピング土下座だ。

額を床面に擦《こす》りつけんばかりにしながら、双剣士は強い芯《しん》のある声を凜然《りんぜん》と響かせた。

「すまん、ロッタ！」

「…………」

この場に居合わせる誰《だれ》もが、それぞれの理由で絶句した。ハルユキは、そして恐らくタクムとチユリも、わけが解《わか》らないにも程《ほど》がある展開に呆然《ぼうぜん》としたからだが、楓子《フウコ》やあきらたちネガ・ネビュラスの古参メンバーはなぜかガクリと肩を落とし、パウンドたちグレート・ウォールの幹部はやれやれと首を振った。そして黒の王ブラック・ロータスは、言葉の選択に迷うかのように何度か肩を上下させてから、少しばかり冷ややかな声で応じた。

「そのロッタというのはやめろと、何回言わせるんだ……グラフ」

グラフ。どうやらそれが、黒い双剣士の名前らしい。

どこかで聞いたような……と二秒ばかり考えてから、ようやく思い出す。それは、いままで何度か、あきらや楓子、謡《ウタイ》、黒雪姫《クロユキヒメ》の口から出た名前だ。アバターネームの、最初の三文字を取ったあだ名。

フルネームは、グラファイト・エッジ。

ネガ・ネビュラスの幹部たる《四元素《エレメンツ》》の、最後の一人――。

「なっ…………な、なん…………」

ハルユキは、半歩下がりながら口をぱくぱくさせた。グラファイト・エッジは、あきらや謡と同じように、三年前の帝城《ていじょう》攻略戦で四神《しじん》ゲンブの守る北門に於《お》いて無限エネミー《E》・キル《K》状態に陥《おちい》り、現在も封印されたままのはずだ。正確には無限EKになっても無制限中立フィールドにダイブできないだけで、この会談場を含む通常対戦フィールドには問題なく出入りできるのだが、それにしても消息不明と言われていた彼がどうしていまここに。

驚愕《きょうがく》と混乱のあまり、頭から巨大なクエスチョンマークが幾《いく》つも実体化しそうになった時、すすっと隣《となり》に寄ってきた謡《ウタイ》が囁《ささや》いた。

「クーさん、アレが誰《だれ》かは解《わか》ったみたいですね？」

「は……はい、四元素の、グラファイト・エッジさん……ですよね。でも、なんで……」

どうにか頷《うなず》いてから、脳内に山ほど渦巻く疑問を口にしようとしたが、謡は先んじて素早くかぶりを振る。

「グラフさんのすることにいちいち驚《おどろ》いたり慌《あわ》てたりしてたらキリがないのです。アレはもう、あーゆーモノだと思って受け流すのがコツなのです」

「は、はあ……」

謡にとっては古い仲間との感動的な再会シーンであるはずなのだが、そんな気配はみじんも感じられないアレだのモノ呼ばわりに唖然《あぜん》としていると、謡の向こう側に立つ楓子《フウコ》とあきらもこくこく頷いた。

ことさら感激しているわけでもないのは黒雪姫《クロユキヒメ》も同様らしく、盛大なため息をついてから、平伏し続けるグラファイト・エッジに再び声を掛けた。

「だいたい、何が『すまん』なんだ？　三年ぶりの対面早々、土下座《どげざ》で謝られてもわけが解らんぞ」

ジャンピング土下座の理由を問われた双剣士《そうけんし》は、ほんの少し頭を上げながら答えた。

「いや、まあ、そのぉ、何と言いますか……俺、実はいま、ネガビュじゃないトコにお世話になっちゃってまして……」

「ほう？」

「んで、なんか肩書きっぽいのも貰《もら》っちゃってまして……」

「ほう？」

「具体的にはですね、ええと、あー…………」

のらくらと煮え切らない答弁に、とうとう怒《いか》りを爆発《ばくはつ》させたのは、黒陣営《じんえい》ではなく緑陣営のビリジアン・デクリオンだった。深緑色の鎧兜《よろいかぶと》を着込んだ剣闘士《けんとうし》型アバターは、ブーツで床を強く踏《ふ》みながら、張りのある声で叫んだ。

「いいかげんその情けない格好をやめたらどうだ！　どんな事情があろうと、ここに来たからには、貴様は我々の代表なのだぞ！　正々堂々、胸を張って名乗ればよかろう！」

……我々の、代表？

とはいかなる意味なりや。ハルユキが再び首を傾《かし》げていると、左にいるタクムが、掠《かす》れた声で呟《つぶや》いた。

「そうか……そういうことなのか」

何がそういうことなんだよ、と訊《たず》ねる必要はなかった。デクリオンに叱責《しっせき》されたグラフは、観念したように頭《こうべ》を垂れると、土下座《どげざ》スタイルからいきなり倒立《とうりつ》し、ふわりと体を反転させて立ち上がったのだ。

同じ黒色ではあるが、黒水晶《モリオン》のように煌《きら》めく半透過《はんとうか》装甲を持つブラック・ロータスに対して、しっとりとした質感のある半艶消し《ハーフマット》装甲のグラファイト・エッジは、精悍《せいかん》なデザインのフェイスマスクを黒陣営《じんえい》の七人に向けながら名乗った。

「んじゃ、お初の面々もいることだし、改めて自己紹介させてもらうかな。俺はグラファイト・エッジ。昔はネガ・ネビュラス四元素……そしていまは、グレート・ウォール六層装甲の、第一席っつーことになってる。ロッタ、レッカ、カリント、デンデン、久しぶり。新顔の三人、よろしくな」

双剣士《そうけんし》の飄々《ひょうひょう》とした挨拶《あいさつ》を聞いた途端《とたん》、謡《ウタイ》が「むー」と軽く唸《うな》った。恐らくは《デンデン》なる可愛《かわい》らしいあだ名で呼ばれたからだろうが、ハルユキにそのことをどうこう考える余裕はなかった。

六層装甲の、第一席。それはつまり、ビリジアン・デクリオンの上に立つ、緑のレギオンのナンバーツーということではないか。

驚《おどろ》いたのはネガ・ネビュラスのメンバーだけではなかった。グランデとデクリオンを除いたグレート・ウォール側の四人は、一様に上体を仰《の》け反らせ、口々に声を漏《も》らした。

「第一席が……元ネガビュ⁉」と、アイアン・パウンド。

「あの……《アノマリー》……」と、リグナム・バイタ。

「アンタが、ビリーさんに勝って、ボスと引き分けたデスか⁉」と、サンタン・シェイファー。

「こいつはブッタマゲッティングだぜ‼」と、アッシュ・ローラー。

その反応を見て、ハルユキはようやく数分前のパウンドの台詞《せりふ》を思い出した。確かに彼は、第一席と会ったことがあるのは緑の王とデクリオンだけで、それ以外のメンバーは顔はおろか名前も知らないのだと言っていた。

体を百八十度回転させ、グレート・ウォールのメンバーに相対したグラファイト・エッジは、ヘルメットの側面を指先でこりこり引っ掻《か》きながら言った。

「《矛盾存在《アノマリー》》か、懐《なつ》かしい二つ名だなぁ。グッさんとビリー以外にも俺の名前を知ってる奴《やつ》もいるみたいだけど、まあ一応な。二年と十一ヶ月前から第一席をやらせて貰《もら》ってるグラファイト・エッジだ。以後よろしく」

パウンドたちは、突然登場したレギオンのナンバーツーにどう反応すべきか迷うかのように硬直を続けていたが、やがて「……ども」「オス」などと短く挨拶を返した。その様子を尚も呆然《ほうぜん》としながら眺《なが》めていると、隣《となり》の謡がかすかな呟《つぶや》きを漏らした。

「二年……十一ヶ月前……」

咄嗟《とっさ》にハルユキは脳裏でカレンダーを遡《さかのぼ》った。いまが二〇四七年七月なので、二年十一ヶ月前は二〇四四年の八月ということになる。

それは、黒雪姫《クロユキヒメ》が、初代赤の王レッド・ライダーの首を落とした月。

そして第一期ネガ・ネビュラスが、帝城《ていじょう》攻略戦での大敗を経て消滅《しょうめつ》した月だ。

つまりグラファイト・エッジは、レギオン消滅の直後にはもうグレート・ウォールに移籍《いせき》していたことになる。あまりと言えばあまりな変り身の早さだ。

十数人の視線を一身に集める黒い双剣士《そうけんし》は、プレッシャーなど一切感じていないかのようにひょいと肩をすくめると言った。

「さて、俺の乱入でちと時間食っちまったな。残り二十分か、こりゃさくさく話を進めないとヤバイな……つーわけで、後は頼《たの》むよ、ロッタ」

「……ここで私に丸投げするなら、お前は何をしに出てきたんだ……」

他にも色々言いたいことが山積みであろう黒雪姫は、しかしそれを短いため息に紛《まぎ》らわせると一歩前に出た。

「だがまあ確かに時間がない。予想外の顔ではあるが双方七名ずつ揃《そろ》ったことだし、さっそく会談を始めさせて貰《もら》うぞ」

そう宣言すると、広場の中央に二脚向かい合わせで設置されているベンチの片方に歩み寄る。十字盾《たて》を背中に装着したグリーン・グランデも無言で移動し、二人の王はそれぞれのベンチの中央にがしっと腰掛ける。

楓子《フウコ》と謡《ウタイ》、あきらが黒雪姫の右側に座ったので、ハルユキはそそくさと左側に腰を下ろした。するとなぜか正面がグラファイト・エッジになってしまい、慌《あわ》てて顔を伏せる。

ネガ・ネビュラス四元素で唯一《ゆいいつ》の男性バーストリンカー。緑の王グリーン・グランデと一対一の戦いで引き分け、誰《だれ》もが恐れる神獣級《レジェンド》エネミー《太陽神インティ》にも挑《いど》んだという猛者《もさ》。黒鉛《グラファイト》という、純色の黒に限りなく近いカラーネームを持つ正真正銘《しょうしんしょうめい》のハイランカー――。

この人物の登場をどのように受け止めればいいのか解《わか》らず、ハルユキは上目遣いに黒い双剣士を盗み見た。シルバー・クロウの鏡面ゴーグルと同じく、グラフの鋭利《えいり》な形状のゴーグルもアイレンズを隠《かく》すタイプで、アバターの内面をまったく感じさせない。

敵なのか、味方なのか。

何かを企《たくら》んでいるのか、そうでないのか。

この場にメタトロンを呼び出して、グラフを《観《み》て》もらえば色々と解るはずだが、万が一グレート・ウォール側にアイコンを見咎《みとが》められて説明を求められたら残り時間を全部使っても終わらないだろう。いまは、ハルユキ自身がしっかりと見て、感じるしかない。

などと考えているうちに全員がベンチに座り終え、再び黒雪姫が発言した。

「まずは、我々の求めに応じてくれたグレート・ウォールの諸君《しょくん》に改めて感謝する。先ほども言いかけたが、この会談の目的は、加速研究会への対抗策を論じることだ。先週の七王会議で

ISSキット本体の破壊《はかい》と全《すべ》てのキット端末《たんまつ》の不活性化が確認されたが、これで研究会が動きを止めるとは我々は考えていない。奴《やつ》らは、キット本体から転送された負の心意エネルギーを使って、より大規模な破壊と混沌《こんとん》を加速世界にもたらそうとするだろう。それを、未然に防ぎたい」

静かだが冷厳とした意思を秘めた言葉に、黒サイドのみならず緑サイドのグラフとグランデ以外の面々もいくぶん背筋《せすじ》を伸ばした。アイアン・パウンドが、鋼鉄《こうてつ》のグローブを嵌《は》めた右手を軽く持ち上げて発言する。

「そりゃまあ、俺らもミッドタウン・タワーのISSキット本体を破壊するために、あそこを守ってたメタトロンのヤローをぶっとばせるチャンスを何ヶ月も待ち続けたくらいだからな……」

メタトロンを召喚《しょうかん》していなくてよかった！　と心の底から思いつつも、ハルユキはパウンドの言葉に耳を傾けた。

「……研究会の連中がまたぞろ何かを企《たくら》んでるっつうなら、それをぶっ潰《つぶ》すのはやぶさかじゃねーよ。だが黒の王、どうやらあんたは、奴らが次に何をするのかを、具体的に推測できてるみたいだな。なぜだ？　そして、どうしてこの話を、ネガビュと仲がいい赤のレギオン《プロミ》じゃなくてウチに持ってきたんだ？」

当然の疑問と言えるだろう。先の七王会議では、ハルユキたちが加速研究会の本拠地《ほんきょち》で体験したことをほとんど報告できなかったのだから。

どうにか王たちに周知できたのは、キット本体から膨大《ぼうだい》な心意エネルギーが転送されたことだけで、それを受け入れる器となったウルフラム・サーベラスや、赤の王の強化外装を奪《うば》って造り出された災禍《さいか》の鎧《よろい》マークⅡ、そして本拠地の具体的な位置に関しても秘匿《ひとく》せざるを得なかった。

赤の王が《インビンシブル》のパーツを一つ失ったままであることを知れば、黄の王あたりがまた良からぬ企みを巡らせかねないし、本拠地の位置を公開することは、七王のレギオンのひとつが研究会の隠れ蓑《かくれみの》であると何の証拠《しょうこ》もなく宣言するに等しいからだ。

その状況は、七王会議の時から変わっていない。いったい黒雪姫《クロユキヒメ》はパウンドにどう答えるつもりなのか、とハルユキが息を詰めていると、少し離《はな》れて座る楓子《フウコ》が発言した。

「拳《ケン》ちゃん……いえパウンド。あなたの疑問に答えることは簡単よ。でも残念ながら、わたしたちの体験と信念以外に、その答えが正しいと証明する根拠は存在しないわ。つまり、聞けば、あなたたちは選択しなくてはならなくなる。わたしたちを信じて全面的に協力するか……あるいは信じずに今後一切の交渉を断つか」

「……ずいぶんと両極端な選択肢《せんたくし》だ」

低い声で唸《うな》ったのは、ハルユキから見て緑の王の右に座るデクリオンだ。

「部分的に信用して、限定的に協力するという選択はないのか？」

「ないわ。聞けば、その理由も解《わか》る」

「…………」

デクリオンは両眼を細めて沈黙《ちんもく》し、パウンドも考え込むように腕を組んだ。レギオンのナンバーツーにして六層装甲第一席のグラフは微動だにせず、リグナムとサンタンも沈黙を守っている。

視界上部の残り時間が九百秒を切った時、がつん！　という無遠慮《ぶえんりょ》な音が響《ひび》いた。ベンチの端《はし》に座るアッシュ・ローラーが、ごついライディング・ブーツの踵《かかと》を大理石《だいりせき》のタイルに落としたのだ。

「ギガ・マダルッコイ展開だぜ。ここまで来たらネガビュは言わなきゃネバー・ビギンだし、グレウォも聞かなきゃボーン・ブレイクのゲット・タイヤードだろ？　悩むだけウェイスト・オブ・タイムってもんだぜ」

「最後の《時間の無駄《むだ》》だけ正しい英語なのが余計にイラッときましたよ、アッシュ」

楓子《フウコ》の声に、世紀末ライダーはしゅばっと両足を揃《そろ》えて背筋《せすじ》を伸ばす。そのやり取りに軽く苦笑したデクリオンは、ちらりとレギオンマスターを見やり、沈黙を守る緑の王の横顔に何らかの意思を見出《みいだ》したかのように頷《うなず》いた。

「……よかろう。どんな爆弾《ばくだん》なのかは知らないが、確かに聞かねば始まらないし、骨折り損のくたびれ儲《もう》けというものだ。……その《答え》とは何なんだ？」

「………では、話そう」

呟《つぶや》くように応じた黒雪姫《クロユキヒメ》は、視線を港《みなと》区エリア方面の夕焼け空に向けながら続けた。

「ミッドタウン・タワー上層階から転送された心意エネルギー。その行き先を、我々はすでに突き止めている」

「……⁉　ならどうして、七王会議で報告しなかった⁉」

アイアン・パウンドの問いかけにすぐには答えず、黒の王は空から戻した視線をちらりと左——ハルユキたちに向けた。

「ここから先は、私ではなくシルバー・クロウ、シアン・パイル、そしてライム・ベルの三人が体験したことだ。クロウたちは、ミッドタウン・タワーから逃亡した加速研究会メンバーを追跡して、奴《やつ》らの本拠地《ほんきょち》への潜入《せんにゅう》に成功した。時をほぼ同じくして、私とスカイ・レイカー、アクア・カレント、アーダー・メイデンはISSキット本体を破壊《はかい》し、心意エネルギーの転送現象を目撃《もくげき》した。そのエネルギーは、クロウたちが戦っているまさにその場所に降り注ぎ……そこに存在した強化外装を汚染して、最悪の怪物を生み出した……」

「……怪物、デスか？」

鸚鵡《おうむ》返《がえ》しに呟いたサンタン・シェイファーに頷きかけると、黒雪姫は言った。

「その怪物をどう呼ぶべきか……もういちど教えてくれ、シルバー・クロウ」

突然指名され、ハルユキは緊張《きんちょう》しつつも頷いた。

「は……はい。あれは……新しい《鎧《よろい》》。災禍《さいか》の鎧、マークII……です」

「なん…………」

「だと…………」

緑の王の右側で、デクリオンとパウンドが異口同音に呻《うめ》いた。リグナムとシェイファーは揃《そろ》って胸の前で両手を握《にぎ》り合わせ、グラフさえもかすかにフェイスマスクを動かす。

「い、いや、しかし……いくら研究会の連中でも、作ろうと思って作れるモンなのか⁉　元々の《鎧》ってのは、何年もかけて何人ものバーストリンカーに取り憑《つ》いて、その結果とんでもねえスペックになっちまったんだろ⁉　それを、そんな簡単に……」

叫ぶパウンドの、灰色のアイレンズをしっかりと凝視《ぎょうし》しながらハルユキは言った。

「簡単に、ってことはなかったと思います。研究会は、ヘルメス・コードのレースに乱入して、心意システムの威力《いりょく》を観客に見せつけた。次にISSキットを何十人ものバーストリンカーに感染させて、彼らの負の心意をキット本体に溜《た》め込んだ。それらはみんな、新しい災禍の鎧を作るためだったんです。結果出来上がったマークIIは、単純なパワーだけなら、オリジナルを遥《はる》かに超えてました。解《わか》るんです……僕は、最後の《クロム・ディザスター》でしたから」

「………」

かつてディザスター化したハルユキと戦い、破れた経験のあるパウンドは、その時貫《つらぬ》かれた胸アーマーに右手を触《ふ》れさせながら沈黙《ちんもく》した。

パウンドから外した視線を順に緑の幹部たちに向けながら、ハルユキは続けた。

「生まれたてのマークⅡは、エネミーみたいに暴れるだけで、知能のようなものは感じませんでした。それでも僕は手も足も出なくて……けど、頼《たの》もしい助けもあって、どうにか行動停止に追い込むところまでは行けたんです」

あの戦場には、ハルユキとタクム、チユリだけではなく、ニコとパドさん、そして大天使メタトロンがいた。ことにメタトロンが自《みずか》らの命を削《けず》ってまで守ってくれなければ、ハルユキはマークⅡの虚無《きょむ》属性レーザーに直撃《ちょくげき》されて蒸発していただろう。

しかし、いまはまだ彼女たちの名前は出せない。胸の奥で改めて感謝するに留《とど》めつつ、話を締《し》めくくる。

「でも、元の強化外装に還元《かんげん》しようとした時、依代《よりしろ》になってたバーストリンカーのグローバル接続が外部から切断されてしまって……マークⅡはいまも、研究会の手中にあります。奴《やつ》らがあれを使って何をするつもりなのかは解りませんが、たぶんマークⅡも、目的じゃなくて手段なんです。研究会のリーダーが言ってましたから……あれは、彼女にとっては《希望》なんだ、って」

どうにか役割を果たし終え、ハルユキが小さく息を吐《つ》いたその時、デクリオンがさっと右手を持ち上げた。

「待て。加速研究会のリーダー……彼女、だと？　シルバー・クロウ、お前は、奴らのボスに遭遇《そうぐう》したのか？」

「クロウだけではない。我々ネガ・ネビュラスのメンバー全員の前に、あいつは姿を現した」

硬質な冷気を帯びた声で答えたのは黒雪姫《クロユキヒメ》だった。

黒の王ブラック・ロータスは、ここがこの会談の分水嶺《ぶんすいれい》だと言わんがばかりに右足の剣先を大理石《だいりせき》に音高く突き立てると、青紫色《あおむらさきいろ》のアイレンズでグレート・ウォールの七名をしかと見据えながら宣言した。

「加速研究会の本拠地《ほんきょち》は、港《みなと》区第三エリアに存在する学校。そして奴《やつ》らのリーダーは、白の王ホワイト・コスモス。つまり……加速研究会は、白のレギオン《オシラトリ・ユニヴァース》内部に結成された組織だ」


今度こそ、緑の王グリーン・グランデもわずかながら反応を見せた。分厚い装甲をがしゃっと鳴らし、エメラルドを思わせる四角いアイレンズをゆっくりと瞬《また》かせる。

驚愕《きょうがく》と戦慄《せんりつ》に満ちた沈黙《ちんもく》を最初に破ったのは、会談に参加している緑陣営《じんえい》の中で最も口数の少ないリグナム・バイタだった。樹をモチーフにしたデザインを持つ女性型《F》アバターは、華奢《きゃしゃ》な体をいっそうすぼめるようにしながら、囁《ささや》くように訊《たず》ねる。

「その名前を出したのに……何の証拠《しょうこ》もないと？」

「ああ、ない。物的証拠があれば、先週の七王会議でアイボリー・タワーにぶつけていたさ」

平然と答えた黒雪姫は、鋭利《えいり》な脚を組むと、正面のグランデをじっと見詰めた。

「物証はないが、加速研究会と何度も戦ってきた我々にそれは必要ない。ネガ・ネビュラスは、研究会が新たな災禍《さいか》を引き起こす前に、オシラトリ・ユニヴァースを攻撃《こうげき》する。具体的には、奴らの本拠地が存在する港区第三エリアを領土戦にて攻め落とし、マッチングリストに現れた研究会メンバーの名前を他の王たちに確認させる。そこまで行けば、七王会議で決議された、七レギオン……いや六レギオンによる総攻撃の発動条件を充分に満たせる」

黒の王の果断な意思表明を受けて、緑の王はアイレンズをいちど明滅《めいめつ》させた。分厚い装甲を鳴らして頷《うなず》くと、長い沈黙を破る。

「その条件が満たされたならば、我自《みずか》ら白を攻めるに否《いな》やはない。――しかし」

それだけ言って沈黙モードに戻ってしまったグランデに代わって、彼のスポークスマン役であるらしい六層装甲第三席のアイアン・パウンドが発言する。

「しかし黒の王、オシラトリに領土戦を仕掛けるっつっても、現状そいつはできないよな？あんたらの杉並《すぎなみ》エリアと、白の港区エリアは隣接《りんせつ》してないからな」

「その通りだ。それゆえ、今日の会談を申し入れたのだ」

頷くと、黒雪姫はシルクのように滑《なめ》らかな声音《こわね》で二つ目の爆弾《ばくだん》を投下した。

「ネガ・ネビュラスは、白のレギオンを攻撃《こうげき》するために、現在グレート・ウォールの領土である渋谷《しぶや》第一および第二エリアの返還を申し入れる。補償《ほしょう》ポイントの額については日を改めて協議したい」

どえええええ――――!?

と腹の底から放たれかけた絶叫を、ハルユキは危うく呑《の》み込んだ。

左側ではタクムとチユリも体を硬直させている。黒雪姫《クロユキヒメ》の右側に座る楓子《フウコ》たちは事前に話を聞いていたか、もしくは予測していたらしく驚《おどろ》いた様子はなかったが、まとう気配は厳しさを増している。

譲渡《じょうと》ではなく、返還《へんかん》と黒雪姫は言った。

第一期ネガ・ネビュラスの本拠地《ほんきょち》は杉並《すぎなみ》ではなく渋谷だったのだと、以前にどこかで聞いた記憶《きおく》はある。黒雪姫が杉並で一人暮らしを始めたのは梅郷《うめさと》中学校に進学した時で、それ以前は白の王と一緒《いっしょ》に港《みなと》区の実家で暮らしていたのだから、初期の拠点が隣接《りんせつ》する渋谷エリアだったことに不自然さはない。

しかしいままでハルユキは、第一期ネガ・ネビュラスの消滅《しょうめつ》で空白地となった渋谷エリアを、南の目黒《めぐろ》エリアや品川《しながわ》エリアを本拠としていたグレート・ウォールが自発的に獲得《かくとく》したのだと思っていた。だが黒雪姫が《返還》という言葉を使ったからには、かつてある種の交渉なり、

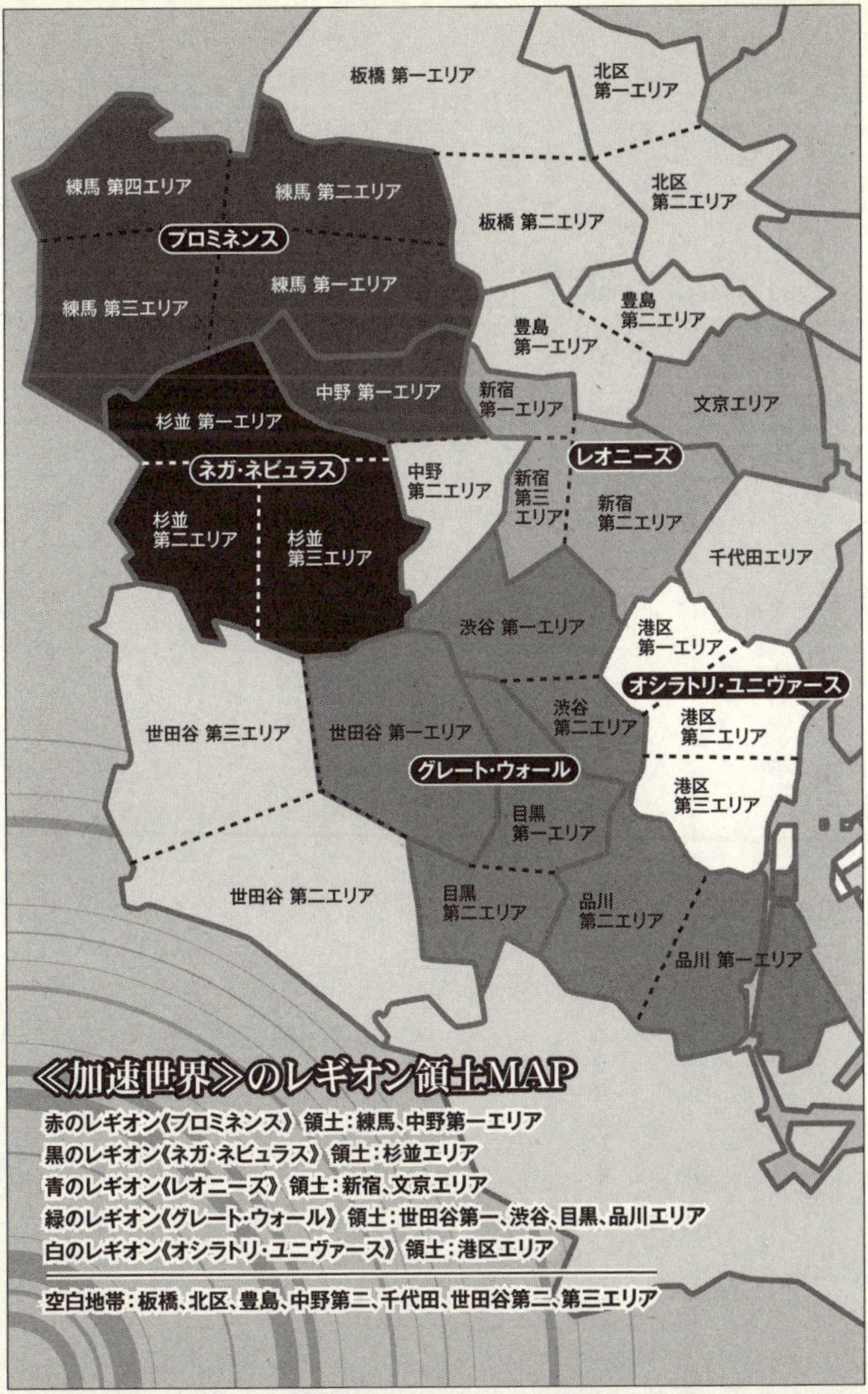

≪加速世界≫のレギオン領土MAP

赤のレギオン《プロミネンス》 領土：練馬、中野第一エリア
黒のレギオン《ネガ・ネビュラス》 領土：杉並エリア
青のレギオン《レオニーズ》 領土：新宿、文京エリア
緑のレギオン《グレート・ウォール》 領土：世田谷第一、渋谷、目黒、品川エリア
白のレギオン《オシラトリ・ユニヴァース》 領土：港区エリア

空白地帯：板橋、北区、豊島、中野第二、千代田、世田谷第二、第三エリア

契約があった……ということなのだろうか。

そう考えた瞬間《しゅんかん》、脳裏に一週間前の黒の王と緑の王の会話が甦《よみがえ》る。

七王会議が終わったあと、別れ際《ぎわ》に黒雪姫《クロユキヒメ》はグランデに問いかけたのだ。

——グランデ。二年と十一ヶ月前の、我々の会話を憶《おぼ》えているか。

それに対して、緑の王は「無論」とのみ答えた。すると続けて、黒雪姫は言った。

——そうか。ならば、《選択の時》は遠からず訪れる。

またしても、二年と十一ヶ月前だ。全《すべ》てが始まり、そして終わった二〇四四年八月。やはり黒の王と緑の王は、渋谷《しぶや》エリアの支配権移転に際して何らかの交渉をしていたのだろう。

となると、《選択の時》とはいったい——。

息を殺して状況を見守るハルユキの耳に、聞き慣れただみ声が届いた。

「待て……待て待て、待ってくれ・ア・モーメント！」

ベンチから腰を浮かせ気味にしてそう喚《わめ》いたのは、ハルユキと同じく何も知らなかったらしいアッシュ・ローラーだった。

「や……ヤーシブを、ネガビュに返還《へんかん》だぁ⁉　ンなこととして、ミドルランク以下のレギメンが納得《なっとく》するわきゃナッシングだぜ！」

「もちろん、ただでとは言いません。それなりの代償《だいしょう》は支払いますよ、アッシュ」

穏《おだ》やかな声で、アッシュの親であり師匠《ししょう》でもある楓子《フウコ》が諭《さと》した。

「し、しかしですね師匠……代償っつっても、ブレイン・バーストで領土に替えられるようなモノなんてですね……」

珍《めずら》しくアッシュ語の混じらない抗弁を押し留《とど》めたのは、楓子ではなく緑陣営《じんえい》のボスの意外なひと言だった。

「代償は、すでに受け取っている」

緑の王の発言は、黒雪姫にとっても予想しないものだったようで、アイレンズを鋭《するど》く光らせながら「なんだと？」と問い返す。

「誰《だれ》から受け取ったんだ、グランデ？」

「俺」

とあっさり答えたのは、ベンチに座ってからずっと黙《だま》りこくっていたグラファイト・エッジだった。

「……グラフ、お前が？」

さすがに驚《おどろ》いたような声で、黒雪姫が問い返す。

「……お前がグレート・ウォールに入ったのは、自《みず》ら人質の役を買って出たからかと思っていたのだが……」

「ひ……人質!?　どういうことですか!?」

穏やかでない言葉に、今度こそハルユキは叫び声を上げてしまった。黒雪姫はちらりとハルユキを見やり、一瞬《いっしゅん》考えてから言った。

「残り十分か、まあ間に合うだろう。それではここで三分ほど貰《もら》って、ちょっと昔話をしよう。二年十一ヶ月前に、この渋谷《しぶや》エリアで、何があったのか…………」


ハルユキ、チユリ、タクムの黒陣営《じんえい》若手三人はもちろん、緑陣営のリグナム、サンタン、そしてアッシュも当時の出来事を詳しくは知らなかったようで、黒雪姫《クロユキヒメ》の語る言葉は誰《だれ》にも遮《さえぎ》られることなく黄昏《たそがれ》ステージの微風に乗って静かに響《ひび》いた。

——帝城《ていじょう》での壊滅的《かいめつてき》な敗戦を経て、私はネガ・ネビュラスの解散を決めた。もちろん、誰かを後継のマスターに指名してレギオンを存続させることも考えたが、四元素の三人が無限EK状態、残る一人も一線から退くと宣言しているとあってはそれも難しかった。ならば潔《いさぎよ》く解散し、進む道はそれぞれのメンバーに選ばせようと思ったのだが……ひとつだけ未解決の問題、いや我執《エゴ》が私の中に存在した。

——私が何の手も打たずにレギオンを解散し、加速世界から去れば、当時の領土だった渋谷エリアとレギオンメンバーのほとんどはオシラトリ・ユニヴァースに吸収されることになっただろう。私は、どうしてもその事態を避《さ》けたかった。仲間たちが、私のように白の王に踊らされ、便利な手駒《てごま》として使い捨てられることは耐《た》えがたかったのだ。それゆえ私は、レギオンを解散する前にグランデと面会し、頼《たの》んだ。渋谷エリアと、黒のレギオンメンバーたちの受け皿となってくれ、とな。

――そのわずか十日前に、私はレベル10になるためにグランデを含む王五人の首を獲《と》ろうとしたのだから、これほど恥《はじ》知らずな話もないがな……。それだけ必死だったのだ。さっきのグラフのように、地面に両手両足をつけて懇願《こんがん》する私に向けて、グランデは言った。

――いつか、再び《選択の時》が訪れる。その時に逃げないと誓《ちか》うならば、領土と戦士たちを引き受けよう、と……。

「もちろん約束するしかなかったが、当時まだ小学生だった私には、正直言葉の意味が解《わか》らなかったよ。全《すべ》てを捨ててローカルネットに引きこもるしかない私に、いったい何を選べと言うのか、とな。だが……悔《くや》しいが、グランデの予言は当たった。私はシルバー・クロウと出会い、ネガ・ネビュラスを再び興《おこ》し、古い友を一人ずつ呼び戻し……そして選択の時を迎えたのだ。二年十一ヶ月前には尻尾《しっぽ》を巻いて逃げることしかできなかった白の王ホワイト・コスモスと、再び戦うか否《いな》か、というな……」

長い話が終わりに差し掛かったことを知らせるように、黒雪姫は組んでいた足をゆっくりと解いた。

「加速研究会の黒幕がコスモスだと知った時、驚《おどろ》きと同時に『やはり』という気分もあった。いまにして思えば、ISSキット本体が港《みなと》区エリア内の東京ミッドタウンに設置されていると知った時から、淡《あわ》い予感はあったのかもしれん。コスモスは、私が加速世界で最も恐れる相手だ。一対一で戦って勝てる確信はない。ゆえに、白のレギオンに戦いを挑《いど》むか否《いな》かという選択に際し、当然恐れはあった。挑めば、私はまた大切なものを全《すべ》て失ってしまうのではないか、という……。──だが、今回は、逃げるという選択肢《せんたくし》は最初から存在しなかった。なぜなら私は、グランデに誓《ちか》ってしまったからな。次は逃げない、と」

そこで黒雪姫《クロユキヒメ》はかすかな笑みにも似た息遣いを漏《も》らしたが、もちろん緑の王は身動《みじろ》ぎひとつしない。静寂《せいじゃく》の中、黒の王は語り続ける。

「グランデは私の懇願《こんがん》を聞き入れ、ネガ・ネビュラスが渋谷《しぶや》エリアを放棄《ほうき》した直後に領土宣言し、またかつてのネガ・ネビュラスメンバーで移籍《いせき》を望む者は全てグレート・ウォールに受け入れてくれた。しかし、移籍する者たちにも、また受け入れる者たちにも小さからぬ不安があったはずだ。何せ、レギオンマスターには《断罪の一撃《ジャッジメント・ブロー》》という恐るべき特権があるからな……。仮にグランデがその気になれば、ネガ・ネビュラスからの移籍者たちをまとめて強制全損に追い込むことも、システム的には可能なわけだ。一方グレート・ウォール生え抜きのメンバーたちからも、昨日までの敵を二十人以上も受け入れることには異論が出ただろう……」

「出たとも。何せ、当時は第一席だった俺と第二席のパウンドが真っ先に反対したからな」

デクリオンが頷《うなず》くと、パウンドも軽く肩をすくめる。

「当然だ。レギオンが、実質的に分裂《ぶんれつ》しちまうようなモンだからな」

「しかし、結果として移籍は成り、渋谷は緑の領土となった。私はその理由を、グランデの統率力ゆえと考えて納得《なっとく》していたのだが……どうやらそれだけではなかったようだな。裏でお前が動いていたというわけだ、グラフ」

　黒雪姫に名前を呼ばれた双剣《そうけん》使いは、困ったように上体を引いた。

「いやあ、そんな大層なモンでもないけどな……とりあえずグッさん、もとい緑の王に会って、俺もグレウォに入るからヨロシク、みたいな……」

　あっけらかんとした物言いに、フットワークの軽い人だなあ……などと思ってしまってから、ハルユキは気付いた。

　ことは、そんなに簡単な話ではない。先刻黒雪姫が言ったとおり、レギオンマスターには、レギオンメンバーを問答無用で強制アンインストールに追い込める《断罪の一撃》があるのだ。グラファイト・エッジは、自分の命をグリーン・グランデに預けたに等しい。それこそが、黒雪姫の使った、人質という言葉の意味だ。

　そのことにとっくに気付いていたらしい謡《ウタイ》が、彼女にしては最大級の感情を内包した声を響《ひび》かせた。

「グラフさん！　あなたは、いつもそうなのです！　同じ四元素の私たちに何も相談しないで勝手なことばかりして、後になって私たちを助けるためだったと気付いても、ぜんぜん嬉《うれ》しくないのです！」

一ヶ月前、帝城《ていじょう》の中で、謡《ウタイ》はハルユキに言った。

——私の力は、《四神《しじん》スザク》にはまるで通じませんでした。かつての帝城攻略作戦のおり、対スザクの部隊を率いることを望んだのは私自身です。それが炎であれば、いかなる力であろうとも御してみせると、当時の私は愚《おろ》かしくも思い上がっていたのです。

謡は、帝城攻略作戦が失敗し、アクア・カレントとグラファイト・エッジが無限EK状態になってしまったのは自分の責任だと思い詰めていた。それゆえに彼女は、対《四神ゲンブ》用の広範囲《こうはんい》殲滅《せんめつ》型心意技を独力で開発し、グラフ救出作戦に備えていたのだ。

もちろん無制限フィールドでは、グラフはまだ帝城北門に封印されたままのはずだが、今日ここで再会するとは謡も想像していなかったのだろう。長いあいだ押し隠《かく》していたものが溢《あふ》れ出してしまったかのように、謡は尚も叫んだ。

「確かに、同じ四元素とはいえ、私とグラフさんには大きな力の差があるのです。その気になればすぐにでもレベル9に……《王》になれるあなたが、私たちを子供扱《あつか》いするのは仕方ないのかもしれない。でも、それでも、私たちは黒の旗《はた》の下に集《つど》った仲間だったはず。なぜ、自分を危険に晒《さら》す前に、ひとこと言ってくれなかったのですか！」

小柄な巫女《みこ》から、高温の炎にも似た糾弾《きゅうだん》を浴びせられた双剣《そうけん》使いは、両手で両膝《りょうひざ》を摑《つか》むと、ぐっと頭を下げた。

「済まん、デンデン……メイデン。それにレイカーも、カレントも」

今度ばかりは、デクリオンも「第一席が情けない格好をするな」とは言わなかった。三秒ほども頭を下げ続けてからようやく体を起こし、グラフは真剣味の増した声で続けた。

「グレウォへの移籍《いせき》を相談しなかったのは悪かった。けど、こいつが公になると、その、何だ……加速世界のパワーバランス的なモンが、ちっと揺《ゆ》らいじまうかなーって思ってさ。だからグッさんとビリーにも、俺がグレウォに入ったことは内緒《ないしょ》にしてくれって頼《たの》んだんだ」

「最初は何を勝手なことを、と思ったが……」

口を挟《はさ》んだデクリオンは、大きな飾りのついたヘルメットを左右に振り動かした。

「当時は俺も血の気が多くてな、対戦で俺に勝てたらそうしてやると条件を付けて、あっさり負けたわけだ」

続いて、パウンドもヘッドギアを被《かぶ》った頭をやれやれとばかりに振る。

「ビリーに、『今日から五層装甲《ファイブ・アーマー》が六層装甲《シックス・アーマー》になって、席次が一個ずつ下にずれる』って言われた時は、何のこっちゃと思ったもんさ」

「私も」「ワタシも」と、リグナムとサンタンが口を揃《そろ》える。

「……いやまあ、お前らにも迷惑《めいわく》かけたよ……」

かりかり頭を掻《か》いたグラフは、ちらりと視線を上に動かした。

「おっと、あと五分か。急がないとな……えーと、さっきデンデンが『すぐにでもレベル9になれる』っつってたけど、そいつはもう無理なんだ。また勝手なことをって怒《おこ》られそうだけど、渋谷《しぶや》エリアの代金として、余剰《よじょう》ポイントをごっそりグッさんに払っちまったからな」

「…………なんだと？」

と、黒雪姫《クロユキヒメ》が怖い声を出す。

「……ちなみに、何ポイント払ったんだ？」

「ロッタが怖いから内緒《ないしょ》だ。まあ、グッさんはそいつを小分けにして、全部エネミーに喰《く》わせちまったみたいだけどな。これからしばらくは、ボーナスエネミーの出現率倍増キャンペーン期間だな、ハハハ」

とグラフが笑い、アッシュが「マジリアリー？」と呟《つぶや》いた。

ハルユキも、内心で「いいなあ……」と思ってしまってから思考を立て直す。

黒雪姫が支払う意思を示した渋谷第一、第二エリア返還《へんかん》の代償《だいしょう》は、グラファイト・エッジが先払いしてくれたらしい。つまり、緑の王はすでに代金を受け取り、しかも使い果たした——自分のためではなく、加速世界存続という大義のためだが——わけで、これでエリアの返還は実現する運びとなった、と考えていいのだろうか。

……え……この渋谷エリアが、ほんとにネガ・ネビュラスの領土に？　それって一時的な話？　それとも恒久的《こうきゅうてき》な……？

状況に頭が追いつかず、ハルユキがぼんやり周囲の高層ビル群を見回していると——。

「でもな、話はそう簡単じゃないぜ」

ハルユキの内心を見透《みす》かしたかのように、グラフが言った。

「グレート・ウォールは、三年前に渋谷エリアを無血占領したわけだ。同じく渋谷を狙《ねら》ってた、オシラトリ・ユニヴァースの鼻先からかすめ取るみたいにな。具体的に何が起きたかと言うと……帝城《ていじょう》攻略でネガビュが大打撃《だいだげき》を受けた直後の領土戦、オシラトリは渋谷第一と第二エリアに攻撃登録してたんだ。そのまま戦争が始まれば、両エリアは間違いなく陥落《かんらく》していただろう……」

黒雪姫が無言で頷《うなず》く。それをちらりと見つつ、グラフは語り続ける。

「しかし、領土戦開始時間である午後四時のわずか五秒前に、ロッタは渋谷エリアを放棄《ほうき》するという奇策を繰《く》り出した。エリアが空白地域になった瞬間《しゅんかん》、オシラトリの攻撃登録は自動的にキャンセルされ、直後グレウォが両エリアに攻撃登録……オシラトリの再登録は間に合わずに開始時間になって、攻めはグレウォだけだったから戦闘《せんとう》ナシで占領。オシラトリとグレウォの間にはもう相互不可侵条約が発効してたから、オシラトリは二度と渋谷を攻められないまま、三年が経《た》った。その間ずっと、両レギオンは微妙な緊張《きんちょう》状態を続けている。もちろん領土戦はないけど、恵比寿《えびす》や青山界隈《あおやまかいわい》の通常対戦じゃ、オシラトリの《七連矮星《セブン・ドワーフス》》あたりに痛い目見せられたグレウォのメンバーは多いはずだぜ」

そこでグラフが一息入れると、パウンドとサンタンが同時にフンと鼻を鳴らした。

「そりゃあ連戦連勝とは行かないが、こっちも負けっ放しじゃないぞ」

「ウス。あの連中にイモは引けないデス」

——確かに、緑と白の確執《かくしつ》はただならぬものがあるようだ。

しかし、それはむしろ、ネガ・ネビュラスへの渋谷《しぶや》エリア返還《へんかん》を後押しする要素なのではないだろうか。返還の目的は、グレート・ウォールにはできないオシラトリへの直接攻撃《こうげき》なのだから。

というハルユキの思考をまたしても見抜いたのか、グラフが素早くかぶりを振った。

「冷戦状態だからこそ、このタイミングでの渋谷返還は、グレウォからオシラトリへの明確な敵対行為と取られるだろうな。実質的に不可侵条約を破棄《はき》したと見なして、オシラトリが目黒《めぐろ》エリアや品川《しながわ》エリアを攻撃してくる可能性さえある。つまり、ちょっと前にレイカーが言ったとおり、グレウォはネガビュへの全面的な協力か、はたまた断交かを選択しなきゃならないってわけだ……いや、断交じゃ済まないかな。ロッタは、グレウォが渋谷返還を拒否したら、領土戦で攻め落とすつもりだろ？」

「無論」

という即座の返答を聞いた途端《とたん》、デクリオンやパウンドのアイレンズが鋭《するど》く光った。しかしグランデは変わらず沈黙《ちんもく》を守り続け、グラフも軽く頷《うなず》いただけで、再びフェイスマスクを上向ける。

「残り三分か……ま、どうにか本題までは辿《たど》り着けたな。さっきも言ったが、渋谷第一、第二エリアの代金は、俺がネガビュ時代の貯金でもう支払ってる。けどそれだけじゃ、ここにいるビリーたちはもちろん、それ以外のレギオンメンバーも納得《なっとく》させられない。俺も、まがりなりにもグレート・ウォール六層装甲第一席として筋は通さなきゃならないしな。そんなわけで、ロッタ……いや、ロータス。正式な領土戦をしろとは言わない。だが、いまのお前たちの力を見せてもらう必要はある」

漆黒《しっこく》の双剣《そうけん》使いは、精悍《せいかん》なフェイスマスクでネガ・ネビュラスの七人をしかと見据《みす》えると、緑の王に優《まさ》るとも劣《おと》らない威厳《いげん》をまとう声で宣言した。

「このステージを、バトルロイヤル・モードに移行する。全力で戦い、お前たちの意志を示せ。それが、渋谷返還の、もう一つの条件だ」

2

時間の進み方が遅《おそ》い。

と、掛居美早《カケイミハヤ》が考えた途端《とたん》、さして広くもない室内に叫び声が響《ひび》いた。

「あーもぉー、ガマンできねーっ！」

声の主は、燃えるような赤毛をツインテールに結った少女。ソファにひっくり返って両足をバタバタさせてから、がばっと体を起こす。

「なあパド、やっぱあたしたちもこっそり渋谷《しぶや》に行こーぜ！　ステージの隅《すみ》っこから観戦してるだけならバレねーよ多分！」

「ダメ」

短く答えてから、壁の古めかしいアナログクロックを見やる。

午後二時四十五分。三時になれば、渋谷エリアでネガ・ネビュラスとグレート・ウォールのトップ会談が始まる。始まってしまえば最長でもたった一・八秒なので、すぐに結果の連絡が来るはずだが、そこまでの十五分間が永遠にも感じられる。美早ももともと気の長いほうではない、と言うより自他共に認めるせっかち星人なのだから頭首の提案に乗ってしまいたいのはやまやまだが、ここはキッパリ言わねばならない。

「会談場に潜《もぐ》り込んで、もし緑に見つかったらぶち壊《こわ》しだし、それ以前に私のバイクでももう間に合わない」

「……うぅー、わーってるよ。言ってみただけ」

赤毛の少女は、小さな背中をソファに預けると、はふーっとため息をつく。

加速世界での猛々《たけだけ》しい戦い振りとは打って変わった、十一歳という年齢そのままの幼い姿に、美早《ミハヤ》は思わず淡《あわ》い笑みを浮かべてしまった。それを誤魔化《ごまか》すために、ローテーブルから紅茶のカップを取り上げ、砂糖なしのアップルティーを一口含む。

練馬区《ねりま》桜台《さくらだい》のケーキ店、《パティスリー・ラ・プラージュ》の一階バックヤードにある美早のプライベート・ルームに二人はいる。窓はなく、壁もドアも電磁遮蔽材《しゃへいざい》入りで、ニューロリンカーをグローバルネットに繋《つな》ぐには、テーブル下に設置されたルータと有線接続する必要がある。

シェフ・パティシエールとして実質的に店を切り回している伯母《おば》は、いまどきワイヤレスが使えない部屋なんて、と呆《あき》れて近寄らないが、それはむしろありがたい。なぜならこの小さな洋室は、実質的に赤のレギオン《プロミネンス》の司令部なのだから。

「……そーいやパド、レベル8のボーナスはもう取ったのか？」

少女――プロミネンス頭首たる二代目赤の王、《不動要塞《イモービル・フォートレス》》スカーレット・レインこと上月由仁子《コウヅキユニコ》にそう訊《き》かれ、美早はかぶりを振った。

「へえ、さすがのパドもレベル8ボーナスは迷うのか？　7の時は、《常時全面走行》をあっさり取ったくせに」

にやにや笑いながらそう言われれば、五つも年上ではあるが、子供のように唇《くちびる》を尖《とが》らせたくなる。

「ニコだって、8のボーナスは迷ってた」

「そりゃだって、ヘビーカノンとレーザーカノンって言われりゃ迷うだろ！　どっちがどんな性能とか、調べなきゃ解《わか》んないし……」

「私も、色々調べてるところ」

先日、レベル6から一気に8へ到達したばかりの美早は、澄《す》まし顔でそう答えると、紅茶をもう一口啜《すす》った。

ニコの前で弱音は吐《は》けないが、レベル8のプレッシャーは予想以上のものがあった。七人の王を除けば実質的に最高レベルであり、周囲からの扱《あつか》いも変わるし、対戦でミドルランカーに負けた時に奪《うば》われるポイントも増える。プロミネンスの幹部集団《三獣士《トリプレックス》》の筆頭として、これまでも全力で戦ってきたつもりだが、やはり心のどこかでレベル6という数字に甘えていたらしい。

美早が最大の好敵手にして最高の目標と見据《みす》えるネガ・ネビュラス副長スカイ・レイカーは、

ずっと昔からこの重圧と戦ってきたのだ。きっと、これから対面するグレート・ウォールの猛《も》者《さ》たちの前でも、いつもの涼しげな顔を貫《つらぬ》くのだろう。

ニコにはダメと言ったが、その場に同席したかった、という思いは美早《ミハヤ》の中にも拭《ぬぐ》いがたく存在する。加速研究会は、誰《だれ》よりも愛する頭首を拉致《らち》し、十字架に磔《はりつけ》にした挙げ句、強化外装《インビンシブル》のパーツを四つも奪《うば》ったのだ。ネガ・ネビュラスの《時計の魔女《ウオッチ・ウイッチ》》ライム・ベルの、状態変化を巻き戻すという恐るべき特殊《とくしゅ》能力によって四つのうち三つは戻ってきたものの、スラスター・ブロックが奪われたままになってしまった。

ニコはまったく気にしていないように振る舞っているが、内心では不安を感じていないはずがない。研究会に、今度はこちらから戦いを挑《いど》み、スラスターを取り戻すのは副長である美早の義務だ。

長いあいだ正体不明だった加速研究会が、こともあろうに白のレギオンの内部組織であると解《わか》ったのは一歩前進だが、その事実はまた、研究会と戦うことの難しさを表してもいる。

黒のレギオンは、白のレギオンの本拠地《ほんきょち》がある港《みなと》区第三エリアを落とすという正攻法に出た。今日の会談はその第一歩であり、またそれ以外の選択肢《せんたくし》は事実上存在しないことは、美早にも解る。しかし、緑のレギオンとの交渉が成功し、港区第三と隣接《りんせつ》する渋谷《しぶや》第二エリアがネガ・ネビュラスに返還《へんかん》されても、それで美早が白のレギオンと戦えるようになるわけではない。領土戦に参加できるのはネガ・ネビュラスのメンバーだけであり、プロミネンスに所属する美早にはその権利はないからだ。

黒のレギオンが研究会の隠《かく》れ蓑《みの》を引き剝《は》がし、六大レギオンの合同攻撃《こうげき》作戦が発動したその暁《あかつき》には、もちろん真っ先に駆けつけるつもりだ。だが、それまで待たなくてはならないのが、実に歯がゆい。事に当たれば即対戦、それこそが《血まみれ仔猫《ブラッディ・キティ》》ブラッド・レパードたる美早のポリシーなのだから。

「……あのさあ、パド」

遅々《ちち》として進まない時計の針を見詰めながら考えを巡らせていると、ニコが少し迷いの滲《にじ》む声を出した。

「なに？」

「例の話だけどさ……そろそろカッシーとポッキーにも相談してみようと思うんだけど、どうかな……」

「…………hm」

即断即決主義の美早も、これぱかりは即答できない。

カッシーこと《カシス・ムース》と、ポッキーこと《シスル・ポーキュパイン》は、プロミネンス三獣士の第二位と第三位だ。二人とも、先代赤の王消滅《しょうめつ》直後の混乱期に頭角をあらわし、新生プロミネンスを表裏から支えてきた功労者で、それゆえにレギオンへの愛着は美早以上のものがある。

そんな二人にとって、ニコが相談しようとしている《話》は相当にショッキングなはずだ。時間をかけて慎重《しんちょう》に説明しないと、レギオンの再分裂《さいぶんれつ》すら招きかねない。

「……二人いっしょよりは、まずカシスだけに話したほうがいいかもしれない」

躊躇《ためら》いつつも美早《ミハヤ》が助言らしきものを口にすると、ニコも難しい顔で頷《うなず》いた。

「そーだな……。ポッキーは聞いた瞬間《しゅんかん》ハジけるだろうから、そこをカッシーに抑えてもらわねーとな。つっても、カッシーもあれでかなり頑固《がんこ》だからなあ……」

「甘いもの好きだから、ケーキを食べさせれば頭が柔らかくなるかも」

「お、それいいな。じゃあ、ここのカシスムース・タルトで懐柔《かいじゅう》してみるかな」

「いいかも」

二人同時に短く笑い、同時に時計を見る。午後三時まで、あと二分。

「……ようやくだな」

表情を改めたニコは、そう呟《つぶや》くとテーブルに埋《う》め込まれているXSBコネクタにケーブルを挿《さ》し、自分のニューロリンカーに繋《つな》いだ。美早も同じようにすると、視界にグローバルネット接続アイコンが表示される。

いまごろネガ・ネビュラスの七人も、渋谷《しぶや》エリアのどこかで残り時間を数えているだろう。加速研究会との最終決戦の第一歩となる交渉がうまくいくことを、遠く離《はな》れた練馬《ねりま》エリアから祈ることしかいまはできない。

「……みんなが帰ってきたら、差し入れのケーキを持って会いに行こう」

美早が言うと、ニコは少し驚《おどろ》いたような顔をしてから、光の加減で緑色を帯びる大きな瞳《ひとみ》を輝《かがや》かせた。

「そうだな。でもパドのバイク、ケーキ十個も積めたっけ?」

「NP《問題ない》」

答え、最後のカウントダウンを開始する。

黒雪姫《クロユキヒメ》たちには、会談が終わったらすぐさま結果を伝えるように念押ししてあるので、ボイスコマンドを発音する時間を入れても三時を五秒回った頃《ころ》には着信があるはずだ。

壁のアナログクロックの秒針が、焦《じ》らすようにゆっくり、ゆっくりと動いていく。

午後二時五十九分五十七秒。五十八秒。五十九秒。

午後三時。

午後三時一秒。二秒。三秒。四秒。五秒。

六秒。七秒。八秒――。

3

……きっと、ニコとパドさんがやきもきしてるだろうなあ。

と思いながら、ハルユキは自分の目の前に表示された確認ダイアログを見下ろした。

《バトルロイヤル・モードに招待されました　イエス／ノー》という意味の英文メッセージは、もちろん初めて見るものではない。いままでにも、ギャラリーからバトルロイヤルに参加したことは何度もある。

しかし、今回ばかりはとても平常心ではいられない。グレート・ウォールの猛者《もさ》たちと戦うことへの緊張感《きんちょうかん》ももちろんあるが、より大きいのは、双方のメンバーに王――レベル9er《ナイナー》が含まれているという事実だ。

「……先輩、本当に大丈夫《だいじょうぶ》なんですか？」

ダイアログから外した視線を隣《となり》に向けながら、ハルユキは小声で訊《たず》ねた。

すると黒雪姫《クロユキヒメ》は、すでにイエスボタンを押しているにもかかわらず、軽く首を傾《かし》げてみせる。

「さて……」

「さて、ってそんな呑気《のんき》な……。これ、正式な領土戦じゃないんだから、適用されちゃうんですよね？　例の、レベル9サドンデス・ルールが……」

「それは確実だな。何せ、私がレッド・ライダーの首を落としたのも、ノーマル対戦じゃなくてバトルロイヤルだったからな」

「な、なら、やっぱり先輩は止《や》めておいたほうがいいです。先輩に万が一のことがあったら、僕……」

何度目かの説得を試みようとするハルユキの右肩を、黒雪姫は左手の剣の側面でぽんと軽く叩《たた》いた。

「心配してくれてありがとう、クロウ。だが、ここで私だけがギャラリーに残るわけにはいかない。いずれ白の王と相見《あいまみ》えた時には、確実にサドンデス・ルールの下で戦うことになるんだからな……それに、このバトルロイヤルでは、私とグランデは直接戦わないという約束になっている。それを反故《ほご》にして首を取りにくるような奴《やつ》なら、そもそもこんな会談には乗らないだろう。むしろ、心配しているのはあっちじゃないかな」

その言葉に、少し離《はな》れたところに固まっている緑陣営《じんえい》の様子を見やる。

会談をバトルロイヤル・モードに変更して擬似的《ぎじてき》な領土戦を行うというアイデアは、緑の王とグラファイト・エッジの間ではすでに了解されていたらしい。だがビリジアン・デクリオン以下の幹部たちは初耳だったようで、大筋了承となったいまも、アイアン・パウンドが緑の王に何やら盛んに進言している。

思わず耳を澄《す》ませると、その内容はしかし、参加を思いとどまらせようとしているわけでは

なく、戦場でいかに王の安全を守るかという具体的な作戦案らしい。負けてはならじとハルユキも、

「……解《わか》りました、じゃあ先輩はなるべく、いえ絶対に敵陣《てきじん》には突っ込まないで、後ろのほうに……」

と覚悟《かくご》を決めつつ言いかけたのだが、その時緑陣営からのんびりした声が響《ひび》いた。

「おーい、あと三十秒だぞー。まだボタン押してないヤツ、誰《だれ》だー？」

発言者は、バトルロイヤルの発案者でもある双剣使《そうけん》いだ。慌《あわ》てて視界上部を見ると、確かに1800から始まったタイムカウントが0030を切っている。

「えと、あの、とにかく……先輩は、僕が守りますから！」

そう宣言すると、ハルユキはダイアログに指を伸ばした。

いつの間にか、すぐそばに楓子《フウコ》、謡《ウタイ》、あきら、タクム、チユリの五人も集まってきている。頼《たの》もしい仲間たちの顔を順に見やり、深く頷《うなず》き合うと、ハルユキはYESのボタンを押した。

目の前に、【A BATTLE ROYAL IS BEGINNING!!】という炎文字が赤々と燃え上がる。モード変更のカウントダウンは十秒。

「だいじょぶだよハル、あたしたちなら絶対勝てる！」

チユリがごく小さな、しかし確固たる声でそう告げると、ハルユキの背中をばんと叩《たた》いた。

「ああ……がんばろう！」

いつもハルユキを励ましてくれる幼馴染《おさななじみ》にそう答え、両の拳《こぶし》を固く握《にぎ》る。カウントダウンの数字は、派手に燃え尽きながら次々と切り替わり――ゼロへ。

視界左上に、シルバー・クロウの体力ゲージが派手な金属音とともに出現すると同時に、空の色が変わり始めた。黄昏《たそがれ》ステージの永遠の夕陽《ゆうひ》が、物凄《ものすご》いスピードで地平線に沈んでいく。茜色《あかねいろ》を藍色《あいいろ》が塗《ぬ》り潰《つぶ》し、それを黒が追いかける。

夜のステージだ。《月光》か《墓地》か、はたまた《奇祭》か――。

だが、次の瞬間《しゅんかん》。

ゴウン！　と凄《すさ》まじい揺《ゆ》れが、一同の立つビル全体を震《ふる》わせた。慌てて周囲を見回すと、予想だにしない光景が眼に飛び込んできた。

対戦ステージの地面が、各所で崩落《ほうらく》していく。渋谷《しぶや》駅を中心とするラヴィン・スクエアはいまのところ無事だが、道玄坂《どうげんざか》や宮益坂《みやますざか》方面では建物が次々と地面に呑《の》み込まれ、後には巨大な穴だけが残る。無数の穴はどんどん拡《ひろ》がって互いに繋《つな》がり、やがて地面は、幾《いく》つかのブロックが浮島のように残るだけとなる。

最後に、黒チームと緑チームが少し離《はな》れて陣取る十階建てのビルが、双方の中間地点で轟音《ごうおん》とともに二つに裂《さ》けた。北側と南側に分離《ぶんり》したラヴィン・スクエアの浮島は、徐々に遠ざかり始める。他に十数ヶ所ある浮島も、思い思いの方向にゆっくり動いているようだ。

こんなステージは見たことがない。穴の底はどうなってるんだろう、と裂け目の縁から見下ろした途端《とたん》、ハルユキは喘《あえ》いだ。

「えっ……そ、底がない……!!」

視線の先に存在するのは、あらゆる光を吸い込むような、無限の暗闇《くらやみ》。

いや、違う。何かは解《わか》らないが、小さな光が幾《いく》つか浮かんでいる。光はたちまち数を増やし、白や青、赤色に冷たく輝《かがや》く。あれは――

「……星……?」

隣《となり》で、タクムが呟《つぶや》いた。確かに、星屑《ほしくず》にしか見えない。しかし、地面の下に星があるとは、いったいどういうことなのか。

その時、すぐ後ろのチユリが掠《かす》れ声で言った。

「ちょっと……上、上見て、うえ」

「え…………」

言われるがまま、タクムと同時に顔を仰向《あおむ》ける。

「うあっ……」

二人同時に漏《も》らした声に、謡《ウタイ》の「凄《すご》いのです……」という嘆声が重なった。

頭上にも、やはり星空が広がっていた。しかしそれは、月光や墓地ステージの寂《さび》しげなそれとはまったく違った。

明るい。背景は完全な黒なのだが、数え切れないほどの星々が全天を埋《う》め尽くし、赤や青、黄色の星雲が鮮《あざ》やかな彩《いろど》りを添えている。まるで、銀河系の中心部を、すぐそばから見上げているかのような——。

思考がそこまで至った瞬間《しゅんかん》、ハルユキは再び叫んでいた。

「あっ……こ、これ、このステージ、まさか……！」

「どうやら、そのまさかのようだな……」

さすがに驚《おどろ》きを隠《かく》せない声で、黒雪姫《クロユキヒメ》が肯定《こうてい》した。

「今日あたり実装されるかもとは思っていたが、まさかここで引くとはな。間違いあるまい。これは——《宇宙》ステージだ」

「でも、それにしては、普通に立っていられるの」

というあきらの指摘に、七人は下を見る。確かにアバターの足は、ひび割れたビルの屋上タイルをしっかり踏《ふ》み締《し》めたまま、浮き上がる気配はない。

「……つまり、宇宙ステージって、宇宙っぽいのは見た目だけで重力はあるってこと……？」

少々拍子《ひょうし》抜《ぬ》けしたように、チユリが呟いた、その時。

「ノッ、ノオオオ——————ッ⁉　ちょっ、だ、誰《だれ》か、ヘルプミィ〜〜〜ッ！」

という野太い悲鳴が響《ひび》いた。再度顔を仰向けたハルユキが見たのは、壮麗《そうれい》な星空を背景に、ふよんふよんと上昇していく世紀末ライダーのシルエットだった。

「……あ、浮いてる……」

ハルユキが言うと、タクムが存在しないメガネを持ち上げながらコメントした。

「どうやら、うかつにジャンプすると、重力が効かなくなるみたいだね。何らかの推進手段を持っていない場合は、浮島の地面に足を着けたまま戦う必要があるってことか……」

「遠距離《えんきょり》攻撃《こうげき》ができるなら、その限りじゃないの。無重力空間に浮かびながら、浮島の敵を撃《う》てばいい」

あきらの指摘に、なるほどと頷《うなず》く。考えてみれば、宇宙を舞台にしたアニメなどではビームライフルやらミサイルやらを撃ち合って戦うわけで、この宇宙ステージにもその原則が適用されると考えてよさそうだ。

しかし、となると——。

「……これは、ちょっとヤバイかも……」

「……？」

振り向くあきらに、懸念《けねん》を説明する。

「えっと……ヘルメス・コードのレースの時もそうだったんですけど、宇宙ステージは空気がないんで、僕の羽根じゃ飛べないんです……」

「へー」

と他人事《ひとごと》のような声を出したチユリが、ひょいと首を傾ける。

「でも、空気がないわりには息苦しくないし、こうして話もできるんだね」

「そ、そこはホラ、突っ込んじゃダメな所っていうか……」

BBシステムになり代わってフォローを入れてから、ふとあることに気付き、再びあきらに眼を向ける。銀河の光を受けて美しく輝《かがや》くアクア・カレントの流水装甲にチャプンと人差し指を突っ込んでみると、表面に小さな波紋《はもん》が広がる。

「ちょっと、何やってんのよクロウ！」

チユリに左の脇腹《わきばら》をどやされ、慌《あわ》てて言い訳。

「ち、ちゃうねん！　ほら、宇宙は絶対零度《れいど》のはずなのに、カレンさんが凍《こお》ってないなーって思って……」

すると今度は、右側から楓子《フウコ》の突っ込みが入る。

「ちょっと違うわね、鴉《からす》さん。宇宙空間には《宇宙背景放射》っていうマイクロ波が充満してて、そのせいで絶対零度より摂氏《せっし》三度だけ温かいのよ」

「……で、でもそれって、マイナス二百七十度くらいですよね？　あったかいとは言えないんじゃ……」

「ふふ、そうね。確かに、この宇宙ステージは暑くも寒くもないわね……温度も風も、匂《にお》いも感じないわ」

確かに、楓子の着ている薄手《うすで》のワンピースや帽子《ぼうし》のリボンはまったく風にそよいでいない。黒雪姫《クロユキヒメ》が、星空を見上げながら唸《うな》る。

「うーむ……強《し》いて属性をつけるなら《無》、ということなのかな。これは、何が有効で何が無効になるのか、あれこれ試す必要がありそうだな。とりあえず……そのへんのものを壊《こわ》して、ゲージを溜《た》めておくか」

「そうですね……」

ハルユキは頷《うなず》き、すぐそばに立っているコンクリートの柱をパンチで砕《くだ》いてみた。地形オブジェクトの強度は、黄昏《たそがれ》ステージほどではないがかなり脆《もろ》い。

他のメンバーも柱だの壁だのを次々に破壊《はかい》し、浮島がほぼ平地になったその時、三十メートルほど離《はな》れつつあるグレート・ウォール側の浮島で、またしても悲しみの声が響《ひび》いた。

「ノッ、ノオオホホホホ〜〜〜〜ウッ！　オレ様のッ！　スーパー・マッスィイイ〜〜〜〜ンがあああああ〜〜〜〜〜ッ!!」

見れば、無重力空間を漂《ただよ》っていたアッシュ・ローラーが、いつの間にか召喚《しょうかん》したアメリカンバイクにまたがり、盛んにアクセルを捻《ひね》っている。だが、自慢《じまん》のVツイン・エンジンはぷすんとも言わない。

「あー……空気がないから、昔のエンジンは動かないのか……」

こりゃあ僕もアッシュさんもキビシイ戦いになりそうだなあ、と思いながら見守っていると、リグナム・バイタが地形オブジェクトを壊すのに使っていた日傘《ひがさ》をアッシュのほうに向けた。木製のシャフトがするすると伸び、鋭《するど》い石突きがバイクのホイールに引っかかる。その状態で傘を下ろしていくと、バイクはゆるゆると浮島に近付き、やがて両輪を接地させる。

シュッと一瞬《いっしゅん》で元の長さに戻る傘に、チユリが熱い視線を注ぐ。

「わー、あの日傘ステキ！　伸び縮みするのがすっごい便利そう……どこのショップで売ってるのかな……」

「残念だけどベル、あの傘はリグナムの初期装備だから、たぶんショップには売っていないと思うの」

「ちぇーっ」

などと賑《にぎ》やかなやり取りを繰《く》り広げるチユリとあきらから少し離れた場所で、謡《ウタイ》が難しい顔をしているのにハルユキは気付いた。ジャンプしないよう気をつけながら数歩移動し、小声で話しかける。

「メイさん、どうかしたの？」

「あ……はい、クーさんも大変そうですが、私もちょっと困ったことになりそうなのです……」

いったい何が、と小柄な巫女《みこ》をまじまじ眺《なが》めてからやっと気付く。

「あ、そ、そっか……空気がないと、炎も……」

「ええ、たぶん、私の火属性攻撃もほとんど無効になりそうなのです。この大切な一戦で、皆さんの足を引っ張ってしまいそうで……」

しょんぼりと項垂《うなだ》れる謡の両肩に、ハルユキは無我夢中で手を乗せた。

「だ、だいじょう……」

ぶだよ、のひとことも言い終えられないうちに、謡《ウタイ》の体がひょいっと奪《うば》い取られる。後方から抱《だ》き上げたのは、《ICBM》の二つ名を持つ楓子《フウコ》だった。

「大丈夫《だいじょうぶ》よ、メイデン。火炎ダメージがなくてもあなたの弓は充分に強いわ。足りないぶんは、わたしが頑張っちゃいますから」

謡をむぎゅううっと抱き締《し》めてから、天を仰《あお》いで叫ぶ。

「──着装、《ゲイルスラスター》!!」

すると、満天の星空から、二条の光線が降り注いで楓子の背中に命中する。眩《まばゆ》い閃光《せんこう》が弾《はじ》け、ワンピースと帽子《ぼうし》が散り散りになって消えると、背中には流麗《りゅうれい》なフォルムの強化外装が出現している。かつてハルユキも借りたことのある、圧倒的《あっとうてき》推進力を秘めたロケット・ブースターだ。宇宙ステージでもまったく問題なく使える──いや、本来このステージを飛翔《ひしょう》するために創造された、スカイ・レイカーの翼《つばさ》。

ゲイルスラスターを装着した楓子は、抱いたままだった謡を優しく下ろすと、ハイヒール状の両足で音高く地面を踏《ふ》み鳴らした。これまでの柔らかな雰囲気《ふんいき》を一変させ、凛《りん》とした声を響《ひび》かせる。

「──かつて、ヘルメス・コードの最上部で、シルバー・クロウは言いました。私、スカイ・レイカーは、星の海を飛ぶために生まれた宇宙戦用デュエルアバターなのだ、と。その言葉が真実であったと、わたしは今日、ここで証明してみせます」

「うむ、頼《たの》んだぞ、レイカー。私は敵陣《てきじん》に斬《き》り込めないルールなので、前線はお前に任せる。大暴れしてやれ」

「もちろん！」

打てば響くような、頭首と副長のやりとりが、数十メートル離《はな》れた敵陣にも届いたかのように――。

南に漂《ただよ》う浮島の上で、グレート・ウォールの七人が、一斉に身構えた。どうやらあちらも、新ステージの検分と必殺技ゲージの充填《じゅうてん》を終えたらしい。タイムカウントは、残り一五二三秒。数字が一五〇〇まで到達した瞬間《しゅんかん》に戦闘《せんとう》が開始されると、ハルユキは直感した。と言っても、飛べないカラスにできることは少ない。せいぜい、誰《だれ》かの盾《たて》になるくらいの……。

「……あ、いや、ちょっと待てよ」

呟《つぶや》き、敵チームを再度凝視《ぎょうし》する。

緑の王グリーン・グランデは浮島の後方に下がり、大盾《ザ・ストライフ》をでんと構えている。その手前に一列になって並ぶのは、剣闘士《けんとうし》のビリジアン・デクリオン、ボクサーのアイアン・パウンド、カンフー使いのサンタン・シェイファー、なんだか樹っぽいリグナム・バイタ、動かないバイクにまたがるアッシュ・ローラー、そして黒衣の双剣《そうけん》使い、グラファイト・エッジ。

「……あの、先輩。もしかして、あっちには遠隔型《えんかく》っていなくないですか？」

「ン？　…………む、確かに、そうかもしれん」

「せいぜいアッシュさんのバイクのミサイルくらいで……でもあれは連発できないし、こっちには弓装備のメイさんと遠隔必殺技持ちのパイルがいますから、ってことはこの状態のまま、二人が撃《う》ちまくればそれで勝てるんじゃ……？」

「……そんな気が、してきちゃったの」

あきらも、こくりと頷《うなず》く。

二つの浮島はすでに三十メートル以上も離《はな》れている。この距離《きより》をジャンプで渡るには、助走したうえで思い切り跳躍《ちょうやく》する必要があるが、それをした瞬間《しゅんかん》、先刻のアッシュ・ローラーのように星空のどこかに飛んでいってしまうはずだ。

「…………………」

ネガ・ネビュラス一同が、実に微妙な雰囲気《ふんいき》に包まれつつ顔を見合わせた瞬間、残り時間が一五〇〇秒に到達した。

ハルユキたちが気を緩《ゆる》めたのは、ほんの一瞬だった。

だがその時にはもう、敵に先手を取られていた。

敵戦列の中央で、グラファイト・エッジがふわりとジャンプする。体を深く前に倒《たお》し、脚を折り畳《たた》む。その足裏めがけて、アイアン・パウンドが渾身《こんしん》の右ストレートを撃ち込む。

ドウッ！ という衝撃波《しょうげきは》がステージを震《ふる》わせた。直後、双剣《そうけん》使いの体が、ブースターに点火したかの如《ごと》く、猛然《もうぜん》たる勢いで飛び出した。グラフは、パウンドのストレートを絶妙のタイミングで蹴《け》ることで、水平方向に急加速したのだ。これなら、星空に飛んでいってしまうことはない。

「──来るぞ！」

黒雪姫《クロユキヒメ》の声に、謡《ウタイ》が長弓《フレイム・コーラー》を引き絞った。弦《つる》が鳴り、放たれた矢は、火炎の代わりに白銀色の尾を引きながら、正確に双剣使いのフェイスマスクへと吸い込まれていく。

しかしグラフは、右肩から抜いた長剣の腹で謡の矢を受けた。カァン！ という甲高《かんだか》い音が響《ひび》き、矢は呆気《あっけ》なく弾《はじ》かれて星空へと消えていく。

「くっ……！」

ハルユキは無我夢中で前に出ると、両拳《りょうこぶし》を構えた。剣、つまり切断属性攻撃への耐性は、黒チームの中ではメタルカラーのシルバー・クロウが最も高い。グラファイト・エッジの相手はハルユキがしなくてはならない。

だが、片方の剣だけを抜いたグラフは、再び予想外のアクションを繰《く》り出した。まだ無重力空間を飛翔《ひしょう》している間に、右手の剣を高々と振りかぶり、必殺技であろう技名を叫んだのだ。

「──《バーチカル・スクエア》‼」

長剣が、目にも留まらぬ超高速で恐らく四回、垂直に斬《き》り払われた。鮮《あざ》やかなブルーの軌跡《きせき》が、虚空《こくう》に巨大な正方形を描き出す。しかし、まだハルユキとは遠く離《はな》れている。剣先が届くはずがない。

──空振《からぶ》り？ ただのデモンストレーション……？

では、なかった。

単なるライト・エフェクトかと思われた、一辺三メートルほどもある青い正方形《スクエア》は、その場で消滅《しょうめつ》する代わりに縦回転しながら前進し、黒チームが陣取《じんど》る浮島に触《ふ》れた。

今度こそ、確かな震動《しんどう》をハルユキは感じた。光の正方形が、コンクリートの浮島を切り裂《さ》きながら、ハルユキに迫《せま》る。

「避《よ》けろ、クロウ！」

後方から放たれた黒雪姫《クロユキヒメ》の声に押されるかのように、ハルユキは真横に体を投げ出した。右足の爪先《つまさき》を青い光が掠《かす》め、チッと小さな火花を散らした。

正方形は、そのまま浮島の中に沈み込み、見えなくなる。

一秒後。

差し渡し三十メートルはあろうかという浮島が、バガッ、と音を立てて真っ二つに割れた。

「う、うわわっ！」

慌《あわ》てて地面にしがみつこうとしたハルユキは、突然仮想の重力が弱まるのを感じた。デュエルアバターの重さがほとんど半減し、激しく震《ふる》える浮島から振り落とされそうになる。

「み、みんな……！」

どうにか姿勢を安定させつつ振り向くと、分断された浮島の、ハルユキと同じ側に立つタクムとチユリと黒雪姫、そしてもう一方に立つ楓子《フウコ》と謡《ウタイ》とあきらも、両腕を広げたり腰を落としたりしてバランスを取っている。

恐らく、浮島が破《は》壊《かい》されて小さくなればなるほど、発生する重力も弱まるのだろう。この不安定な足場では、精密な射撃は覚束《おぼつか》ない。

しかしより大きな問題は、グラファイト・エッジが、最初からこの重力減少を狙《ねら》って浮島を斬ったのか否《いな》かだ。もし狙っていたなら、双剣《そうけん》使いは宇宙ステージを知っている、ということになる。

黒衣のアバターが、ふわりと音もなく着地したのはハルユキ側の浮島だった。頼《たよ》りない重力に途惑《とまど》う様子もなく、完全に体を静止させている。

右手の剣を肩に担《かつ》ぐと、グラフはのんびりとした声を出した。

「まさかここで、実装されたばっかりの《宇宙》を引くかーって感じだよな。最後にボタンを押したのはお前だろ、シルバー・クロウ？　ツモ運がいいんだか悪いんだか」

——え、僕が引いたことになってるの？

と慌《あわ》てるハルユキのすぐ後ろから、鋭《するど》い声が投げ掛けられた。

「……宇宙ステージが初めてではないような口ぶりだな、グラフ？」

ホバー移動でハルユキの前に出た黒の王の問いかけに、双剣士《そうけんし》は軽く肩を上下させる。

「まさか、もちろんここじゃ初めてだよ。けど、他のゲームなら、似たようなマップで戦ったことは何度もあるからさ……基本、宇宙だと遠隔技《えんかくわざ》持ちが有利すぎるんだよな。ってわけで、乱戦にさせてもらうぜ」

そう宣言するや、担《かつ》いでいた剣をゆるりと振りかぶり——。

「《スラント》！」

再びの技名発声とともに、斜めに振り下ろす。青い剣光がハルユキと黒雪姫《クロユキヒメ》の目の前を薙《な》ぎ、灰色のコンクリートに一直線のラインを刻み込む。

ゴゴン！　と再び地面が揺《ゆ》れた。またしても必殺技の一撃《いちげき》で切断された浮島が、震《ふる》えながら分離《ぶんり》していく。当初の四分の一になってしまった足場に慌ててしがみつくが、重力も更《さら》に減少し、もうほとんどアバターの重さを感じられない。

グラフの二撃目が合図だったかのように、数十メートル離《はな》れた緑陣営《じんえい》の島から、グランデを除く五人が一斉に——アッシュ・ローラーはバイクから降りて——飛び出した。どうやらこの低重力下で大人数の混戦に持ち込み、遠隔攻撃を無効化するつもりらしい。

しかし、先にハルユキが推測したとおり、ただ斜め上空にジャンプしただけではすぐに浮島の重力圏《けん》を外れ、星空めがけて飛んでいってしまうはずだ。五人はどうやって軌道《きどう》を変えるつもりなのか、と這《は》いつくばったまま眼を見開いていると――。

「《ディスタント・シールド》」

重々しい技名発声が、飛翔《ひしょう》する五人の後方から響《ひび》いた。声の主は、浮島に残る緑の王。右手の大盾《おおたて》《ザ・ストライフ》を高々と持ち上げ、激しく地面に打ち下ろす。

ずしん、という衝撃波《しょうげきは》が広がった、その直後。

グレート・ウォールの五人の前方に、巨大な十字盾が出現した。色も形もザ・ストライフとまったく同じだが、背後の星々が透《す》けるそれは、しかし確かな実体を持っていた。アイアン・パウンドたちは幻《まぼろし》の盾を次々に蹴《け》り、ジャンプの角度を変える。

「来るよッ！」

チユリが叫んだ直後、黒雪姫が矢継ぎ早に指示した。

「グラフは私が相手をする！　パイルとベル、メイデンとカレントでそれぞれチームを組んで敵に当たれ！　クロウとレイカーは自由に戦ってよし！」

「了解!!」

ネガ・ネビュラスの六人も、声を揃《そろ》えて叫ぶと迎撃態勢を取った。

上空から接近するパウンドたち目掛けて、謡《ウタイ》が一足先に矢を射掛け始める。そのほんとんどはビリジアン・デクリオンの円盾《バックラー》に阻《はば》まれるが、挑発効果はあったようだ。五人は空中で互いに押し合って二手に分かれ、デクリオンとパウンドは謡《ウタイ》たちが陣取《じんど》る浮島へ、そしてリグナムとサンタンとアッシュがハルユキたちの島へと降下してくる。

　重力の薄《うす》い地面から慎重《しんちょう》に立ち上がると、ハルユキは黒雪姫《クロユキヒメ》から離《はな》れ、タクム、チユリと並んで身構えた。指示された役割は遊軍だが、敵が三人来るなら迎《う》え撃たねばならない。

　一秒後、まずリグナムとサンタンの女性《F》型コンビが見事な身のこなしで着地し、続いてアッシュが両手両足でビタン！　と地面に貼《は》り付く。

　恐る恐るといった様子で立ち上がろうとする世紀末ライダーに向けて、ハルユキは思わず問いかけた。

「あの、アッシュさん。バイク無しで、何しに来たんですか」

「ウルッセイ！　そーゆーオメエも空気なしじゃ飛べねーだろ！」

　びしっと指さされれば、むぐっと黙《だま》るしかない。思い返せば、バイクから降りたアッシュ・ローラーと戦うのは、バーストリンカーになって二度目の対戦以来だ。あの時は、ニュービー丸出しなドツキ合いの末にハルユキが勝利したが、あれからもう八ヶ月以上が経《た》つ。アッシュ本人の戦闘力《せんとうりょく》が当時と同じだとは考えないほうがよさそうだ。

「……解《わか》りました、油断はしません！」

　宣言し、ハルユキは両手をびしっと前で構えた——のだが。

コガネムシ《シェイファー》の名を持つチャイナドレス姿のアバターが、手振りでアッシュを下がらせると言った。

「アッシュはリグナムと組んで。シルバー・クロウとは、まずワタシが戦うデス」

「へっ……？」「ホワイッ⁉」

同時に叫ぶハルユキとアッシュにはもう答えず、サンタンは中国拳法《けんぽう》の型と思われる、優美かつ剽悍《ひょうかん》な演武を短く披露《ひろう》した。通常の四分の一の低重力環境であることをまるで意識させない、ずしりと落ち着いた構えを取ると、叫ぶ。

「パウンド大哥《アニキ》にタイマンで勝った腕前、見せて貰《もら》うデス！」

「い、いや、あれはっ……」

――クロム・ディザスターになってた時の話でっ。

という弁明を口にする余裕は与えられなかった。ひび割れたコンクリートの上を、するすると滑《すべ》るような歩行で、サンタンが急激に間合いを詰めてくる。

「呀《ヤ》！」

短い気合いとともに突き出される右手は、拳《こぶし》を握《にぎ》っていない。ハルユキは咄嗟《とっさ》に顔面狙《ねら》いの掌底《しょうてい》打ちだと予測し、両腕でガードしようとした。しかし。

サンタンの掌《てのひら》は、ハルユキの左手首あたりに柔らかく触《ふ》れただけだった。ダメージはなかったが、背筋《せすじ》に冷たい戦慄《せんりつ》が走る。慌《あわ》てて手を引こうとしたが、その時にはもう、吸い付くような掌に手首を摑《つか》まれていた。

逃れる隙《すき》もなく、一瞬《いっしゅん》でハルユキの左腕が内向きに回転し、肘《ひじ》関節と肩関節が可動域の限界で激しく軋《きし》む。その状態で、今度こそサンタンの左の掌打《しょうだ》が飛んでくる。

「くっ……！」

辛《から》くも右腕でガードしたが、インパクトの瞬間、極《き》められた左腕の関節から火花が散った。鋭《するど》い痛みとともに、体力ゲージが五パーセントほど削《けず》られる。

ゴーグルの下で歯を食い縛《しば》りながら、ハルユキは遅《おそ》まきながら悟《さと》った。

重力が四分の一ということは、単純な打撃《だげき》攻撃の威力《いりょく》も四分の一かそれ以下になるということだ。ただ蹴《け》ったり殴《なぐ》ったりしても大した効果はないし、反動で自分が地面から浮き上がってしまいかねない。この状況の格闘戦《かくとうせん》で的確にダメージを与えるには、相手をしっかりホールドした上で打撃を入れるか、あるいは関節技を仕掛けるしかないのだ。サンタンが繰《く》り出した、左腕を極めつつ右手で打つという攻撃は、その両方を同時に行う高度な技だ。

恐らくサンタンたちは、宇宙ステージの低重力環境での戦いかたを、事前にグラフからレクチャーされているのだろう。

懸命《けんめい》に考えを巡らせつつ、ハルユキは極められたままの左手首をどうにか振り解《ほど》こうとしたが、サンタンの右手は接着されてしまったかの如《ごと》く外れようとしない。

「無駄《むだ》デス！　ワタシの掌《てのひら》は微細な吸盤《きゅうばん》の集合体、力じゃ外せないデスよ！」

「なっ……」

なにそれ怖《こわ》っ！　と一瞬考えてしまったが、確かにガラスを登れる昆虫の足はそういう構造になっていると何かで読んだ気もする。

「……なら！」

ハルユキは、左腕の痛みを堪《こら》えながら、右足で回し蹴《げ》りを放った。腕が接続されているなら、こちらの打撃も通じる理屈《りくつ》だ。

しかし、

「甘いデス！」

絶妙のタイミングで左腕を引かれ、蹴りの軸がブレてしまう。サンタンは左前腕部の分厚い装甲でキックを軽々とガードすると、お返しとばかりに蹴りを放つ。

「哈《ハ》ッ！」

脚が真上にピンと伸びる見事な垂直蹴りが、ハルユキの下顎《したあご》を掠《かす》めてゲージを三パーセント削り取った。

ハルユキも近距離《きんきょり》での格闘戦は決して苦手ではない、というより主たる攻撃手段なのだが、高速の三次元機動が持ち味なので、間合いゼロの密着を強《し》いられているこの状況は分《ぶ》が悪い。どうにかして、相手をこちらの土俵《どひょう》に引きずり込まねばならない。

——腕が、外せないなら！

腹を括《くく》り、ハルユキは体を沈めた。

「うりゃあ！」

両足で、思い切りジャンプする。サンタンも、足の裏にまでは吸盤《きゅうばん》がなかったようで、ハルユキにくっついたまま地面から離《はな》れる。

「何デス⁉」

急いで手を離そうとするサンタンの右手首を逆に摑《つか》み、引き寄せる。薄《うす》い重力はあっというまに消失し、二人は無限の星空めがけて上昇し始める。こうなれば、遥《はる》か上空に存在するはずのステージ境界面にぶつかるか、運動エネルギーを発生させ得る必殺技を使う以外に、浮島に戻る方法は存在しない。

「このっ、離すデス！」

さすがに焦《あせ》りの色が滲《にじ》む声でサンタンが叫び、再びハルユキを蹴《け》ろうとした。だが、双方の体がぐるぐる回転してしまうだけで、まともな攻撃《こうげき》にはならない。事前にレクチャーされてはいても、初体験の完全無重力環境下でいきなり戦えはしないだろう。

もちろん、宇宙戦が初めてなのはハルユキも同じだ。しかし、よくよく考えてみれば、似た状況ならば何度となく経験している。すなわち、超高空からの自由落下《フリーフォール》。

落下中は、キックもパンチもまともに当たらない。効果があるのは、完全に相手を拘束《こうそく》したうえでの攻撃のみ。

「失礼します！」

無意識のうちにそう断りながら、ハルユキはサンタンの背中側に回り込むと、チャイナドレスを着た細い胴体に両腕を回してありったけの力で締《し》め上げた。

デュエルアバターは呼吸しないし血流もないので、本来の意味での絞《し》め技は一切効かない。ダメージを与えるには、相手の装甲を破壊《はかい》するほどの圧力を加える必要があるが、シルバー・クロウにそこまでのパワーはない。

「無駄《むだ》……デス！　ワタシの装甲は、こんな力では砕《くだ》けまセン！」

サンタンが叫び、両手でハルユキの腕を外そうとし始める。その言葉どおり、甲虫モチーフだけあって装甲強度はかなりのものだ。このまま締め続けていても、小さなひび割れを作れるかどうかというところだろう。

しかし、ハルユキの狙《ねら》いは他にあった。

相手の意識が絞め技からの脱出に向いた瞬間《しゅんかん》、両腕をわずかに緩《ゆる》めて滑《すべ》らせ、サンタンを抱《かか》えたまま前腕部をクロスさせる。同時に上体をいっぱいに仰《の》け反らせながら、叫ぶ。

「ヘッド…………」

シルバー・クロウのフェイスマスクが純白に輝《かがや》き、星々の光を遠ざけた。クロウの腕を外すことにやっきになっていたサンタンは、ほんのわずかだが反応が遅《おく》れた。

「…………バァ――――ット!!」

目の前の後頭部に、ハルユキは渾身《こんしん》の頭突きをぶちかました。

＊＊＊

《矛盾存在《アノマリー》》グラファイト・エッジ。

二つ名の理由は、何でも切れる剣と何でも防ぐ盾《たて》の双方を兼ね備えているからだ。もっとも、正しくは《盾》ではない。

グラフが右手で構える長剣、固有名《ルークス》は、エッジ部分が艶消《つやけ》しの黒、刀身部分がガラスのように透明《とうめい》な素材で構成されている。それゆえに、暗いところでは、まるで細い黒枠《くろわく》だけでできているようにも見える。

エッジを成すのは、単分子シート《グラフェン》の積層材。刃の先端《せんたん》部は分子ひとつぶんの薄《うす》さしかないため、加速世界のあらゆる物質を切り裂《さ》く。

刀身を成すのは、炭素分子ボール《フラーレン》の凝集体《ぎょうしゅうたい》である《ハイパーダイヤモンド》。圧倒的《あっとうてき》な硬度と靭性《じんせい》を誇《ほこ》り、加速世界のあらゆる物質を阻《はば》む。

まだ抜いていないが、グラフはまったく同じ外見、同じ性能の長剣《アンブラ》を左肩にも装備している。ならば、剣《ルークス》で剣《アンブラ》に斬《き》りつけたらどうなるのか。それは古来より多くのバーストリンカーが抱《いだ》いてきた疑問だが、グラフはにやにやするばかりで教えなかった。

かつては《地》の四元素、そして今は六層装甲第一席たるグラファイト・エッジと戦うのは、実に三年ぶりだ。考えてみれば、最後の対戦の舞台となったのもラヴィン・スクエアの隣《となり》に建つ商業ビル、渋谷《しぶや》ヒカリエの屋上だった。

あの時は双剣によるクロスガードを破れずに惜《お》しくも敗れたが、今日こそは三年間の成長を見せつけてやらねばならない。この模擬《もぎ》領土戦を落とすわけにはいかないし、何よりグラファイト・エッジは、黒雪姫《クロユキヒメ》の剣の師なのだから。

「……まずは、二本目の剣を抜かせないとな」

油断なく身構えながら黒雪姫が言うと、グラフはフェイスマスクの奥でにやりと笑った――ように思えた。

「そいつは楽しみだな。ずいぶん長い間、左《アンブラ》は抜いてないからな」

「そもそも対戦自体ご無沙汰《ぶさた》じゃないのか」

「言われてみればそうかもしれん」

相変わらず人を食った物言いだが、右手に握《にぎ》られた長剣の切っ先は、この超低重力ステージでもぴたりと静止している。

対峙《たいじ》を続けながらも、黒雪姫はさっと周囲の状況を確認した。

グラフの遠近両用型必殺技《バーチカル・スクエア》によって分断された浮島の、左側の島に黒雪姫は立っている。同じ島では数秒前までシルバー・クロウとサンタン・シェイファーが戦っていたが、クロウが自《みずか》らジャンプして無重力ゾーンに飛んでいってしまったので、いまは視界に捉《とら》えられない。

少し離《はな》れたところで、シアン・パイルとライム・ベルのコンビが、緑のリグナム・バイタ、アッシュ・ローラーを相手にしている。パイルとベルは二人とも接近戦を得意としているが、慣れないステージに加えて、リグナムの伸びたり縮んだり開いたり閉じたりする日傘《ひがさ》に幻惑《げんわく》されてしまっているようだ。しかし、まだ大したダメージは受けていない。

右側に遠ざかりつつあるもう一つの浮島では、アクア・カレントがアイアン・パウンドと、スカイ・レイカーがビリジアン・デクリオンと戦っている。パウンドの打撃《だげき》をカレントが水流装甲で受け流し、デクリオンの斬撃《ざんげき》をレイカーが手刀で捌《さば》いているあいだに、後方に下がったアーダー・メイデンが射撃する作戦らしいが、パウンドの鉄甲《てっこう》とデクリオンの円盾《バックラー》を炎なしの矢ではなかなか射貫《いぬ》けないようだ。

両チームとも戦局は膠着《こうちゃく》状態だが、誰《だれ》かが必殺技を使い始めれば大きく動くだろう。黒雪姫《クロユキヒメ》も、いつまでも睨《にら》み合ってはいられない。

「……こちらもそろそろ始めるか、グラフ」

黒雪姫がそう声を発しつつ右手の剣を持ち上げると、グラファイト・エッジもまったく同じ構えを取った。

「いつでもいいぜ、ロッタ」

「言っておくが……三年前のようには行かないぞ！」

叫び、右足の切っ先をコンクリートに突き刺して、後方に押しやる感覚で蹴《け》り飛ばす。

これほどの低重力環境だと、ダッシュするために地面を蹴った瞬間《しゅんかん》アバターが浮き上がってしまうが、両足をスパイクとして使えるブラック・ロータスはその限りではない。地を這《は》うような低空ダッシュから、左下に構えた右手の剣を斜め上に斬《き》り上げる。

グラフは、その一撃を難なく長剣で受けた。しかし、そこまでは計算済みだ。黒雪姫の狙《ねら》いは他にある。

「とっ……」

小さく声を漏《も》らしたグラフの体が、斬撃のエネルギーを吸収しきれずにふわりと浮いた。その隙《すき》を逃《のが》さず、右足を地面に突き刺しながら、左手の剣で再度斬り上げ攻撃。今度も剣でパリィされたものの、グラフは更《さら》に浮き上がる。

普通なら最も威力《いりょく》が乗る上段斬りではなく、下段斬りをメインに使うことが、宇宙ステージでの剣を使った戦闘《せんとう》のキモだ。下からの攻撃なら、地面に脚を突っ張ることで最大限のパワーを引き出せるし、それを防御した相手を浮かせる効果もある。しかも、いったん地面から離れてしまえば、剣使いに反撃のすべはない。

——行くぞ！

心の中で叫びながら、二メートルばかり浮き上がったグラフの真下に潜《もぐ》り込む。両足を折り畳《たた》んで体を低くしながら、右腕を真上に向けて引き絞《しぼ》る。

「――《デス・バイ・ピアーシング》!!」

全力の技名発声が、外燃機関じみた金属質のサウンド・エフェクトに掻《か》き消される。青紫色《あおむらさきいろ》のライト・エフェクトが、暗いステージを鮮《あざ》やかに照らし出す。

体を思い切り伸び上がらせながら、黒雪姫《クロユキヒメ》は必殺の突きを垂直に放った。

グラファイト・エッジが取り得る行動は二つ。剣によるパリィかブロック。だが、文字通り地に足のついていない通常技で軌道《きどう》を逸《そ》らされるほどブラック・ロータスのレベル5必殺技は甘くないし、ブロックならば、仮にハイパーダイヤモンドの刀身を砕《くだ》けずとも、グラフは星空の彼方《かなた》まで飛んでいってしまうはずだ。戻ってくるまでのあいだに、他のメンバーを一人でも倒《たお》せれば上等。

致死の輝《かがや》きを帯びた《終決の剣《ターミネート・ソード》》の切っ先が、双剣《そうけん》使いの胸へと迫《せま》る。王の必殺技にクリティカル・ポイントを貫《つらぬ》かれれば、いかなハイランカーでも即死確実なのに、右手に握《にぎ》られた《ルークス》は動き出す気配がない。

――パリィでも、ブロックでもない？

――構わん、ならば貫くまで！

「オオッ！」

短く吼《ほ》えながら、黒雪姫はグラフの薄《うす》い胸部装甲をぶち抜こうとした。

そこでようやく、双剣使いが反応した。しかし、動いたのは右手ではなく、左手だった。

何も持っていない、男性型《M》にしては華奢《きゃしゃ》な手が、黒雪姫の剣の切っ先を無造作に摑《つか》む。《絶対切断《ワールド・エンド》》の二つ名の由来となった黒の王の四肢剣《ししけん》は、触《ふ》れたもの全《すべ》てを切り裂《さ》く。例外は王たちの持つ七の神器《セブン・アークス》、歴代クロム・ディザスターの武器、そしてグラファイト・エッジの双剣くらいのものだ。ことにグラフは、スカイ・レイカーに《剣が本体のヒト》と言われたほど、デュエルアバター本体の防御力は低い。

ゆえに黒の王の剣を、しかも必殺技発動中に握ったグラフの左手は、五本の指が瞬時《しゅんじ》に落ちるはずだった。だが——。

「ッ⁉」

黒雪姫は、驚愕《きょうがく》のあまり息を吞《の》んだ。必殺の威力《いりょく》を秘めた突きが、まるで分厚いゴムの塊《かたまり》に受け止められたかの如《ごと》く減速していく。切っ先を握るグラフの左手の隙間《すきま》から、青紫色の輝きだけが空《むな》しく拡散する。指は一本も切断されていないし、視界右上に表示されたグラフの体力ゲージも一ドットたりとも減っていない。

胸部装甲に触れる寸前でエネルギーを失い、完全に静止させられた自分の剣を見上げながら、黒雪姫は囁《ささや》いた。

「……いったい、何をした」

答えは、憎《にく》たらしいほどの余裕に満ちていた。

「お前に《柔法》を教えたのは俺だぜ、ロッタ」

黒雪姫《クロユキヒメ》の剣を左手で握《にぎ》ったまま、グラファイト・エッジは剣《ルークス》を軽く振った。

漆黒《しっこく》の単分子ブレードが、突き上げられたままの剣の側面に触《ふ》れた。キン、と軽やかな音とともに、自分の右手の先端《せんたん》十五センチほどが呆気《あっけ》なく切断されるのを黒雪姫は見た。

＊＊＊

渾身《こんしん》の頭突きがサンタン・シェイファーの後頭部を捉《とら》えた瞬間《しゅんかん》、純白のライト・エフェクトが両者の装甲を眩《まばゆ》く輝《かがや》かせた。メタルカラー並みの強度を誇《ほこ》っていたサンタンの装甲が放射状にひび割れ、微細な破片を散らす。

シルバー・クロウ唯一《ゆいいつ》の必殺技たる《ヘッド・バット》は、物理／打撃《だげき》とエネルギー／光の二属性を兼ね備える。物理ダメージの大部分は分厚い装甲に阻《はば》まれただろうが、光ダメージは非指向性の衝撃波《しょうげきは》となってアバター素体まで浸透《しんとう》したはずだ。

「クッ……！」

呻《うめ》いたサンタンの体力ゲージが、二割近くも減少した。

直後、両者は、まったく同じ勢いで前後に弾《はじ》き飛ばされた。サンタンは、ステージの空を彩《いろど》る星の海へ。そしてハルユキは、下方の浮島へ。

通常対戦ステージの空には境界障壁があるので、サンタンがこのまま宇宙のどこかに飛んでいってしまうことはないはずだ。しかし、障壁に当たって跳《は》ね返ってくるにはかなりの時間がかかるだろう。その前に浮島へと戻り、リグナム&アッシュ相手に苦戦しているらしいタクムとチユリに加勢せねばならない。

無重力空間を一直線に降下しつつ、ハルユキは両眼を見開いて戦況を確認しようとした。途《と》端《たん》、浮島の片方で鮮《あざ》やかなバイオレット・ブルーの閃光《せんこう》が発生し、周囲を染め上げた。あれは――黒の王ブラック・ロータスの必殺技、《デス・バイ・ピアーシング》の光だ。

眼を凝《こ》らせば、双剣《そうけん》使いグラファイト・エッジが地面から浮き上がり、黒雪姫《クロユキヒメ》はその真下に潜《もぐ》り込んでいる。あの体勢から刺突系必殺技を放てば、仮にブロックされてもグラフの体は真上に弾《はじ》かれ、サンタン同様に星空へと飛んでいってしまうはずだ。

さすが先輩、とハルユキが右拳《みぎこぶし》を握《にぎ》った、その時だった。

槍《やり》のようにグラフを貫《つらぬ》くはずだった必殺技の光が、四方に拡散し、消えた。直後、ハルユキの視界右側に、敵チームのそれと並んで表示されている黒雪姫の体力ゲージが一割以上も減少した。

「――――先輩！」

何が起きたのか解《わか》らないまま、ハルユキは叫んだ。恐らくは、グラフが何らかの手段で《デス・バイ・ピアーシング》を弾き飛ばされることなく防御し、直後にカウンター攻撃《こうげき》を決めたのだ。

やはり、かつての四元素、そしていまの六層装甲第一席はただ者ではない。降下目標をタクムたちの所から黒雪姫の傍《そば》に変えようとして、ハルユキは歯を食い縛《しば》った。グラフは私が相手をする——戦闘《せんとう》が始まる直前、黒雪姫はそう宣言したのだ。である以上、このままやられてしまうような黒の王では絶対にない。ここは、信じて任せる。

そう決意すると、ハルユキは黒雪姫から視線を外し、タクムとチユリの戦場を注視した。

シアン・パイルの右腕に装備された大型強化外装《杭打ち機《パイルドライバー》》は、この宇宙ステージでも、浮島に足を着けている限りは有効な武器だ。しかし、無重力圏に出た瞬間《しゅんかん》、鉄杭《てっくい》の威力《いりょく》はほぼ失われる。なぜなら、杭を射出する瞬間、反動を吸収できずに体が後方へ押し出されてしまうからだ。

タクムはその事態を避《さ》けるため、万が一にも浮き上がってしまわないよう、慎重《しんちょう》に動いている。しかしそのせいで、軽量級のリグナム・バイタを鉄杭の射程に捉《とら》えられずにいるらしい。

一方リグナムの主武器である日傘《ひがさ》も、伸縮、開閉しつつタクムを幻惑《げんわく》してはいるが、シアン・パイルの装甲を貫《つらぬ》くほどのパワーはないようだ。

片や、アッシュ・ローラー対ライム・ベルの戦いは、いっそうシンプルな展開となっている。

具体的には、

「この～～！　待て～～！」

と喚《わめ》きつつ打撃武器《クワイアー・チャイム》を振り回すベルから、

「オレ様ネバー・ストップ！」

と叫びながらアッシュが逃げ回るだけ。アメリカン・バイクから降りたライダー本人に戦闘《せんとう》能力はほぼないはずだが、逃げ足だけは健在らしい。低重力環境で器用にぴょーんぴょーんとジャンプし続け、チユリに近づかせない。

リグナムもアッシュも、頭上から近づくハルユキにはまだ気付いていないようだ。どちらを奇襲《きしゅう》するべきか、と考え――ふと顔をしかめる。

リグナム・バイタとアッシュ・ローラーがチームを組んだのは、無意味な編成ではあるまい。何らかのシナジー効果があるからこそのコンビのはずなのに、現状、二人ともただ逃げ回っているだけにしか見えない。時間稼《かせ》ぎなのかもしれないが、通常対戦ステージに変遷《へんせん》は起きないし、いったん始まったバトルロイヤルに援軍が乱入してくることも有り得ない。

――いや、あれこれ悩む前に倒《たお》すんだ！

腹を括《くく》り、ハルユキは着地点により近いリグナムを奇襲するべく狙《ねら》いを定めた。

その時だった。遠く離《はな》れた浮島の向こうから強烈《きょうれつ》な光源が出現し、ステージに白黒のコントラストを描き出した。

「た……太陽⁉」

思わず叫んだハルユキの声を、下方で響《ひび》いた女性の声が掻《か》き消した。

「――《カルビン・サイクル》‼」

タクムに対して防戦一方だったはずのリグナム・バイタが、太陽の出現を待ちわびていたかの如《ごと》く、足を止めて右手の日傘《ひがさ》を高々と掲《かか》げる。その傘が急激に巨大化し、リグナムの姿を覆《おお》い隠《かく》す。

どんな技なのかは解《わか》らない。だが、黙《だま》ってやらせる訳にもいかない。

両足を深く折り曲げて着地の衝撃《しょうげき》を吸収すると、ハルユキはリグナム目掛けて走った。同じことを考えたらしいタクムも、右手の杭《くい》打ち機を構えながら距離《きょり》を詰める。

リグナムの必殺技は、どうやら変身系だったらしい。ドレスを着た胴体は細い円筒と化して伸び、足は地面に同化する。上半身は円錐《えんすい》状に膨《ふく》らんだ日傘に呑《の》み込まれ、見えなくなる。

この形は、木だ。高さ三メートルにも達する、緑の大樹。

「うおおっ！」

直径三十センチほどの幹をへし折るべく、ハルユキは回し蹴《げ》りを繰《く》り出した。反対側では、タクムが両足を踏《ふ》ん張り、杭打ち機を発射した。

ガガアァアン！と凄《すさ》まじい衝撃音が轟《とどろ》き――ハルユキとタクムは、ほぼ同時に跳ね返されて、背中から地面に倒れ込んだ。

「む……無傷!?」

尻餅《しりもち》をついたまま、タクムが驚愕《きょうがく》の声を漏《も》らす。リグナムの胴体改め幹には傷ひとつついていない。ハルユキの脳裏に、会談開始前にアクア・カレントが囁《ささや》いた言葉が甦《よみがえ》る。

――リグナムバイタっていうのは、世界でいちばん硬いって言われてる木の名前。

つまり、これはリグナムの、攻撃《こうげき》を捨てた完全防御形態なのだろうか。ならば、彼女の時間稼《かせ》ぎは、樹に変身したいまも続いているのか。

というハルユキの推測は、直後に破られた。

巨大な円錐《えんすい》体と化した日傘《ひがさ》改め樹冠の表面に、ライトグリーンに輝《かがや》く幾何学《きかがく》模様が浮き上がる。光は、幹を伝って根元へと流れていく。あたかも、陽光を浴びた樹木が光合成でエネルギーを生み出すかのように。

根元に集まった光は、一本のラインとなって地面を流れ、十メートルほど離《はな》れた場所にいたアッシュ・ローラーに接触した。途端《とたん》、

「ヘイ、ヘイ、ヘエエエ〜〜〜イ!!」

立ち止まったアッシュが威勢《いせい》良く叫んだ。

「来たぜ来たぜぇ、ギガ・みなぎってきたぜええぇ!! 待たせたなオマエら!! こっから!! オレ様の!! タ――――ンだぜええええ――――ッ!!」

びしっ、と両手でハルユキたちを指さす。唖然《あぜん》と立ち止まっていたチユリが、我に返ったように走り、左手の大型ベルを振り上げる。

「アンタのターンなんてネバー来ないのよ! そこで寝てなさ――い!」

とチユリが叫ぶのと、

「《ハウリング・パンヘッド》オォォォ!!」

とアッシュが喚《わめ》いたのはほぼ同時だった。

その必殺技名は記憶《きおく》にあった。アッシュ・ローラーのバイクに装備されたランチャーから、対空ミサイルを発射するのが《フライング・ナックルヘッド》で、対地ミサイルを発射するのが《ハウリング・パンヘッド》。しかしバイクは遥《はる》か離れた緑陣営《じんえい》の浮島に置きっぱなしで、アッシュに操作できるはずがない――……

いや、違う。

「ベル、逃げろ!」

それを視認する前に、ハルユキは指示していた。直後、ステージの北側から、二つの光点が猛《もう》スピードで飛来するのが見えた。シーカーレンズの一つ目を赤く輝かせる、大型のミサイル。アッシュは、バイクに乗っていない時でも、技名発声だけでミサイルを遠隔《えんかく》発射できるのだ。

「わわわっ!」

チユリは両足で急ブレーキを掛けると、くるりと振り向いてハルユキのほうに戻り始めた。だがミサイルの飛翔《ひしょう》速度は、全速で飛ぶシルバー・クロウに追いつくほどだ。ただでさえ走りにくい宇宙ステージで、足だけで振り切れるはずがない。

その時、十五メートルほど離れた場所にいたタクムが、上体を大きく反らしながら叫んだ。

「《スプラッシュ・スティンガー》!!」

シアン・パイルの胸アーマーが左右に開き、そこから小型のニードル・ミサイルが立て続けに発射される。樹木《ツリー》モードのリグナム・バイタを掠《かす》めて飛び、アッシュのミサイルを左側から迎え撃《う》つ。

小型ミサイルの群れと二発の大型ミサイルが交錯《こうさく》するのと、体を前に投げ出したハルユキがチユリを摑《つか》まえて地面に引き倒《たお》したのはほぼ同時だった。

真っ赤な閃光《せんこう》、そして轟音《ごうおん》。浮島全体が激しく震動《しんどう》し、チユリをかばうハルユキの金属装甲に、微細な破片を含んだ熱波が叩《たた》き付けられる。直撃《ちょくげき》は免《まぬが》れたのに、体力ゲージが目に見えて減少する。

タクムのニードル・ミサイルが全《すべ》て誘爆《ゆうばく》したせいもあるだろうが、それにしても大した破壊《はかい》力《りょく》だ。一発でも喰《く》らえば決定的ダメージを受けてしまうだろうが、幸い、アッシュのこの技は必殺技ゲージの消費量が大きい。二発目のぶんがリチャージされる前に接近し、倒さねばならない。

そう考えながら、ハルユキは視界右上に並ぶゲージの中から、アッシュのそれを確認した。

「うえっ……!?」

直後、目を剝《む》いた。アッシュの必殺技ゲージが、みるみるうちに回復していく。ナントカ・ドリンクでも飲んでいるのか、いやいや通常対戦にそんなものないし、などと考えながら顔を上げてアッシュを見るが、浮島の端《はし》でただ仁王立《におうだ》ちになっているだけで、地形オブジェクトを壊《こわ》したりしている様子もない……。

「リグナムだよ、クロウ！」

というタクムの叫び声が聞こえた瞬間《しゅんかん》、ハルユキもようやく何が起きているのかを悟《さと》った。

樹木と化してそびえ立つリグナム・バイタから、地面を伝ってアッシュに接触している光のライン。あれが必殺技ゲージを充塡《じゅうてん》させているのだ。

リグナムの変身は、単なる防御形態ではない。恐らく、陽光を浴びるとあたかも光合成するかの如《ごと》くエネルギーを生成し、それを仲間に分け与えることができるのだ。つまり、アッシュのミサイルは実質的に弾数無限と言える。これこそが、リグナム＆アッシュコンビのシナジー効果――。

「よぉ～～～やくアンダスタったようだなァ、キャラス野郎！」

スカルフェイスをにんまりさせながら、世紀末ライダーが叫んだ。

「しかしもうトゥー・レイトだぜ！　オレ様のターンは！　ネバー・エンディングだぜぇぇぇ――ッ!!《ハウリング・パンヘッド》!!　もいっちょ、《ハウリング・パンヘッド》!!　ダメ押しで、《ハウリング・パンヘッド》――――ッ!!」

ドドドドドドウッ!!　という連射音とともに、彼方《かなた》に停車してあるアメリカン・バイクから、六発もの大型ミサイルが連続発射された。

＊＊＊

アーダー・メイデンこと四埜宮謡《シノミヤウタイ》は、深く息を吸いながら、長弓《フレイム・コーラー》の弦を引き始めた。右手と左手を光の粒が包み、それは細長い直線となって、朱塗《しゅぬ》りの矢を実体化させる。

普段《ふだん》なら、矢は赤々とした炎に包まれているのだが、空気のない宇宙ステージでは火は燃えることができない。銀色の矢尻《やじり》は鋭《するど》く輝《かがや》いているが、単純な物理／貫通属性ダメージだけでは、アイアン・パウンドの分厚い装甲や、ビリジアン・デクリオンの強固な円盾《バックラー》を貫《つらぬ》くことは残念ながらできないようだ。

グラファイト・エッジによって分断された浮島の一方で、謡とスカイ・レイカー、アクア・カレントの三人が、パウンド、デクリオンの二人と戦い始めてからすでに五分近くが経過している。レイカーとカレントが足を止めて緑の二人の猛攻《もうこう》を捌《さば》き、後方から謡が矢を射掛けるという戦術だが、これは最善手というよりもこうせざるを得ない状況だ。なぜなら、炎の加護を失った謡は、《鉄拳《てっけん》》パウンドまたは《十人長》デクリオンとの接近戦にはまず耐《た》えられない。謡に敵を近づけないために、決して純粋《じゅんすい》な近接型ではないレイカーとカレントが頑張ってくれているのだ。

いっそ、遠く離《はな》れた別の浮島に退避《たいひ》して、そこから遠距離《えんきより》射撃《しゃげき》を試みたほうがまだしも役に立てるのではという気がする。もちろん、この近間から放つ矢ですらほとんど防がれてしまうのだから、遠間からではよほどの工夫をしなければダメージを与えられないだろう。それでも、こうしてただ守られているよりはいい――、謡はどうしてもそんなふうに思ってしまう。

謡の《親》にして実兄であるミラー・マスカー／四埜宮竟也《キヨウヤ》は、倒《たお》れる大鏡から謡をかばい、命を落とした。もう、誰《だれ》かが自分を守って傷つく姿は絶対に見たくない。それは、我《わ》が身を千回切り裂《さ》かれるよりも辛《つら》いことだ。

しかし、この戦闘《せんとう》が始まる直前、スカイ・レイカー／倉崎楓子《クラサキフウコ》は言った。後ろで、辛抱《しんぼう》して矢を撃《う》ち続けて。それが必ず活《い》きるから、と。

旧ネガ・ネビュラス時代にはずっとコンビを組んで戦っていたレイカーのことは信頼《しんらい》しているし、現実世界の楓子を深く慕《した》ってもいる。しかし謡の中には、彼女に対して、ほんの少しの気後《きおく》れがある。理由は、楓子がいついかなる時も謡を守ろうとするからだ。衒《てら》いのない愛情で謡を包み、庇護《ひご》しようとするからだ。そして、それが、とてもとても心地良いからだ。

守られるのは仕方がないのかもしれない。スカイ・レイカーとの実力差は、レベル8と7の数字を遥《はる》かに超えるものがある。もう何年もしていないが、仮にいま彼女と対戦すれば、謡の放つ矢はレイカーの掌《てのひら》に全《すべ》て叩《たた》き落とされ、瞬時《しゅんじ》に間合いを詰められて、そのまま何もできずに負けるだろう。

でも、いつか。

いつかはレイカーと同じ高さにまで辿《たど》り着き、守られるだけではない、本当のパートナーになりたい。

そう思えるようになったのは、新しいネガ・ネビュラスに加入してから……正確には、シルバー・クロウ／有田《アリタ》春雪《ハルユキ》と出会ってからだ。

正直、最初は少し頼《たよ》りないと思っていた。あの黒の王、《絶対切断》ブラック・ロータスが《子》に選び、レギオンの未来を託《たく》すほどのバーストリンカーにはなかなか見えなかった。でも、クロウにスザクの祭壇《さいだん》から救出され、ともに帝城《ていじょう》から生還《せいかん》した頃《ころ》には、謡《ウタイ》にももう解《わか》っていた。

クロウの強さは、遥《はる》かな高みを目指す意志そのものだ。どんな絶望的な状況でも――たとえ百回負けて地に這《は》おうとも、歯を食い縛《しば》って立ち上がり、百一回目の戦いに挑《いど》む意志の強さ。だから彼は、加速世界唯一《ゆいいつ》の完全飛行型デュエルアバターとして、美しい白銀の双翼《そうよく》を持って生まれたのだ。

苦境で踏《ふ》み留《とど》まり、愚直《ぐちょく》に繰り返すことの大切さを、謡はシルバー・クロウから学んだ。ただのお荷物だとしか思えないこの状況でも、レイカーの言葉を信じて矢を放ち続ければ、きっと何かが動くはずだ。

愛弓フレイム・コーラーには矢を無限に生成する能力があるので、銃系《じゅうけい》強化外装と違って、どんなに撃《う》っても撃ち尽くすことはない。三十三本目は、アイアン・パウンドを狙《ねら》って放つ。空気がないのにひょうっと風切り音を響《ひび》かせて飛翔《ひしょう》した矢は、狙い通りパウンドの顔面に吸い込まれようとしたが、その直前に左グローブでブロックされる。ノーダメージで弾《はじ》かれた矢は、空中で溶け崩《くず》れるように消滅《しょうめつ》する。

まだまだ、と思いながら次の矢をつがえようとした時、パウンドの右側で戦うデクリオンが、「ぬっ」と短い声を漏《も》らした。アクア・カレントの手から鞭《むち》のように放たれた高速水流を盾《たて》で防御しそこねて、わずかながらダメージを受けたらしい。

しかし、なぜデクリオンが乱れたのだろう。謡が狙ったのはパウンドで、彼は矢をきっちり防いだのに……。

と、そこまで考えてふと気付く。矢が生成された長弓を素早く引き絞《しぼ》り、今度はデクリオンを射る。十人長はこれまでと同様に矢を円盾で受けたが、同時にパウンドがレイカーの手刀を回避《かいひ》しそこね、「チッ」と舌打ちする。

「……なるほど……なのです」

謡は、小声で呟《つぶや》いた。ようやく、スカイ・レイカーの狙いが理解できたのだ。

この五分間、謡はほぼ一定のペースで矢を射続けているが、標的はランダムだ。パウンドとデクリオンを交互に撃つこともあれば、片方を何度も続けて狙うこともある。その地道な蓄積《ちくせき》が、経験豊かなグレート・ウォールの猛者《もさ》たちに、「次はどっちに来る」という迷いや苛立《いらだ》ちを生み出したのだ。

──ならば。

謡《ウタイ》は、いままでは狙《ねら》いを悟《さと》られないために抑えてきた殺気を、逆に思い切り矢へ込めながら弦を引いた。《会》でぴたりと全身を静止させたまま、溜《た》める。

まだ撃《う》たない。撃たない。撃たない──。

パウンドとデクリオンが、焦《じ》れたかのようにちらりと謡を見た。

その隙《すき》を、スカイ・レイカーとアクア・カレントは逃《のが》さなかった。

「はっ‼」

「フッ‼」

二人同時に気合いを発しながら深く踏《ふ》み込み、這《は》うような低い体勢からレイカーは掌《しょう》打《だ》で、カレントは水刃で、それぞれの標的を痛撃《つうげき》する。狙い澄《す》ました《浮かせ技》は見事に決まり、パウンドとデクリオンは同時に高々と打ち上げられる。

「クソッ……！」

浮島の重力圏《けん》から外れたパウンドが、毒づきながら両拳《りょうこぶし》を星空へと向けた。何らかの必殺技を上に撃ち、その反動で島に戻るつもりだろう。しかし、無重力空間に浮遊している状況は、謡にとっては最高の的だ。

引き絞《しぼ》ったまま溜めていた弓を、更《さら》にもう一段階引きながら、謡は叫んだ。

「《スーパールミナル・ストローク》!!」

このステージでも唯一《ゆいいつ》威力《いりょく》を減殺されない、アーダー・メイデンのレベル7必殺技。射程と速度、そして貫通力に特化した光属性の矢を放つ。《フレイム・トーレンツ》や《フレイム・ボルテクス》といった火属性の必殺技と違って爆発《ばくはつ》効果は持たないが、敵の急所を撃ち抜けば大ダメージを与えられる。しかし、大抵の必殺技が持つ命中補正は一切利《き》かないので、わずかにでも心が揺《ゆ》れればピンポイントの狙撃《そげき》はできない。

つがえられた矢が、純白の光に包まれる。意識がデュエルアバターの指先にまで行き渡り、更には弓と矢までが己の一部のように感じられた瞬間《しゅんかん》——離《はな》す。

無音の煌《きら》めきが宙を走り、アイアン・パウンドの体に吸い込まれた。

現象としてはそれだけだったが、両拳を持ち上げていたアイアン・パウンドの分厚い胸アーマーの中央が、ぴしっと放射状に砕《くだ》けた。九割近くを維持していた体力ゲージが急速に減少し、黄色から赤に変色しつつ、残り二割でようやく停止する。光は瞬時にアバターを貫通したため運動エネルギーには変わらず、パウンドはその場に浮いたままだ。

さすがに即死はさせられなかったが、高レベルのメタルカラー相手としては期待以上のダメージを与えられた。あとは、レイカーが止《とど》めを刺してくれるはず。

そう思った謡が、次の矢でデクリオンを狙おうとした、その時。

「パウンド、いったん引け！」

デクリオンが、右手の両刃小剣《グラディウス》を掲《かか》げながら叫んだ。

それを聞いたパウンドは、悔《くや》しそうにアイレンズを細めながらも、上に伸ばしていた両腕を前方に向ける。

「《イラプション・ブロウ》！」

技名発声と同時に両手のグローブから爆炎《ばくえん》が噴き出し、反動でアイアン・パウンドは後方の浮島へと飛んでいく。敵チームに体力ゲージ回復手段はないはずだが、それでもスカイ・レイカーが追撃《ついげき》するべく体を沈めた。

しかし、止《とど》めを刺すことは叶《かな》わなかった。空中のデクリオンが、剣を掲げたまま雷のような声を轟《とどろ》かせたのだ。

「《ビリダイン・リージョナリー》‼」

剣から緑色の稲妻が四本迸《ほとばし》り、浮島の地面に次々と突き立った。寸前にレイカーとカレントは飛び退《の》いていたので、ダメージはない。だがデクリオンのこの必殺技は、単なる範囲《はんい》攻撃ではない。

「来たわね……」

レイカーが呟《つぶや》くのと同時に、雷に打たれた地面から、滲《にじ》み出すように起き上がる影があった。

デクリオンよりやや薄《うす》い緑色の重装甲に身を包み、長方形の盾《たて》と無骨《ぶこつ》な槍《やり》を携《たずさ》えた四人の戦士たち。

先日、世田谷《せたがや》エリアからネガ・ネビュラスに加入した新メンバーのショコラ・パペッターは、《チョペット》なる自動人形《オートマトン》を生み出す能力を持っている。チョコレート製ボディはちょっとした物理攻撃なら無効化し、かなり高度な命令も理解するなかなかの優《すぐ》れものだが、《十人長》デクリオンが召喚《しょうかん》する《緑玉の軍団兵《ビリダイン・リージョナリー》》の性能は桁《けた》違いだ。必殺技ゲージ一本で四体、それをもういちど繰《く》り返せば同時に八体まで召喚できるというから恐ろしい。

呼び出された緑色の兵士たちは、二体がレイカー、二体がカレントへと向かった。そのうち一体の槍に摑《つか》まって浮島に戻ったデクリオンは、無言のまま地面を蹴《け》り、謡《ウタイ》に向かって猛然《もうぜん》と突っ込んできた。

＊＊＊

左では、ミサイルの巨大な爆発音。

右では、軍団兵の勇ましい足音。

仲間たちの苦闘《くとう》を、黒雪姫《クロユキヒメ》はまざまざと感じた。しかし、視線を横に向ける余裕はなかった。

右手の剣は切っ先が欠損し、もう突き攻撃は行えない。そのダメージを与えた双剣《そうけん》使いは、いまだ二本目の剣を抜かずに、悠揚迫《ゆうようせま》らぬ立ち姿で黒雪姫と対峙《たいじ》し続けている。

これまで数多《あまた》の強敵を貫《つらぬ》いてきた必殺技、《デス・バイ・ピアーシング》をグラファイト・

エッジに素手で受け止められた衝撃《しょうげき》はまだ消えない。確かに黒雪姫《クロユキヒメ》に柔法、シルバー・クロウ風に言えば《ガード・リバーサル》を授けたのはグラフだが、貫通属性の必殺技を一握《ひとにぎ》りしただけで無力化するとは常軌《じょうき》を逸《いっ》している。

「そう深刻な顔すんなよ、ロッタ」

黒雪姫の強張《こわば》りを見抜いたか、グラフがのんびりとした声を出した。

「お前のデバピをノーダメで受け流せたのは、重力が薄《うす》いからだぜ。感覚的には、アバターが発泡スチロールでできてるみたいなモンだからな」

「……妙な略し方をするな」

ぶっきらぼうに答えながら、黒雪姫は思考を切り替えようとした。

グラフの言うとおり、重力が弱ければ体も軽くなり、攻撃の威力《いりょく》が完全には伝わらなくなる。ならばなぜ、グラフは黒雪姫の剣を斬《き》ることができたのか。それは、必殺技を受け止めた左手で、そのまま切っ先を固定していたからだ。

宇宙ステージでの近接戦闘《せんとう》のキモは、自分を重量物にしっかりと固定すること。そこまでは実行していたつもりだが、まだ足りなかった。相手をも固定しなければ、達人相手には通用しないというわけだ。

しかし、四肢《しし》が剣であるブラック・ロータスに、掴《つか》み技は使えない。仲間に捕まえてもらうという手もあるにはあるが、それは心情的には敗北だ。あくまで自力でグラフを斬ろうとするならば、残された手段はたった一つ。

その手も、恐らくグラフには読まれているだろう。闇雲《やみくも》に狙《ねら》っても手痛いカウンターを喰《く》らうだけだ。その王手《チエックメイト》に至るまでの戦略を、緻密《ちみつ》に組み立てる必要がある。

――こういうのは、キミが得意だったな、ハルユキ君。

心の中で《子》に呼びかけると、重圧が少しばかり薄れた。

確かにこの模擬《もぎ》領土戦は負けられない戦いだ。ここで勝利し、渋谷《しぶや》エリア返還《へんかん》を成さねば、白の王ホワイト・コスモスとの決戦は遥《はる》かに遠ざかる。その間にコスモスは、手に入れた災禍《さいか》の鎧《よろい》マークⅡを使って、加速世界に新たな惨禍《さんか》をもたらすだろう。

実の姉である彼女が、いったい何を望み、どこを目指して戦っているのか……それは黒雪姫にもまだ解《わか》らない。

しかし、《親》として黒雪姫にブレイン・バーストを与えたこと。偽《いつわ》りの情報で操って赤の王レッド・ライダーを全損させたこと。六大レギオンで不可侵条約を結んだ裏で加速研究会を立ち上げ、バックドア・プログラムや辺境ファーミング、ISSキットを使って多くの混乱を引き起こしたこと。ニコを攫《さら》い、強化外装を奪《うば》ってマークⅡを造り上げたこと。それら全《すべ》てが、ひとつの目的を実現するためのプロセスであるはずだ。

秘めたる目的が何なのかは、ホワイト・コスモスを倒《たお》し、剣を突き付けて語らせればいい。

そのためにもここでグラフに敗れるわけにはいかないが――しかし、先だけを見ていては戦う甲斐《かい》がないことを、黒雪姫《クロユキヒメ》は有田春雪《アリタハルユキ》に教わった。

いまの対戦に、全力を尽くすこと。そして、楽しむこと。

……そうだな、ハルユキ君。

左の戦場で頑張っているはずのシルバー・クロウに思念で囁《ささや》きかけると、黒雪姫は深く息を吸い、吐《は》いた。

「《オーバードライブ》、《モード・ブルー》」

囁くようにコマンドを発声すると、全身のモールドに青い光が浮き上がる。装甲強度と技の射程を捨てて、アバターを近接攻撃《こうげき》に特化させたのだ。

黒雪姫の変身を見た途端《とたん》、グラフの気配も変わった。正確には、気配や雰囲気《ふんいき》といったものが完全に消滅《しょうめつ》し、内面が感じられなくなった。

剣士の左腕がゆるりと動き、左肩から伸びる《アンブラ》の柄《つか》を握《にぎ》るや滑《なめ》らかに抜き放つ。ついに双剣《そうけん》を装備した《矛盾存在》に、黒雪姫は半身になりつつ対峙《たいじ》する。

残り体力ゲージは、黒雪姫が八割で、グラフはほぼ無傷。必殺技ゲージは、黒雪姫が六割、グラフが七割。どちらも上回られているが、このくらいの差などいくらでもひっくり返るのがブレイン・バーストの対戦というものだ。

折れた右手の剣を前に、左手の剣を後ろに構える。グラフも、鏡に映したように同じ構えを取る。急激に高まるプレッシャーが手足を痺《しび》れさせようとするが、それを敢《あ》えて受け入れる。

――楽しめ、いや喜べ。あるいはもう二度と剣を交える機会はないかとさえ思っていた師とこうして再び向き合い、離《はな》れていたあいだに得たもの、磨《みが》いた力を見て貰《もら》えるのだから。

ゴーグルの下で、黒雪姫は我知らず微笑《ほほえ》んだ。あらゆる音が消え、重圧が消え、恐れが消えたその時、黒雪姫は動いた。

＊＊＊

まさかの《ハウリング・パンヘッド》三連発で発射された六本の大型ミサイルは、シーカーレンズを獰猛《どうもう》に輝《かがや》かせながらハルユキたちに迫《せま》った。

「く……もういちど！」

タクムが再び上体を反らし、必殺技のモーションに入るが、ハルユキは急いでそれを止めた。

「待てパイル、たぶん足りない！」

一回の《スプラッシュ・スティンガー》では、二本のミサイルを迎撃するのが精一杯だったのだ。時間差をつけて飛来する六本を全《すべ》て爆発《ばくはつ》させるのは不可能。しかもアッシュ・ローラーは、リグナム・バイタとのコンボでミサイルを無限に発射できる。

そもそもあのミサイルたちは、何を頼《たよ》りにハルユキたちをロックオンしているのだろうか。熱ではあるまい。デュエルアバターに体温はないし、あんなふうに撃《う》てば、後ろのミサイルが前のミサイルをロックオンしてしまうはずだ。

あるいは単純に《敵アバター》をロックするのか。いや、領土戦やタッグマッチならそれも有り得るが、この対戦のルールはバトルロイヤル。システム的には自分以外の全員が敵であり、ミサイルはリグナムをも攻撃《こうげき》してしまう。

少なくとも、レンズがついているのだから何かを見ているのは間違いない。赤外線ではなく可視光画像、しかも敵味方を識別するとなれば外部誘導《ゆうどう》か。つまり——

アッシュ・ローラーの視線！

ハルユキが素早く顔を上げると、浮島の端《はし》でこちらを凝視《ぎょうし》する髑髏《どくろ》ライダーの眼窩《がんか》とバチッと眼が合った。間違いない。ならば、視線を通らなくすればいいのだ。

「——パイル！　地面を！」

それだけで、タクムはハルユキの意図を察したようだった。出た所勝負だが、もうこれしか方法がない。頷《うなず》いたタクムは、右手の杭《くい》打ち機を足許《あしもと》に向け、叫んだ。

「《スパイラル・グラビティ・ドライバー》——————ッ!!」

巨大化した強化外装から、高速旋回《せんかい》するハンマードリルが撃《う》ち出され、コンクリートに激突する。ステージの鉛直《えんちょく》方向にしか撃てないという制約があるが、ブラック・バイスが生成した閉鎖《へいさ》空間《八面断絶《オクタヘドラル・アイソレーション》》すらも破壊《はかい》したほどの威力《いりょく》を持つ。しかも杭打ち機の後端《こうたん》から爆炎《ばくえん》が噴射されるため、低重力環境でも反動で浮き上がることはない。

鋼鉄《こうてつ》のハンマードリルは、浮島を深々と貫《つらぬ》いた。

直後、ハルユキたちの立つ浮島の左半分が、無数の破片となって砕《くだ》け散った。周囲の重力は完全に消失し、コンクリート塊《かい》が無軌道《むきどう》に漂《ただよ》う。

「きゃあっ！」

悲鳴を上げたチユリの右手を、ハルユキは懸命《けんめい》に摑《つか》んだ。そこにミサイル群が飛来したが、アッシュ・ローラーの視線は無数の障害物に阻《はば》まれ、ミサイルは次々とコンクリートにぶつかって爆発する。

「くっ……！」

押し寄せる熱気と細かい欠片《かけら》からチユリをかばいつつ、ハルユキは次の一手を模索した。

ツリー・モードのリグナム・バイタは、足許が直径三メートルの岩塊になってしまっても、動じずに光合成を続けている。同じ岩塊にしがみつくアッシュは何やら盛んに毒づいているが、必殺技ゲージの充塡《じゅうてん》は継続しているようだ。即席のアステロイド地帯からうかつに飛び出すと、再びミサイルに狙《ねら》われるだろう。しかし、いつまでも隠《かく》れたままでは、せっかく空の果てへと吹っ飛ばしたサンタン・シェイファーが戻ってきてしまうかもしれない。

「タク、チユ」

ハルユキは、大きなコンクリート塊の陰で以心伝心の幼《おさな》馴染《じみ》と顔を寄せ合い、小声で作戦を伝えた。

二人はわずかに躊躇《ためら》ったようだがすぐに頷《うなず》き、ハルユキの指示どおりのポジションについた。再び頷き合うと手近な岩を蹴《け》り、遮蔽物《しゃへいぶつ》の陰から出る。アッシュの姿が視認できた瞬間《しゅんかん》、

「いけっ！」

ハルユキが叫ぶと、真後ろに陣取《じんど》ったタクムが右腕の杭《くい》打ち機を発射した。猛然《もうぜん》と撃《う》ち出された鉄杭を、ハルユキは右足の裏で受けた。柔法の要領で脚を折り曲げて、攻撃力《こうげきりょく》を推進力へと変える。

無重力状態でもさすがに鉄杭の威力《いりょく》を完全には吸収できず、足裏の装甲がひび割れるのを感じた。しかし貫通まではされることなく、シルバー・クロウは銀色の砲弾《ほうだん》となって宇宙空間を突進した。

「ギガ・フウゥウ――――――ル!!　そんなバンザイ・アタックじゃ、いまのインフィニティーなオレ様は倒《たお》せねーぜ!!」

前方で、岩塊《がんかい》にしがみついたままのアッシュ・ローラーが叫んだ。左手でビシッとハルユキを指差しながら、再びミサイルを乱射――しようとする寸前、

「《シトロン・コ――――――ル》!!」

チユリの叫び声とともにハルユキの後方から黄緑色の光線が降り注ぎ、アッシュの全身を包んだ。

「ワアッツ!?」

喚《わめ》くアッシュの必殺技ゲージが、みるみる減っていく。対象アバターの状態を秒単位で巻き戻すライム・ベルの《シトロン・コール・モードⅠ》によって、いったんはフルチャージされつつあったアッシュのゲージが逆転しているのだ。

「は、は、《ハウリング・パンヘッド》!!」

アッシュは大慌《おおあわ》てで技名を叫んだが、その時にはもうゲージが必要量を下回っていて、彼方《かなた》に待機するバイクはうんともすんとも言わなかった。もちろんチユリの必殺技が終了すれば、リグナムの能力によってゲージは再び溜《た》まっていくはずだが、接近するためのほんの数秒間を稼《かせ》げればそれで充分だ。

「うおりゃあああ————ッ！」

雄叫《おたけ》びとともに、ハルユキはアッシュの胸板にフライング・クロスチョップを叩《たた》き込んだ。シアン・パイルの杭打ち機が発生させた運動エネルギーがビリヤードのボールのように伝わり、アッシュの大柄なアバターは、

「アイル・ビー・バアアア————ック！」

という悲鳴とともに暗闇《くらやみ》の彼方へすっ飛んでいった。

——当分帰ってこなくていいです！

と頭の中で叫びながら、一秒前までアッシュがしがみついていた岩塊を両手で摑《つか》む。予想はしていたが、リグナムから溢《あふ》れる光のラインはハルユキの体にも流れ込み、必殺技ゲージを

充塡《じゅうてん》し始める。

数秒経《た》って、リグナムはエネルギー泥棒に気付いたようだった。

「《クレブル・サイクル》！」

掛け声とともに、ツリー・モードを解除しようとする。円錐形《えんすい》の樹冠が日傘《ひがさ》に戻り、幹は女性らしいラインを取り戻していく。

アニメやマンガの主人公サイド、あるいは紳士道を重んじるバーストリンカーなら、《変身中は攻撃《こうげき》しない》というお約束を守るのかもしれない。しかしまだレベル6のハルユキには、ハイランカー相手にそこまでの余裕はない。

「……ッ！」

無音の気合いとともに、岩塊《がんかい》を駆け上る。リグナムの両足が、木の根状のアンカーから華奢《きゃしゃ》なヒールに戻った瞬間《しゅんかん》を狙《ねら》って、横取りした必殺技ゲージをさっそく消費する。

「——《ヘッド・バ————ット》!!」

日傘を持つ両手を高々と掲《かか》げた状態のリグナムは、ガードが間に合わずにハルユキの頭突きを胸で受けた。いや、ガードしても結果は同じだっただろう。

「あいるびー、ばっく」

小さな声だけを残して、六層装甲第四席も、アッシュとは別の方向に飛んでいく。すかさず上空を振り仰《あお》いだが、まだサンタンの姿は見えない。

これで、黒雪姫《クロユキヒメ》に迎撃《げいげき》を命じられた三人はひとまず排除した。稼《かせ》いだ時間で他の戦場に加勢できれば、戦況は大きくネガ・ネビュラス側に傾く。

「──先輩！」

ハルユキは、黒雪姫とグラファイト・エッジが戦っている浮島に眼を凝《こ》らそうとした。

その瞬間《しゅんかん》、背筋《せすじ》を強烈《きょうれつ》な冷気が貫《つらぬ》いた。

予感。戦慄《せんりつ》。恐怖。何か大きな……取り返しのつかない見落としをしていた、という確信。

三メートルの岩塊《がんかい》の上で、弾《はじ》かれたように振り向いたハルユキが見たのは、あたかも巨大な惑星の如《ごと》き重量感を振りまきながら急接近する十字のシルエットだった。

＊＊＊

「メイデン！」

と鋭《するど》く呼びかける楓子《フウコ》の声は、謡《ウタイ》の身を案じる気持ちに満ち満ちていた。

旧レギオン時代の領土戦では、楓子に抱えられた状態で敵陣《てきじん》上空まで飛行し、そこから爆弾《ばくだん》代わりに敵拠点《きょてん》に投下されるという目に遭《あ》っていた謡だが、思い返してみればその作戦のせいで死んだという記憶《きおく》はほとんどない。謡が範囲《はんい》技《わざ》で周囲を焼き尽くしたあとは必ず楓子も降りてきて、敵の反撃から守ってくれたのだ。

いまこの瞬間も、楓子は謡をデクリオンの強襲《きょうしゅう》から守るべく動き出している。自分に向かってくる《軍団兵《リージョナリー》》二体に背を向け、こちらに駆け寄ろうとする姿が見える。

だが、いつまでも楓子に甘えるわけにはいかない。胸を張って《火の四元素《エレメンツ》》を名乗れるようにならねば、前には進めないのだ。

「私は大丈夫《だいじょうぶ》なのです‼」

ありったけの気力を振り絞《しぼ》ってそう答えると、謡は長弓を引き始めた。

遠隔《えんかく》型のアーダー・メイデンが、近接型のビリジアン・デクリオンに格闘《かくとう》戦で勝てるはずがない。剣の間合いまで近づかれる前に、敵の足を止める必要がある。頼《たよ》れるのは、アイアン・パウンドを撃《う》ち抜いた必殺技《スーパールミナル・ストローク》のみ。いちかばちか、これでデクリオンの急所を狙《ねら》う……。

いや、だめだ。格上相手に《いちかばちか》など通用するはずがない。こんな時、シルバー・クロウならきっと、やけにならずに活路を探そうとするだろう。

恐怖に耐《た》え、謡はデクリオンを限界まで引きつけた。

グラディウスの間合いに捉《とら》えられるその寸前、

「やあっ！」

両足を深く曲げると、思い切り地面を蹴《け》る。ただでさえ軽量なアバターは、あっという間に浮島の重力圏《けん》を離《はな》れ、星空目掛けて上昇していく。

「逃がさんッ！」

叫び、デクリオンもジャンプした。

直後、己の過ちを悟《さと》ったか、「ぬうっ」と唸《うな》った。

二人は、わずか四メートルの間合いを保ったまま、ほぼ垂直に飛翔《ひしょう》し続ける。無重力空間で慣性移動している限り、デクリオンは謡《ウタイ》に追いつけない。それどころか、浮島に戻ることも、軌道《きどう》を変えることすらできない。

恐らく、謡が一秒でも早くジャンプしていればデクリオンも狙《ねら》いに気付いただろう。しかし、もう斬撃《ざんげき》体勢に入っていたがゆえに、謡の拍子《ひょうし》に合わせてしまったのだ。

恐らくデクリオンも、運動エネルギーを発生できるタイプの必殺技を持ってはいるだろう。だが、直前に四体の《軍団兵《リージョナリー》》を生成したばかりのいまは、ゲージが空《から》のはずだ。この機に、可能な限りのダメージを与えねばならない。

色鮮《あざ》やかな星空に向かって移動しながら、謡は長弓を引き絞《しぼ》った。当然、デクリオンは円盾《バックラー》を構えて防御しようとする。しかし、直径四十センチ程度の盾では、全身をカバーすることは不可能。しかも距離《きょり》はたったの四メートル。

乾いた弦音《つるおと》とともに放たれた矢は、デクリオンの右足を包む装甲の隙間《すきま》を深々と射貫《いぬ》いた。体力ゲージの減少は五パーセント程度だったが、体の末端《まったん》部を直撃されたデクリオンは、回転モーメントを与えられて縦に回り始める。謡も矢の発射時に作用反作用の法則によって後ろに押され、両者は少しずつ離《はな》れ始める。

「ぬぬっ……！」

デクリオンは慌《あわ》てたように四肢《しし》を動かすが、いったん始まった回転を止めることは、宇宙では不可能だ。すぐに諦《あきら》めて体を丸め、円盾でカバーできる限りの範囲を守ろうとするが、背中はがら空《あ》きにならざるを得ない。

すうっと息を吸いながら、再び弓を引く。慎重《しんちょう》に威力《いりょく》を加減しつつ、ピンポイントで一点を狙撃《そげき》する。

びしっ、と矢が突き立ったのは、デクリオンの腰から長く伸びる装甲板。奥にアバター素体がないためダメージは徹《とお》らないが、謡の狙いは別にある。逆方向の力を与えられ、デクリオンの縦回転が、謡に背中を向けた状態で停止する。

「——いやあああああッ!!」

珍《めずら》しく激しい気合いを込めながら、謡は立て続けに愛弓の弦を鳴らした。コンマ五秒間隔《かんかく》で連射される矢が、次々にデクリオンの背中を貫《つらぬ》く。

「ぬあああああっ！」

デクリオンは縮めていた腕を振り回して体を反転させようとするが、作用反作用の法則だけでは謡の矢のエネルギーに対抗できない。装甲の薄《うす》い背中にはたちまち針山のように矢が生え、デクリオンの体力ゲージが急減すると同時に双方の必殺技ゲージが急増していく。

それが五割を上回った瞬間《しゅんかん》、謡《ウタイ》はひときわ強く弦を引き、叫んだ。

「《スーパールミナル・ストローク》‼」

右手と左手の間で、純白の閃光《せんこう》が弾《はじ》ける。満天の星々さえ色褪《いろあ》せるほどの光量で輝《かがや》く矢を、躊躇《ためら》いなく放つ。

しゅばっ！　という衝撃音《しょうげきおん》が響《ひび》いた時にはもう、光の矢はデクリオンの背中を貫通していた。パウンドの時と同じく倒《たお》すには至らなかったが、体力ゲージを真っ赤に染めたデクリオンは、両手両足を広げた格好で浮島へと落下していく。いっぽう謡も、これまでとは比較にならない反動を受け、無限の星空へと押し流される。こうなればもう、ステージの境界面にぶつかるまで戻れないだろう。あとは、楓子《フウコ》とあきらに託《たく》すしかない——。

その時、謡は見た。

遥《はる》か下方の浮島で、音もなく煌《きら》めく青い光を。

かつて何度も眼にした輝き。加速世界唯一《ゆいいつ》の宇宙戦用強化外装、ゲイルスラスターの噴射炎。

「…………フーねえ」

無意識のうちに呟《つぶや》いた、直後。

浮島から、途轍《とてつ》もないスピードで急上昇してくるシルエットがあった。左手を体の脇《わき》に折りたたみ、右拳《みぎこぶし》をまっすぐに突き出して飛翔《ひしょう》するのは、もちろん《鉄腕》スカイ・レイカーでしか有り得ない。

「かくなる上はあああああ————ッ‼」

落下するデクリオンが、雷声を轟《とどろ》かせながら右手の両刃小剣《グラディウス》を振りかぶった。急接近するレイカーとの相討《あいう》ちを狙《ねら》っているのだろう。剣が、緑色のスパークを帯びる。タイミングを計り、デクリオンが技名発声。

「——《ビリディウス……」

だが、その技が発動することはなかった。レイカーの圧倒的《あっとうてき》なスピードが、技名の後半を叫ぶことすら許さなかったのだ。

垂直に飛翔するスカイブルーの彗星《すいせい》が、デクリオンを捉《とら》えた。

謡の必殺技が胸アーマーに開けた穴を、レイカーの拳が逆方向から再度貫《つらぬ》く。体力ゲージが瞬時に消し飛び、《六層装甲》第二席たるビリジアン・デクリオンは、無数のエメラルドにも似た破片を振りまいて爆散《ばくさん》する。

このバトルロイヤルで最初の勝ち星を挙げたスカイ・レイカーは、ガッツポーズをするでもなく飛び続け、たちまち謡に追いついた。

「メイデン！」

叫びながら両手を伸ばし、謡のアバターをキャッチすると、胸に強く抱《だ》き締《し》める。

——また、助けられてしまったのです。

胸の奥でそう呟く謡だったが、残念な気持ちはなかった。赤の遠隔型《えんかく》として、やれるだけのことはやったと思えたからだ。

「……フーねえ」

もういちど名前を呼びながら、謡《ウタイ》も楓子《フウコ》の体に右手を回そうとした——のだが。

いきなり激しい横Gが襲《おそ》ってきて、思わず「うぐ」と呻《うめ》く。レイカーが急角度でターンしたのだ。続いて、耳許《みみもと》で声。

「メイデン、まだよ！」

「ど……どうしたのです⁉」

「やられたわ……アレがずっと傍観してたのは、余裕を見せてたわけじゃなかった。最初から作戦だったのよ」

「アレとは？」

「グランデ‼」

その名を叫ぶと、レイカーは激しくブースターを噴射させ、戦場の反対側へと一直線に飛び始めた。

＊＊＊

ブレイン・バーストでは、生身の体と同様にデュエルアバターを操作するので、当然ながら現実世界での利き腕がアバターの利《き》き腕となる。

黒雪姫《クロユキヒメ》は、大多数のバーストリンカーと同じく右利きだ。二十数年前までは、子供が左利きだと幼い頃《ころ》に矯正《きょうせい》する親もいたようだが、その後に脳の研究が進み、強引な利き手の矯正は脳の発達を阻害《そがい》することが解《わか》ってからはそんなこともなくなったらしい。

現在のネガ・ネビュラスは全員が右利きだが、旧レギオンには数人のサウスポーが存在した。更《さら》にたった一人だけ、右手も左手も同じように操れる、いわゆる両利きのメンバーもいたのだ。二本の長剣を自在に振り回す、《矛盾存在》グラファイト・エッジである。

そのグラフは、黒雪姫が全力のダッシュで距離《きょり》を詰めても、一歩も動こうとしなかった。右手の《ルークス》と左手の《アンブラ》は、だらりとぶら下げられたまま。視線さえも、濃い色のゴーグルに遮《さえぎ》られてどこを見ているのか解らない。

しかし、この脱力した自然体こそがグラフの柔法の予備動作《プレモーション》。あらゆる攻撃《こうげき》を最小の動作で吸い込み、ベクトルを反転させて叩《たた》き返す。初代赤の王、《銃匠《マスター・ガンスミス》》レッド・ライダーとの一戦では、二丁拳銃《けんじゅう》から連射される銃弾を二本の剣で残らず跳《は》ね返したという伝説じみた逸話《いつわ》すら残しているのだ。

黒雪姫がなまくらな斬撃《ざんげき》を繰《く》り出せば、先ほどと同じく軽々と受け止められ、直後に手痛い反撃を喰《く》らうだろう。まずは、柔法では対処できない場合のみグラフが用いる最大の防御技、《双剣クロスガード》を引き出さねばならない。

「オオオオッ!!」

雄叫《おたけ》びとともに、両手の剣をクロスさせつつ高々と振りかぶる。

特異なモーションだが、必殺技というわけではない。このまま両手を同時に斬《き》り下ろしても、片手での攻撃《こうげき》と大差ない威力《いりょく》しか出せないだろう。グラフの実力なら、柔法を使うまでもなく片方の長剣だけでガードし、もう一方の長剣でカウンターの大ダメージを与えることは可能なはずだ。

しかし、ブラック・ロータスの両腕に宿る《モード・ブルー》の青いエフェクト光が、グラフの勘《かん》を鈍《にぶ》らせた。

この三年の間に新たに身につけたアビリティもしくは必殺技だと判断したのだろう、グラフは交差させた双剣《そうけん》を頭上に掲《かか》げ、防御の構えを取った。

三年前の立ち合いでは、黒雪姫《クロユキヒメ》はこのクロスガードを破れずに敗北した。その、あるいは緑の王の神器《ザ・ストライフ》にすら比肩するかもしれない絶対の防御技に、黒雪姫はクロスさせた両腕を叩《たた》き付ける——と見せかけて、

「ハアッ!!」

右脚の前蹴《まえげ》りをノーモーションで繰《く》り出した。

双剣を掲げているのでがら空《あ》きになっているグラフの腹に、鋭《するど》い切っ先が吸い込まれていく。

命中すれば、間違いなく背中まで貫《つらぬ》く。

しかし。

「なんのっ‼」

叫んだグラフが、顔の前でクロスさせた双剣を、有り得ないスピードで内側に回転させた。シャアアン！と擦過音《さっかおん》を放ちながら、まるで鋏《はさみ》のように降りてきたルークスとアンブラの剣尖《けんせん》が、ぎりぎりのところで黒雪姫の右脚を受け止めた。

グラファイト・エッジの双剣に左右から挟《はさ》まれて、切断されないものなど加速世界には数えるほどしか存在しない。黒雪姫の四肢剣《ししけん》は、そこには含まれない。

鋭くも儚《はかな》い悲鳴とともに、右脚の剣が膝下《ひざした》から呆気《あっけ》なく切断された。体力ゲージが激減し、一気に五割を下回った。

だが、ここまでは読みの内だ。

右脚を斬られても一瞬《いっしゅん》たりとも動きを止めず、黒雪姫は両腕でグラファイト・エッジの体を双剣ごと抱え込んだ。

この技を、グラフ相手に使ったことはない。しかもグラフの両手首は、双剣を内側に回転させたために、可動域の限界に達している。ここから即座の反撃は不可能。

右脚を犠牲《ぎせい》にして生み出した刹那《せつな》の機を逃さず、黒雪姫は叫んだ。

「《デス・バイ・エンブレイシング》‼」

ブラック・ロータスの、レベル８必殺技。

射程距離《きょり》、わずか七十センチ。しかし、両腕で抱《だ》き締《し》めたものは、何であれ切断する。

グラフの体と双剣《そうけん》を致死のあぎとに捉《とら》えた《終決の剣》から、強烈《きょうれつ》なバイオレット・ブルーの閃光《せんこう》が迸《ほとばし》った。

水晶《すいしょう》が割れるような切断音とともに両腕が交差し、グラファイト・エッジは双剣ごと両断される——はずだった。

だが、響《ひび》いたのは、神経を逆なでするような異様な金属音だった。閉じかけた両腕が、半ばで停止した。

閃光が収まると同時に、黒雪姫《クロユキヒメ》は両眼を見開いた。

ブラック・ロータスの右手剣と左手剣が、グラフの双剣《ルークス》と《アンブラ》の刀身の半ばにまで食い込み、そこで停止している。黒水晶《モリオン》とハイパー・ダイヤモンドの接合面からは青白いスパークが断続的に発生し、果たしてどちらがどちらに切り込んでいるのか、それとも双方同じくらいのダメージを負っているのか、咄嗟《とっさ》には判断できない。

「ッ……！」

黒雪姫は、追撃《ついげき》を入れるべく両腕を開こうとした。

だが、何たることか、両手の剣はどんなに力を入れてもグラフの双剣から外れてくれない。

「あ、ありゃっ……」

グラフも間の抜けた声を出しながら剣を引き抜こうとするが、知恵の輪のように絡《から》み合った四本の刃はかすかに軋《きし》むのみ。

「…………………」「…………………」

かつての師と弟子は、しばし無言で顔を見合わせた。

最初に沈黙《ちんもく》を破ったのは、黒雪姫だった。

「……間抜けな状況だが、このまま貴様を押さえていられるなら私の勝ちだ。あとは仲間たちが頑張ってくれる」

するとグラフは、にやりと笑みの気配を滲《にじ》ませながら答えた。

「いい若手が育ってるみたいだな、ロッタ。けど、ここからが正念場だぜ？」

「何……？」

ゴーグルの下で細めたアイレンズを、直後、黒雪姫はいっぱいに見開いた。

グラフの背後に広がる無限の星空。その彼方《かなた》から、圧倒的《あっとうてき》な重量感を放射しながら飛来する一つの影。極限まで分厚い装甲と、左腕に携《たずさ》えられた十字盾。

《絶対防御《インバルナラブル》》グリーン・グランデ。

緑の王が目指す先は、黒雪姫とグラフが戦う中央の浮島ではない。左側、シルバー・クロウたちが戦っているアステロイド地帯だ。

——ハルユキ君!!

内心で叫びながら、黒雪姫は再び両腕を振り解《ほど》こうとした。しかし、噛《か》み合う剣は溶接でもされてしまったかの如《ごと》く微動だにしない。

対するグラフは、逆に黒雪姫《クロユキヒメ》を動かすまいとするかのように双剣《そうけん》をがっちりと固定しながら言った。

「グッさんが最後まで傍観してると思ったなら、ちと甘いぜロッタ。待って待って待ち続けて、ここぞってとこで持ってくのがあのおっさんのスタイルなんだよ、昔っからな」

「…………ほう、それは楽しみだな」

焦《あせ》りを抑え込み、そう嘯《うそぶ》く。

「へ？　でも、お前はもう動けないし、動けてもルールでグッさんとは直接戦えないぜ？」

「私じゃないさ。うちにも、ここぞという時に必ず決めてくれるメンバーがいてね」

言い返しながら、黒雪姫は深く信頼《しんらい》するサブマスターに思念を送った。

——頼《たの》んだぞ、レイカー！

＊＊＊

——このタイミングで来るのか!!

猛然《もうぜん》と迫《せま》り来る緑の王グリーン・グランデを視認しつつも、ハルユキは咄嗟《とっさ》にどうしていいか解《わか》らずに凍《こお》り付いた。

リグナム・バイタとアッシュ・ローラーをステージの彼方《かなた》に吹っ飛ばし、どうやらこの戦場は黒チームが勝った……と思った一瞬《いっしゅん》の緩《ゆる》みを衝《つ》かれたのだ。いや、それだけではない。ハルユキの、そして恐らくタクムやチユリの意識からも、グランデの存在がすっぽり抜け落ちていた。冒頭に一度緑チームの足場を作っただけで、あとはずっと沈黙《ちんもく》していたので、グランデはもうこのまま最後まで傍観し続けるのだと思い込んでしまったのだ。

最大戦力である王の存在を消す。それこそが、緑チームの戦略だったのだろう。黒チームがまるで予想していない時と場所に最強の駒《こま》を投入すれば、マキシマムの破壊力《はかいりょく》を発揮《はっき》できる。敵の狙《ねら》いは推測できても、対応策までは思い浮かばず、ハルユキは接近するグランデをただ凝視《ぎょうし》した。

最初に金縛《かなしば》りから立ち直ったのはタクムだった。

「──押し返す！」

低く叫び、近くで最大の岩塊《がんかい》を背負いながら、右腕の杭打《くいう》ち機を構える。

確かに、無重力空間を慣性移動中のいまが、緑の王を攻撃する最大最後のチャンスだ。たとえガードされても、衝撃《しょうげき》で再びステージ後方に押し戻すことは可能なはず。

「頼んだ！」

「やっちゃえ！」

ハルユキとチユリの声に力強く頷《うなず》いたタクムは、慎重《しんちょう》に狙いを定めると、技名を発声した。

「――《ライトニング・シアン・スパイク》!!」

鉄杭《てっくい》をプラズマ化して発射する、シアン・パイルのレベル4必殺技。

青白く輝《かがや》く超高温のエネルギー流が、長大な槍《やり》となって発射された。

対する緑の王は、無造作に左手の大盾《おおたて》を動かした。プラズマの槍は、十字の中央部分に命中し、球状に膨《ふく》れ上がった。

やはり、必殺技でも神器《ザ・ストライフ》は撃《う》ち抜けない。しかし、少なくともグランデの前進は止められるはず。この隙《すき》に対応策を考えないと……。

「…………えっ!?」

ハルユキは、ようやく回転し始めた思考を再び中断させられた。

グランデの十字盾に命中したプラズマが、爆発《ばくはつ》しない。まるである種の力場に捉《とら》えられているかの如《ごと》く、球になったまま震《ふる》えている。

瞬間《しゅんかん》、ハルユキの背筋《せすじ》を氷のような悪寒《おかん》が襲《おそ》った。脳裏に、かつて黒雪姫《クロユキヒメ》が口にした言葉が甦《よみがえ》る。

――グランデの大盾は、攻撃を完全に受け切ると、その威力《いりょく》を倍返しで反射するのだ。

「パイル! 避《よ》けろ!!」

ハルユキの絶叫は、しかし、間に合わなかった。

ズバッ! と強烈《きょうれつ》な音を立てて、プラズマは再び光の槍となって発射された。その太さは、元の《ライトニング・シアン・スパイク》の二倍。

青白いエネルギー流は、完全に同じ軌道《きどう》をなぞって跳《は》ね返り、シアン・パイルの杭打ち機を貫《つらぬ》いた。

「ぐっ！」

呻《うめ》いたタクムの右腕が、肩口から一瞬にして蒸発し、背後の巨大岩塊《がんかい》さえも半分以上が蒸発した。

「パイル！」

悲鳴じみた声で呼びかけながら、チユリが後方に流されかけたタクムに飛びつき、捕まえる。そちらに、

「ベル、パイルの回復頼《たの》んだ！」

とだけ叫び、ハルユキはグランデに向き直った。王は、わずかにスピードを落としたものの、尚も着実に接近しつつある。

神器《ザ・ストライフ》の特殊《とくしゅ》性能を教わっていたのに思い出せなかったのは、グランデの緊急《きんきゅう》参戦に度肝《どぎも》を抜かれたせいもあるが、そこも含めてハルユキのミスだ。だが反省はあとで幾《いく》らでもできる。いまは、この窮《きゅう》地を切り抜けるのだ。

再び、脳裏に黒雪姫の言葉が響《ひび》く。

――あの盾による防御を崩《くず》すには、超々威力の一撃で弾《はじ》き飛ばすか、終わりなき連続攻撃で

隙《すき》を作りアバター本体を狙《ねら》うしかない。

前者は、ハルユキには不可能だ。だが、後者なら、もしかしたら。どうせこのままアステロイドの中に留《とど》まっていても、グランデから逃れることはできないのだ。

「………行けッ‼」

自分を叱咤《しった》すると、ハルユキは背後の岩塊《がんかい》を思い切り蹴《け》り飛ばした。

無重力空間を一直線に飛翔《ひしょう》しつつ、右手を握《にぎ》り締《し》める。グランデの巨体が、みるみる眼前に迫《せま》る。

「う……おおおおおお————————ッ‼」

雄叫《おたけ》びでプレッシャーを振り払い、十字盾《たて》の真ん中に拳《こぶし》を叩《たた》き付ける。

まるで《魔都《まと》》ステージの地面を殴《なぐ》ったかのような重すぎる手応《てごた》えに、肩関節までが軋《きし》んだ。

しかしここで攻撃《こうげき》を止《や》めたら、《倍返し》を喰《く》らうだけだ。反動を利用して左の膝蹴《ひざげ》り。再び右のストレートパンチ。更《さら》に左のフック。殴る。蹴る。殴る。蹴る。

一撃入れるたびに、エメラルド色の盾の表面に銀色の輝《かがや》きが溜《た》まっていく。これが恐らく、ハルユキの物理攻撃のエネルギーだ。連続攻撃がほんの一瞬《いっしゅん》でも停滞《ていたい》すれば、このエネルギーが二倍になって跳《は》ね返り、シルバー・クロウをばらばらに粉砕《ふんさい》するだろう。

無重力空間なのにアバターが後ろに跳ね返ってしまわないのが奇妙だが、殴ったり蹴ったりする時に不思議な磁力感がある。恐らく、タクムのプラズマ流を表面に《溜めた》ことからも、ザ・ストライフは防御時に弱い吸い込み効果を発生させるのだと思われる。

「うおあああああッ!!」

叫びながら、ハルユキはありったけのスピードで打撃技を回転させた。

たった一発でも盾の真芯《ましん》を外せば、体勢が崩《くず》れて連撃は止まる。最大のスピードと、最高の正確さで攻撃し続ける必要がある。

極限まで集中力を振り絞《しぼ》りながらも、ハルユキは約一ヶ月前にグランデと戦った時のことを思い出していた。

場所は、無制限中立フィールドの六本木《ろっぽんぎ》ヒルズタワー屋上。災禍《さいか》の鎧《よろい》を装備して六代目クロム・ディザスターとなったハルユキは、大剣を振りかぶってザ・ストライフに撃《う》ち込んだのだ。

あれは、まさしく黒雪姫《クロユキヒメ》の言う《超々威力《いりょく》の一撃》だった。しかしそれでもグランデの盾を弾《はじ》くには至らず、かといって当たり負けもしなかった結果、反射した威力は下方に拡散して、ヒルズタワー上部を丸ごと崩壊《ほうかい》させた。

いまのハルユキに、当時の戦闘力《せんとうりょく》はない。強化外装《ザ・ディザスター》が生み出すパワー、呪《のろ》いの大剣《スター・キャスター》の攻撃力、そして鎧に宿る疑似思考体《獣《けもの》》の予測能力があってようやくグランデと互角に渡り合えたのだ。現時点の実力差は天と地ほども開いているだろうが、それでもグランデが受けに徹《てっ》している限り、連打を続けることはできる。

集中力が一定のラインを超えた時にのみ訪れる、《超加速感覚》の波が後方から押し寄せてハルユキを包んだ。

ノイズが遠ざかり、視界の色が変わる。世界に存在するのは、眼前の十字盾《たて》と己の拳足《けんそく》のみ。

もっと速く。もっと速く。

打撃《だげき》の間隔《かんかく》が更《さら》に短縮され、マシンガンのように連続する衝撃音《しょうげきおん》だけが轟《とどろ》いた。銀色に光る《保留エネルギー》は際限なく増加し、やがて十字盾全体を輝《かがや》かせ始める。

もっと速く、もっと速く、もっともっともっと速く！

極限まで圧縮された瞬間《しゅんかん》の中で、ハルユキはデュエルアバターを躍動《やくどう》させ続けた。この感覚の中ならば、永遠に連打を続けられそうだった。

その集中を破ったのは、真上から降り注いできた叫び声だった。

「そこまでデス、クロウ！」

視線を動かさずとも、誰《だれ》だか解《わか》った。バトルロイヤル序盤《じょばん》にステージ上空の境界障壁まで吹き飛ばしたサンタン・シェイファーが、このタイミングで戻ってきたのだ。

それだけではない。

「いま行くぞ、ボス！」

「オレ様もビー・バックだぜ！」

横並びで威勢《いせい》良く叫びながら飛来するのは、アイアン・パウンドとアッシュ・ローラー。同じく戦場の後方から復帰してきたようだ。

三人に邪魔《じゃま》されれば、連打を続けることは不可能。ハルユキの拳《こぶし》が止まった瞬間、溜《た》まりに溜まった物理属性エネルギーが倍返しされ、いかなメタルカラーといえども粉微塵《こなみじん》に消し飛ぶことは確実。

——どうする。どうすれば。

——どうもこうもない。最後の一瞬まで、続けるだけだ！

「うああああああ————ッ!!」

ありったけの気力をかき集め、ハルユキはラッシュを更に加速させた。自分でもコマ送りに見えるほどのスピードで手足が唸《うな》り、過負荷となったアバターの関節部が赤熱する。もう何百発打ち込んだか解らないのに、神器《ザ・ストライフ》は巌《いわお》の如《ごと》く立ちはだかり、小揺《こゆる》るぎもしない。

以前辞書を引いてみたところ、《Strife》とは《闘争《とうそう》》という意味らしい。では闘争とは何か、競争とはどう違うのかとこれまた調べてみたら、競争が何らかの目的のために相手と争うことであるのに対して、闘争は相手の否定そのものを目的に争うことなのだそうだ。

身を守る盾に闘争とはミスマッチな名前だ、とその時は感じた。しかし、倍返しの特殊《とくしゅ》効果を体感したいまなら大いに納得《なっとく》できる。あらゆる攻撃を拒絶し、反射し、破壊する……《否定》という概念《がいねん》を、これ以上純粋《じゅんすい》に体現した能力もそうあるまい。

否定。考えてみれば、グリーン・グランデ自身が、ブレイン・バースト2039のシステムそのものを否定するために戦っている人物だ。無制限フィールドで単身エネミーを狩り続け、稼《かせ》いだ膨大《ぼうだい》なポイントを中位のバーストリンカーたちに惜《お》しげもなく分け与えることで、世界の終わりを拒絶《きょぜつ》している。

そこまでする理由を、以前にグランデはこう説明した。

すでに廃棄《はいき》されてしまったアクセル・アサルト2038や、コスモス・コラプト2040に足りなかった何らかの因子を、恐らくブレイン・バースト2039は備えている。その因子が具象化されるまで、世界を閉じさせるわけにはいかない——。

その言葉の真意を、ハルユキはまだ理解できていない。しかし、一つだけ確かなことがある。グランデは、確固たる意志に基づいて、いまハルユキの前に立ちはだかっているのだ。ならばハルユキも、己の信じるところを最後の最後まで示さねばならない。たとえ数秒後にサンタンたちの攻撃《こうげき》を受け、倍返しが発動してアバターが砕《くだ》け散るのだとしても、その瞬間《しゅんかん》まで諦《あきら》めてはならない。

真っ赤に焼けた各関節から火の粉を飛び散らせながら、ハルユキは最後のラッシュを繰《く》り出そうとした。

その刹那《せつな》。聞こえた。

——鴉《からす》さん、もう少し頑張って!!

声だったのか、思念だったのかは解《わか》らなかった。しかしハルユキは、両手両足をフル回転させながらも一瞬だけ視線を右上空に向け、それを見た。

濃い紫色《むらさきいろ》のガス星雲をバックに飛翔《ひしょう》する、青い彗星《すいせい》。

彗星に抱《だ》かれた、赤い流星。

《ICBM》スカイ・レイカーと、《緋色弾頭《テスタロッサ》》アーダー・メイデン。

高速飛行するレイカーの腕に抱かれたメイデンが、弓を引きながら叫んだ。

「《フレイム・トーレンツ》‼」

放たれた矢は炎をまとっていなかった。しかし必殺技そのものは発動し、瞬時に数十本にも分裂《ぶんれつ》した矢が、銀色の雨となって戦場に降り注いだ。

「くっ……！」

上空から肉迫《にくはく》しつつあったサンタンと、グランデの後方から接近するパウンドとアッシュが、揃《そろ》って両腕を掲《かか》げて防御姿勢を取った。直後、カカカカン‼　と乾いた金属音が立て続けに響《ひび》く。

必殺技は効果範囲にハルユキをも捉《とら》えていたが、当たる可能性のあった矢は頭上のサンタンと目の前の大盾《おおたて》に全《すべ》て阻《はば》まれた。サンタン、パウンド、アッシュは全身に複数の矢を受けたもののの、体力ゲージは大して減っていない。グランデに至っては、防御行動を一切取らなかったにもかかわらずノーダメージだ。

しかし、メイデンの必殺技の狙《ねら》いは、ダメージではなかった。

矢の雨が生み出した刹那《せつな》の停滞《ていたい》の中で、メイデンを音もなく分離《ぶんり》させたスカイ・レイカーが

──飛んだ。

ゲイルスラスターから、それまでの十倍もの勢いで噴射炎が迸《ほとばし》る。夜空を、青い光のラインが一直線に切り裂《さ》く。

残された気力を振り絞《しぼ》って連打を続けながら、ハルユキは両眼を見開いた。しかし、いまだ超加速感覚の中にいるハルユキにさえ、レイカーの姿はかすかな残像としてしか捉《とら》えられなかった。

青い光に接触したサンタン・シェイファーが、悲鳴を上げることさえできずに吹き飛ばされ、ステージ下方の暗闇《くらやみ》へと消える。

光は急激にターンし、並んでいるアッシュ・ローラーとアイアン・パウンドに真横から襲《おそ》いかかる。アッシュは同じく吹き飛ばされただけだったが、残り体力の少なかったパウンドは鋼《こう》鉄《てつ》の欠片《かけら》となって爆散《ばくさん》する。

瞬時《しゅんじ》に三人を排除したレイカーは、再びターンすると、ハルユキの後方へと舞い上がった。

──鴉《からす》さん‼

脳裏に楓子《フウコ》の声が響《ひび》いた瞬間、ハルユキは眼前の大盾《おおたて》に最後の回し蹴《げ》りを叩《たた》き込み、反動を利用して後方に跳んだ。

本来なら、ここで連続攻撃終了と判定されて、ザ・ストライフに蓄積《ちくせき》された物理ダメージが

倍返しされてきたはずだ。

しかし、絶妙のタイミングで、盾の中央に突き刺さったものがあった。

ドカアァアン!!　と凄《すさ》まじい轟音《ごうおん》を響かせて大盾を直撃したのは、尖《とが》った爪先《つまさき》と細いヒールを持つ、スカイ・レイカーの右足。

全精神力を使い果たし、四肢《しし》を投げ出して漂《ただよ》いながらも、ハルユキはその姿を網膜《もうまく》と記憶《きおく》に焼き付けようとした。

レイカーの背中に装着されたゲイルスラスターが、肩甲骨《けんこうこつ》のジョイント部分で百八十度回転して、頭上に噴射炎を迸らせている。長い銀髪が激しくたなびき、スマートな胴体と長い右脚は一本の槍《やり》と化して、絶対防御の神器を穿《うが》たんとする。

レイカーの足裏とグランデの大盾の接触面から、純白のスパークが激しく噴き出す。恐るべきパワーが一点に集中しているせいか、周囲の空間が波紋《はもん》のように揺《ゆ》らめく。

——師匠《ししょう》。レイカーさん。

赤熱したままの両拳《りょうこぶし》を握《にぎ》り締《し》めながら、ハルユキは心の中で呼びかけた。

——あなたは……あなたこそは、この星空を飛ぶために生まれた、唯一《ゆいいつ》の宇宙戦用デュエルアバター。ここでなら、あなたは誰《だれ》にも負けない。たとえ相手が王だろうと。

——だから……だから!!

「貫《つらぬ》け、レイカー!!」

そう叫んだのは、ハルユキではなく、遠く離《はな》れた浮島でグラファイト・エッジと戦っているはずの黒雪姫《クロユキヒメ》だった。その声がエネルギーとなったかの如《ごと》く、ゲイルスラスターから伸びる青白い噴射炎が、ひときわ勢いを増した。

突然。

体の芯《しん》まで響《ひび》くほどの重低音を轟《とどろ》かせて、神器《ザ・ストライフ》が、盾《たて》を構成する四つのパーツを上下左右に分離《ぶんり》させた。新たな攻撃《こうげき》か、とハルユキは歯を食い縛《しば》った。

しかし、違った。

支柱で繋《つな》がる四つのパーツの側面から、大量の蒸気が噴き出す。あれは恐らく、エネルギー蓄積《ちくせき》の限界に達した盾が、溜《た》め込んだダメージを排出しているのだ。

次の瞬間《しゅんかん》、均衡《きんこう》状態が崩《くず》れた。

先刻に数倍する凄《すさ》まじい衝撃音《しょうげきおん》が、ステージ全体を震《ふる》わせた。レイカーの足裏から、インパクトの輝《かがや》きが何重もの同心円となって広がった。

「……見事」

そのひと言だけを残して、緑の王グリーン・グランデは、分離した十字盾を左手に構えたまま底無しの星空へと超高速で吹き飛ばされた。あれだけの衝撃を受けても体力ゲージが減っていないのには脱帽《だつぼう》するしかないが、しかし、これで緑の王も当分は主戦場に戻ってこられないはずだ。

スカイ・レイカーは、くるりと宙返りしながらゲイルスラスターを本来の向きに戻すと、その場に浮遊しながらハルユキのほうに向き直った。

「頑張ったわね、鴉《からす》さん」

穏《おだ》やかな声でそう言われた途端《とたん》、ハルユキの両眼に、自分でも理由の解《わか》らない涙が滲《にじ》んだ。

「……いえ、師匠《ししょう》が来てくれなければ、倍返しでやられてましたから……」

どうにかそう答えると、楓子《フウコ》はそっとかぶりを振る。

「違うわ。鴉さんが諦《あきら》めないで連撃《れんげき》を続けてくれたからわたしとメイデンが間に合ったんだし、鴉さんが蓄積《ちくせき》してくれたダメージがあったからグランデの盾《たて》を撃《う》ち抜けたのよ。……さ、まだ戦いは終わってないわ」

差し出された手を取りながら、こくりと頷《うなず》く。ここで気を緩《ゆる》めてはいけない。

グレート・ウォールは、ビリジアン・デクリオンとアイアン・パウンドがともに退場。しかしサンタン・シェイファー、リグナム・バイタ、アッシュ・ローラー、グラファイト・エッジ、そしてグリーン・グランデはいまだ健在。

ネガ・ネビュラスは七人全員が生き残っているが、シアン・パイルが深傷を負い、ブラック・ロータスのダメージも大きい。ステージの彼方《かなた》へ吹き飛ばした敵が全員戻ってくれば、まだまだひっくり返される可能性はある。

「さて、まずは、残しておくとめんどくさい《剣が本体のヒト》をやっつけに行きますか」

微笑《ほほえ》みながらそう言うと、楓子はハルユキの手を握《にぎ》ったまま、ゲイルスラスターを軽く噴射させた。

ロータス、レイカー、カレント、メイデンの四人に隙間《すきま》なく囲まれたグラファイト・エッジが降参を宣言したのは、わずか三十秒後のことだった。

4

六時間目のＬＨＲ《ロングホームルーム》が終わり、担任が姿を消した途端《とたん》、二年二組の教室は賑々《にぎにぎ》しい空気に満たされた。

月曜日の憂鬱《ゆううつ》さも、夏休みまであと一週間という期待感には敵《かな》わないらしい。梅雨《つゆ》が明けたばかりの七月の空は午後三時半を回ってもまだまだ明るく、運動部の生徒たちが我先にと教室を飛び出していく。

奈胡志帆子《ナゴシホコ》は、喧噪《けんそう》が落ち着くまで待ってから、スクールバッグ片手に立ち上がった。教室の後ろ側を横切って外に出ると、廊下のそこかしこで談笑する生徒たちの視線を避《さ》けるように歩く。混み合う中央階段は避け、校舎端《はし》の階段で四階まで駆け上る。特別教室が集まる人気《ひとけ》のないフロアに辿《たど》り着くと、ふうっと細長く息を吐《は》く。

いつ頃《ごろ》から、学校がこんなに息苦しい場所になってしまったのだろうか。

別にクラスでいじめられているとか、仲の悪い生徒がいるとかそういうわけではない。成績は真ん中より少しいいくらい、運動も別に苦手ではないし、見た目もまあまあ平均的だろうと思う。つまりこの敷島《しきしま》大学付属桜見《さくらみ》中学校第二学年に於《お》いて、志帆子はボリュームゾーンのど真ん中に位置する生徒であるはずなのに——でも、なぜか、息苦しい。自分の居場所だという気がしない。

もっとも、もしかしたら、どんな生徒も多かれ少なかれ似たようなことを感じているのかもしれない。みんな一生懸命《いっしょうけんめい》空気を読んで、周りに合わせて、異物と見なされないよう努力しているのかもしれない。それが、中学生であるということなのかもしれない。

——もしそうなら、わたしはけっこう、幸せなほうかも。学校に、小さいけれど心から落ち着ける場所があるんだから。

そんなふうに自分に言い聞かせながら、志帆子は調理準備室のドアを開けた。すると、壁際《かべぎわ》のベンチチェアにはすでに二人の先客がいて、思わず苦笑してしまう。

「早いなぁ、二人とも」

すると、手前に座るショートボブの女子が、くっきりした眉《まゆ》を少しばかり逆立てた。

「あっ、何その言い方ー。会議するから早く来いっつったのシホじゃん」

続いて、奥のセミロング眼鏡女子も、唇《くちびる》を尖《とが》らせる。

「せっかくシホちゃんにブラウニー焼いてきてあげたのにねー」

「えっ、マジで？　よーし、お茶淹《い》れよっと！」

「もぉー、サトちゃんにじゃないよー」

「優しいユメが、あたしのぶんも作ってきてくれてないわけがないはずがない！」

「なんか日本語おかしいよー」

二人のやり取りに、再び口許《くちもと》を緩《ゆる》めながら、志帆子《シホコ》は準備室のドアをきっちり閉めた。

この四畳半《よじょうはん》相当の狭《せま》い部屋が、《サト》こと三登聖実《ミトサトミ》、《ユメ》こと由留木結芽《ユルキユメ》、そして奈胡志帆子《ナゴ》の三人が籍《せき》を置いている手芸料理同好会の部室だ。結芽が去年立ち上げたばかりの同好会なので、部員はこれで全部。

隅《すみ》の籐《とう》かごにバッグを置くと、志帆子は奥のミニキッチンに向かった。天吊《てんつ》り棚から紅茶の缶を取り出す聖実の隣《となり》で、電気ケトルに水を満たし、スイッチを入れる。後ろのテーブルでは、結芽が冷蔵庫から出したブラウニーを三等分している。

息の合った動きでてきぱきとお茶の支度《したく》を調えると、三人はテーブルを挟《はさ》んで座った。部屋が細長いので、聖実と結芽の背中は収納棚に、志帆子の背中は壁にくっつきそうだ。同好会の活動中は隣の調理実習室を使ってもいいのだが、しかし広すぎるのも逆に落ち着かない。現状では桜《さくら》見中最小のクラブである手芸料理同好会には、この準備室くらいがちょうどいい。

カップを持ち上げ、オレンジフレーバーの紅茶を一口飲むと、体と心の強張《こわば》りがゆるゆると溶けていく。

学校は息苦しいけれど、この《小さな箱》で二人と過ごす放課後のひとときがあるから、どうにか毎日登校できる。これで充分。他には何も望まない。

——ずっと、そう思っていたのだが。

大ぶりに切り取ったブラウニーを頰張《ほおば》り、幸せそうにもぐもぐしている聖実の横で、結芽が眼鏡のブリッジをくいっと持ち上げながら言った。

「……で、シホちゃん、向こうに行く日は決めたの？」

「んんー………」

唸《うな》り声で答えてから、とりあえず志帆子もブラウニーを一切れ食べてみる。しっとり濃厚なチョコレート風味が口に広がり、オレンジティーと実によく合う。

「……さすが会長、腕を上げたね。本物のチョコみたい。本物八年くらい食べてないけど」

「でしょー。キャロブパウダーを溶かしバターでよーく練るのがコツなのね……じゃなくて！」

律儀《りちぎ》にノリツッコミを入れてから、結芽はテーブルに身を乗り出す。

「同好会の会長は私だけど、チームのリーダーはシホちゃんなんだからね！　いいかげん覚悟《かくご》決めなさいよね！」

「う、うう……だって……」

フォークでブラウニーをつんつんしながら志帆子が口ごもっていると、あっという間に自分のぶんを食べ終えた聖実が口を挟んだ。

「もー、うじうじしてんなよシホ。あっちじゃですわですわ言ってすげー偉そうなんだから、もっと自信持ちなって！」

「ぐ、ぐぐ……だって……」

上目遣いになりながら、並んで座る結芽と聖実を交互に見やる。

志帆子《シホコ》の目から見ても二人はかわいい。ボーイッシュな聖実《サトミ》にインテリっぽい結芽《ユメ》とタイプは違うが、二年生でもかなりのハイランカーだろう。この二人を前にして、そうそう自信など持てるわけがない。

という後ろ向きな思考を見抜かれたか、結芽が背後の棚から卓上ミラーを引っ張り出して、テーブルにどんと立てた。

「ほら、シホちゃんはかーいいよ！　ナマで会えばあのカラス君だって一撃《いちげき》ＫＯだね！」

「そ、そーゆーんじゃないし！」

慌《あわ》ててかぶりを振りつつも、視線は鏡の中の自分に吸い寄せられる。

まったくもって、平凡《へいぼん》という言葉を擬人化《ぎじんか》したような顔だ。髪型も、いかにも中学生っぽいセンター分け後ろ結び。身長も体重も学年の平均値。普通——尋常ではないレベルで普通。

ぐたりとテーブルに突っ伏しながら、志帆子は呻《うめ》いた。

「むり。むーりー。あっちでですわですわ言ってるアバターの中身がこんなのだってバレたら、痛い子って思われてレギオン除名されちゃうよぉ……」

「へー、痛い子って自覚あるん……」

何やら容赦《ようしゃ》ないことを言いかけた聖実の脇腹《わきばら》をどついて黙《だま》らせ、結芽はにっこり微笑《ほほえ》む。

「大丈夫《だいじょうぶ》だよシホちゃん！　痛さじゃ向こうの王様も負けてないからね！」

「おま、それ、絶対本人に言うなよな……。——まあ、その、なんだ。あたしも、シホはかわいいと思うよ」

「……じゃあ、どうかわいいか言って」

わずかに顔を持ち上げてそう要求すると、聖実はしばし間を置いてから答えた。

「……水之屋《みずのや》のあんみつに入ってる干しあんずのように可愛《かわい》い」

「ぜんぜん伝わんないし！」

再びごつんとテーブルに顔を落下させ、そのまま志帆子は呟《つぶや》いた。

「……それに、デュエルアバターが《ショコラ・パペッター》な理由が、カカオアレルギーでチョコ食べられないからとか、直球すぎるよぉ……」

「んなこと言ったら、あたしなんて苗字《みようじ》が三登《ミト》で、アバターネームが《ミント・ミトン》だぞ！　しかも別にミント味が好きでも嫌《きら》いでもないんだぞ！　そのうえ、ミトサトミって回文なんだぞ！」

膨《ふく》れっ面《つら》で反論する聖実の肩をぽんと叩《たた》き、結芽が微笑む。

「きっと、サトちゃんに心の傷がないから、BBシステムが名前からアバターを作ってくれたんだね」

「そっかー。……って、あるわ！　あたしだって、心の傷の十個や二十個、平気であるわ！」

「へー、たとえば？」

「えっと……それは……っていうか、お前だって小学校の時に《ウメ》ってあだ名付けられたとかどーでもいい理由で《プラム・フリッパー》になったくせに！」

「違いますぅー！　梅干しの種が喉《のど》に詰まって死にかけたからですぅー！」

「どっちにせよどーでもいいわ！」

聖実《サトミ》と結芽《ユメ》のハイテンポな掛け合いを拝聴《はいちょう》しながら、志帆子《シホコ》はブラウニーの最後のひとかけを口に運び、ゆっくりと味わった。

このブラウニーは、板チョコやココアパウダーの代わりに《キャロブ》という地中海原産の豆のパウダーを使ってある。アレルギーでチョコレート類が一切食べられない志帆子のために、結芽たちが研究開発してくれたのだ。

チョコレートは色々なお菓子や飲み物に使われているので、小さい頃《ころ》はそれなりに辛《つら》かった。気付かずに食べてしまい、呼吸困難になって病院に運ばれたこともある。しかしその記憶《きおく》が、デュエルアバターの鋳型《いがた》になるくらい深い心の傷なのだとは、正直認めたくない。なんだか、ただの食いしん坊のようではないか。

「……でもまあ、直接会ったからって、すぐにアバター素因《オリジン》の話になるわけじゃないだろうし……そんなの、プライバシー中のプライバシーだし……」

自分に言い聞かせるようにぶつぶつ呟《つぶや》いていると、言い合いを中断した聖実と結芽が同時に振り向き、うんうんと頷《うなず》いた。

「そーだぜ、シホ！　んなビビるほどのことじゃないって！」

「そうそう、きっといい人たちだよ、たぶん！」

「それに、あのグレウォにガチ勝負で勝ったんだぜ！　マジすげーし！」

「しかも相手には六層装甲《シックスアーマー》が五人もいたんだよね！」

「……そんなに、会うのが楽しみなわけ？」

志帆子が訊《たず》ねると、二人は顔を見合わせ、「うへへ」と照れくさそうに笑った。やれやれと苦笑を返しつつ、狭《せま》くも居心地のいい調理準備室をぐるりと見回す。

三人で結成したレギオン《小さな箱《プチ・パケ》》の名前の由来となっているのは、もちろんこの部屋だ。ここでお菓子を作り、お喋《しゃべ》りし、ここから無制限フィールドにダイブして友達のクルちゃんに会いに行った。対戦もろくにしない、領土戦なんかとんでもないという他のバーストリンカーから見れば不真面目《ふまじめ》なレギオンだったかもしれないが、三人にとってはとても大切な場所、大切な時間だった。

しかしプチ・パケは三日前――七月十二日金曜日の夕方に解散した。そして三人は、隣接《りんせつ》する杉並《すぎなみ》エリアの支配レギオン《ネガ・ネビュラス》のメンバーとなった。

翌日の領土防衛戦にはさっそく参加し、緑のレギオンの攻撃《こうげき》チーム相手に、慣れないながらもそこそこの働きはできたと思う。しかしその後、志帆子たちは、新しいレギオンマスターである黒の王ブラック・ロータスから思わぬ誘《さそ》いを受けたのだ。いちど現実世界で会って、話をしないか、という。

咄嗟《とっさ》に「考えて差し上げてもいいですわ！」と高飛車《たかびしゃ》な返事をしてしまい、バーストアウトしてから呆《あき》れ顔の聖実《サトミ》と結芽《ユメ》の前で頭を抱えたものだが、実際それから丸二日間考え続けても迷いは消えない。

単純にリアル割れの禁忌《きんき》を犯すことを恐れているわけではない。聞けばネガ・ネビュラスの七人はかなり前からリアルで会っているらしいし、生身を晒《さら》すリスクは加速世界最大の反逆者である黒の王のほうが遥《はる》かに大きいだろう。むしろ、志帆子《シホコ》たちを信頼《しんらい》してくれていると思うべきだ。

本当は、迷っているのではなく、恐れているのだ。平凡《へいぼん》・オブ・平凡な奈胡《ナゴ》志帆子の姿で、加速世界の伝説と言ってもいい《絶対切断《ワールド・エンド》》ブラック・ロータスや《超空の流星《ストラト・シューター》》スカイ・レイカー、そしてシルバー・クロウの前に立つ勇気がないのだ。

テーブルに置かれたままの卓上ミラーに手を伸ばし、ぱたんと音を立てて倒《たお》すと、志帆子は何度目かのため息をついた。

志帆子がバーストリンカーになったのは二年前、小学校六年生の時だ。《親》は、同じクラスだった聖実。

さして仲がいいわけでもなかった、というよりほとんど喋《しゃべ》ったこともなかったので、最初に声を掛けられた時は驚《おどろ》いた。校庭の片隅《かたすみ》で『ゲームって好き？』と聞かれて、もっと驚いた。バーストリンカーになってしばらく経《た》った頃《ころ》、どうしてわたしを《子》にしようと思ったの

かと訊《き》いたのだが、聖実《サトミ》は『ピンと来たから』と笑うだけだった。その時は腑《ふ》に落ちなかったものの、少し後に学校の図書室でお菓子のレシピ本を読んでいる結芽《ユメ》を見かけた時に、志帆子《シホコ》自身もピンと来たのだからそんなものなのかもしれない。

物思いを中断し、お茶のお代わりでも淹《い》れようと椅子《いす》から立ち上がりかけたその時、聖実がいつになく静かな声を出した。

「あたしね……」

志帆子が座り直すと同時に、結芽も体を右に回して聖実を見る。

「あたしね、いま、シホとユメと部室でお喋《しゃべ》りしたり、お菓子食べたりできるのが、凄《すご》く嬉《うれ》しいんだ。だって、いったんは、なくしちゃったはずのものだから」

すらりとした右手が持ち上がり、セーラー服のリボン越しに胸の真ん中を押さえる。つられたように、結芽も同じ仕草をする。

「ISSキットに寄生されてた時のことは、正直あんまり覚えてない。シホは忘れていいって言ってくれたし、あたしもそうしたいけどさ……でも、全部を忘れちゃうわけにはいかない。あたしとユメは、シホとクルちゃんに酷《ひど》いことを……取り返しのつかないことをしちゃうところだった。それを、偶然通りかかっただけのシルバー・クロウとライム・ベルが助けてくれた。そのことは、絶対絶対、忘れちゃいけないんだ」

聖実が口を閉じると、結芽と志帆子はゆっくりと頷《うなず》いた。仄《ほの》かな微笑《ほほえ》みを浮かべて頷き返すと、聖実は再び喋り始める。

「……あたしの《親》は近所に住んでるお姉さんだったんだけど、あたしにブレイン・バーストをくれた二ヶ月後に全損しちゃったんだ。あの時はすごく寂《さび》しくて、心細くて……それからしばらくは対戦する気にもなれなくて、ずっとグローバル接続を切ってた。もうこんなゲームやめちゃおうかなって思ったりもした。でも、やっぱり加速世界には未練もあって……あたし、なんだかんだ言って、自分のアバターけっこう好きだから、さ」

その言葉に、二人はもういちど深々と頷く。デュエルアバターは単なるゲームキャラクターではない。自分の心から生まれてきてくれた、唯一無二《ゆいいつむに》の分身なのだ。

「……そんなふうにうじうじしてた頃《ころ》、クラスでちょっとした事件があったんだ。給食の時間に、アホな男子がふざけて、カカオアレルギーの女の子のパンにチョコペースト垂らしてさ。そしたら女の子が、『お前が食え！』って叫んで、そのパンをアホ男の顔にバーンってやって、アホは顔面コゲ茶色で土下座《どげざ》。あれはスカッとしたなあ」

そこまで聞いた途端《とたん》、志帆子は顔がかーっと熱くなるのを感じた。確かに、小六の時にそんな出来事があったような気がしなくもない。やや上体を引きつつ、聖実に訊《たず》ねる。

「…………もしかして、アレで？」

「うん、アレでぴーんと来た。それまでずっと、大人しくて目立たない子だと思ってたけど、こいつファイターだな、って。予感どおり、その子はBBのインストールに成功して、しかもそのすぐ後に自分の《子》まで作ってきてさ。嬉《うれ》しかったなあ、あの時は……」

噛《か》み締《し》めるような表情でそう呟《つぶや》く聖実《サトミ》に、思わず志帆子《シホコ》もじーんと来そうになった時、聖実がぱちくりと瞬《まばた》きした。

「そういや、シホとユメはなんでBBのインストール条件クリアしてたわけ？　例の、生まれてすぐにニューロリンカーどうこうってやつ」

「いまごろ訊《き》くんかい！」

椅子《いす》の上で軽くずっこけ、咳払《せきばら》いしてから答える。

「わたしはちょっと未熟児だったから、バイタルモニタリングのため。ユメは確か、早期教育のためだよね？」

「そーだよー。あんま効果なかった感じだけどねぇ」

眼鏡を光らせてふひひっと笑うが、この三人の中で、彼女がいちばん成績がいいのは間違いない。

「で、サトちゃんはなんでなのー？」

結芽《ユメ》に問い返された聖実は、少々バツが悪そうに答えた。

「あ、あたしも、そのキョーイクのやつ」

「そっかぁ……効果なかったねえ……」

「うん……ってユメ、お前が言うなや！　つうか、あたしがすげーいい話してる途中じゃんか！

黙《だま》って聞けよ！」

ベンチシートの上でじたばたしてから、聖実は「えーとなんだっけ」と首を傾《かし》げた。ため息を呑《の》み込み、志帆子は話題をレジュームした。

「わたしとユメがバーストリンカーになって、サトが感激のあまり号泣したってとこ」

「な、泣いてねーし！　……えーと、つまり何が言いたいかというと……システム的には一時解散になっちゃったけど、あたしは《プチ・パケ》が超超超大好きだ、ってこと。それが壊《こわ》れちゃいそうになった時に助けてくれたカラス君とベルちゃんにも、超超超感謝してるってこと。だからあたしは、あいつらと一緒《いっしょ》に戦いたい。そんで……もしリアルでも友達になれるなら、なりたいな」

その言葉を聞いた途端《とたん》、志帆子ははっと顔を上げていた。

聖実は、志帆子がバーストリンカーになってくれて嬉しかった、と言った。しかし本当は、救われたのは志帆子のほうだ。息苦しいだけの世界に、心から落ち着ける場所を見つけることができたのだから。

そう――プチ・パケとこの準備室は、志帆子にとってのシェルターだった。ここでなら何に怯《おび》えることもなく、胸の奥まで空気を吸い込むことができた。

でも、いつまでも小さな箱に閉じこもってはいられないのだ。加速世界でも、現実世界でも、永続するものなどない。いつかは箱の蓋《ふた》を開け、外に出なければならない時が来る。どんなに苦しくても、頑張って息をして、前に進まないといけない時が必ず来る。

本当は、その時はとっくに来ていたのかもしれない。無制限中立フィールドに突然舞い降りた白い鴉《からす》が、志帆子《シホコ》に向けて手を差し出した、あの瞬間《しゅんかん》から。

再びの物思いに沈みながら、自分の右手をぼんやり見詰めていると、結芽《ユメ》が笑いを含んだ声で言った。

「あー、シホちゃん、カラス君にぺろぺろされた時のこと思い出してるぅー」

「なっ……ち、違うし！　リアルであいつに会ったら一発どついたるって思ってただけ！」

右手を拳《こぶし》に握《にぎ》り締《し》め、勢いよく立ち上がると、志帆子は宣言した。

「決めた！　明日の放課後、杉並《すぎなみ》に行くよ！」

「「おお〜〜」」

聖実《サトミ》と結芽は声を揃《そろ》えて拍手《はくしゅ》すると、交互にまくし立てた。

「そんじゃ、お土産《みやげ》にお菓子作ってこ！　あたし、タルト系がいいな、タルト系！」

「どーせなら、私たちっぽいお菓子にしようよ。ミントチーズケーキとぉー、プラムのタルトとぉー、あとキャロブのガトーショコラかなー」

「よっしゃ、駅前のキッチンコットで買い出ししてから結芽んち行こー！」

「いこぉー！」

勢いよく右手を突き出す二人に、

「それ、何時間かかるのよ……」

と突っ込みながら、志帆子はキッチンの奥の小窓を見上げた。ほんの少しオレンジ色に染まりつつある夏空を、さっと鳥の影が横切った。

5

「……梅雨《つゆ》が明けたからって、いきなりこんな本気出さなくてもさぁ……」

じりじりと焼け付くような西日を背中で受け止めつつ、ハルユキはぼやいた。ホウの世話をしてからの下校なので時刻は四時を回っているが、仮想デスクトップに表示されている気温は三十度ジャスト。一刻も早く自宅に帰り着き、冷房の効いたエントランスに飛び込みたいが、今日はその前に一件ミッションをクリアせねばならない。

七月十七日、水曜日。

気温の下の日付表示を睨《にら》みながら、右手の指を一本ずつ折り曲げる。何度数えても、三日後には運命の土曜日がやってくる。

土曜の午前中は、待ちに待った一学期の終業式だ。黒雪姫《クロユキヒメ》にスーパーハードモード勉強会を開いてもらったおかげか期末テストの結果が奇跡的に良かったので、今回は通知表に関してはさほど憂鬱《ゆううつ》ではない。夏休みになればいまほど頻繁《ひんぱん》には黒雪姫の顔を見られなくなるが、ホウの世話で学校には行くし、その時に会える機会もあるだろう。それに八月に入れば、みんなで山形に旅行するという楽しみすぎる予定もある。

それだけなら土曜日を待ちわびる気持ちにもなれるのだが、問題は午後だ。四時から始まる領土戦で、ついにネガ・ネビュラスは、グレート・ウォールから返還《へんかん》される渋谷《しぶや》第二エリアを橋頭堡《きょうとうほ》として港《みなと》区第三エリアに侵攻する。白のレギオン、オシラトリ・ユニヴァースの領土――そして加速研究会の本拠地《ほんきょち》に。

具体的な手順としては、まずネガ・ネビュラスが渋谷第一エリアに攻撃《こうげき》登録し、四時になる直前にグレート・ウォールが領土放棄《ほうき》。他に攻撃チームがいなければ――まず間違いなくいないと予想されるが――渋谷第一は無戦闘《むせんとう》で黒の領土となるので、すかさず隣接《りんせつ》する渋谷第二に攻撃登録し、再び緑が放棄する。これで、午後四時から一分もかからずに、両エリアはネガ・ネビュラスに返還されるわけだ。

直後、ハルユキたち攻撃チームは現実世界で港区第三エリアに侵入し、同時に攻撃登録する。オシラトリ・ユニヴァースはもちろん防衛チームを登録しているはずなので、そこでついに本番の領土戦が開始される。勝利すれば、港区第三には黒の旗が立ち、白のレギオンの《マッチングリスト遮断《しゃだん》特権》は失われる。リストを確認し、そこに加速研究会メンバーの名前が一つでも出現していれば、晴れて白のレギオンこそが加速研究会である、と主張できる――。

作戦の流れとしてはそんな感じなのだが、問題も二つばかりある。

一つは、第三者のマッチングリスト確認役、すなわち《監視者《オブザーバー》》を誰《だれ》に頼《たの》むのかということだ。

最重要な証人となるので、地位と人望のあるバーストリンカーでなくてはならない。しかも彼または彼女には、ネガ・ネビュラスがオシラトリの領土を攻める＝オシラトリが黒幕だと睨《にら》んでいることを事前に伝える必要があるため、情報を漏《も》らさないと確信できる相手でなくてはいけない。更《さら》に、グレート・ウォールはネガ・ネビュラスに協力したと見なされるはずなので、緑のメンバーには頼《たの》めない。同じ理由でプロミネンスも不可能だろう。

そうなると、残る大レギオンは、青《レオニ》、紫《オーロラ》、黄《CCC》の三つだけ。どこも友好関係とは言い難《がた》いが、紫と黄色ははっきりと敵対的なので、消去法で青の一択となる。しかしまさか青の王ブルー・ナイト当人には頼めないので、誰《だれ》か上位のメンバーと秘密裏に交渉しなくてはならない。

二つ目の問題は、港《みなと》区第三エリアの攻撃《こうげき》メンバーをどうするか、ということだ。

当然だが、ネガ・ネビュラスの総力をもって当たるのが理想ではある。港区は三つのエリアに分割されていて、オシラトリが均等に防衛戦力を配置していたとしても、幹部の《七連矮星《セブン・ドワーフス》》が少なくとも二人、加えて一般メンバーも十人はいるだろう。

領土戦の参加人数は、防衛側に攻撃側が合わせるのが原則だ。防衛側が少なければ攻撃側もそれに合わせて自動で調整されるのだが、防衛側が多い場合はそのまま開始される。つまり、オシラトリの防衛チームが十二人と予想されるなら、攻撃側もそれだけの人数を揃《そろ》えないと、数的に対等な戦いはできない。

しかし現在、ネガ・ネビュラスの総数は、加入したばかりのプチ・パケ組を足しても十人。仮にフルメンバーで挑《いど》んでも、恐らく防衛側のほうが多いだろう。しかも、杉並《すぎなみ》エリアの防衛に最低三人は残さないといけないので、港区に遠征できるのは七人ということになる。

昨日のミーティングで、黒雪姫《クロユキヒメ》は『私も出る！』と散々に駄々《だだ》をこねたが、皆の必死の説得でなんとか押し留《とど》めた。万が一、オシラトリの防衛チームを白の王ホワイト・コスモス当人が率いていたら、そこでいきなり王対王の最終決戦となってしまう。

黒雪姫は、領土戦ではバーストポイントは移動しないので、レベル９サドンデス・ルールも適用されないはずだと主張した。だが確定情報ではない以上、レギオンマスターを即死の危険に晒《さら》すわけにはいかない。日曜日の、グレート・ウォールとのバトルロイヤルでさえハルユキは物凄《ものすご》く不安だったのだ。明確に敵対している白の王が相手なのだから、土曜日は何が何でも自重して貰《もら》わねばならない。

最終的に黒雪姫を納得《なっとく》させたのは、意外にも、現実世界でのミーティングに初めて参加してくれたショコラ・パペッターこと奈胡志帆子《ナゴシホコ》だった。リアルでは語尾に「ですわ」がつかない、それどころかとても真面目《まじめ》で礼儀《れいぎ》正しいイメージの彼女は、黒雪姫を眩《まぶ》しそうに見詰めながら言った。

『心を繋《つな》いだ人との絆《きずな》が断たれるのは、とても辛《つら》くて悲しいことです。たぶん、加速世界で、いちばん悲しい出来事かもしれない。わたしたちがネガ・ネビュラスに入れてもらったのは、もう誰にもそんな思いをして欲しくないからなんです。土曜日の戦いが、とても重要なことは解《わか》ります。でも、もっと大切なのは、この場のみんながこれからもずっとバーストリンカーでありり続けることだと思うんです』

ＩＳＳキットのせいで、リアルでも親友だというミント・ミトンこと三登聖実《ミトサトミ》と、プラム・フリッパーこと由留木結芽《ユルキユメ》との絆《きずな》を失いかけた経験のある志帆子《シホコ》の言葉には、黒雪姫《クロユキヒメ》を頷《うなず》かせるだけの重みがあった。もしかしたら、彼女たちが差し入れに持ってきてくれた手作りケーキ三種がどれも驚《おどろ》くほど美味《おい》しかったせいもあるかもしれないが。

「……手芸料理同好会かぁ……いいなあ、毎日学校であんなお菓子作って食べられるのかなあ……」

大変気に入った《キャロブ豆のガトー・ショコラ》の濃厚な味を反芻《はんすう》しつつ、そんなことを呟《つぶや》いてしまってからいかんいかんと頭を振る。いつの間にか新青梅《しんおうめ》街道と環七《かんなな》の立体交差近くまで歩いてきていて、帰宅するならここを左折だが、今日は与えられたミッションを達成するために環七を渡ってバスに乗らねばならない。

「すぅ……はぁ……」

信号が変わるのを待ちながら、プレッシャーを少しでも軽減しようと深呼吸を繰《く》り返していると――。

【ＵＩ＞ ファイト、なのです！】

いきなり視界にそんなチャット文字列が出現し、ハルユキは思いきり仰《の》け反った。

「うおえ⁉」

しゅばっと振り向くと、眼下には十五分前に学校を出たところで別れたはずの《超委員長》こと四埜宮謡《シノミヤウタイ》の笑顔があった。

「し、四埜宮さん、なんで⁉　帰ったんじゃなかったの⁉」

仰天《ぎょうてん》しながら両眼を瞬《またた》かせるが、真っ白なワンピースタイプの制服に、茶色のランドセルを背負った謡はどう見ても本物だ。涼しげに切り揃《そろ》えられた前髪の下の額には一滴の汗も浮いていないが、それはAR映像だからではなく精神修養の差だろう。

小さな両手の指が超高速で閃《ひらめ》き、チャット窓がスクロールした。

【UI＞有田《アリタ》さんが緊張《きんちょう》されているようだったので、新高円寺《しんこうえんじ》駅のレンタルロッカーに荷物を預けて、追いかけてきたのです】

「え……じゃあ、ずっと後ろに？」

【UI＞さっきの独り言もばっちり聞いてたのです。有田さん、飼育委員会をやめて料理部に入ろうとか思ってませんよね？】

可愛《かわい》らしく唇《くちびる》を尖《とが》らせる謡に、慌《あわ》ててかぶりを振りつつ答える。

「お、思ってないよ、ぜんぜん、まったく！　ていうか……ごめん、心配かけちゃって……。お家《うち》と逆方向なのに、わざわざ、こんなとこまで見送りに……」

すると、今度はきょとんとした表情になってから、謡は再び指を動かした。

【UI＞お見送りじゃないですよ？　それだけなら荷物を預けたりしません。もちろん、私

も一緒《いっしょ》に行くのです！】

「うおえ!?」

と、再び叫ぶしかないハルユキだった。

環七《かんなな》を渡った先でEVバスに乗り、二人掛けのシートに並んで座ると、ハルユキはふうっと息を吐《は》いた。車内は弱冷房だが、三十度超えの外気温に比べれば天国のようだ。ようやく汗が引いてきたところでふと気になり、隣《となり》の謡《ウタイ》に訊《たず》ねる。

「そう言えば、梅郷《うめさと》中の飼育小屋って空調設備とかついてないけど、ホウは暑いの大丈夫《だいじょうぶ》なの？」

【UI＞ 南方系のコノハズクなので、暑さにはけっこう強いのですが、冬は暖房が必要ですね……。いまの小屋にソーラーパネルを設置するか、それとも冬だけお引っ越しをするかは、サッちんとも相談しましょう】

「そっか……アフリカ原産だもんね。ソーラー暖房システムがどれくらいの値段で導入できるのか、僕も調べておくよ」

【UI＞ お願いします、委員長さん】

にっこり微笑《ほほえ》むと、謡は両手を膝《ひざ》の上に戻した。

新青梅《しんおうめ》街道を東進するバスは、東高円寺《ひがしこうえんじ》駅を過ぎたあたりで中野《なかの》第二エリアに入る。

レオニーズが杉並《すぎなみ》を攻撃《こうげき》するために、土曜日の領土戦タイムだけ一時占領することがあるが、基本的には空白エリアなので平日夕方でも盛んに対戦が行われている。

ハルユキが、ウルフラム・サーベラスと初めて対戦したのも中二《ナカニ》エリアだった。ずっと昔のことのようにも思えるが、まだほんの三週間前の出来事なのだ。しかしその三週間のあいだにあまりにも多くの出来事があり、いまもサーベラスは加速世界から姿を消したままだ。

ニコから《インビンシブル》のスラスターを奪《うば》ったのはサーベラスⅢことダスク・テイカー・コピーだが、システム上は、スラスターはいまもサーベラスⅠが所有しているはずだ。災禍《さいか》の鎧《よろい》マークⅡはそのスラスターに残留していると考えられ、ＩＳＳキット端末《たんまつ》を遥《はる》かに超える膨《ぼう》大《だい》な負の心意エネルギーが、現実世界のサーベラスに悪影響《あくえいきょう》を与えていないはずがない。

高円寺ルック商店街の雑踏《ざっとう》でほんの一瞬《いっしゅん》だけ邂逅《かいこう》したサーベラスは、ハルユキより少し年下らしい、小柄で優しそうな少年だった。《人造メタルカラー計画》という非道な実験によってバーストリンカーとなったにもかかわらず、彼の澄《す》んだ眼には強い光が宿っていた。ハルユキに微笑みかけ、両手を揃《そろ》えて深く一礼して姿を消したサーベラスの姿は、いまも眼をつぶればありありと思い出せる。

今日の目的地は中野第二エリアの先にある新宿《しんじゅく》第三エリアだが、中野に入ったら一回だけ加速して、マッチングリストを確認してみよう。もしかしたら、そこにサーベラスの名前があるかも——。

ハルユキがそんなことを考えていると、再び謡がホロキーボードを叩《たた》いた。

【UI＞ 有田《アリタ》さん、中野《なかの》エリアに入る前に、タッグを組んでおきましょう】

「え……？」

【UI＞ たぶんソロだと、クーさんはいろんな人から乱入されまくっちゃうのです】

「そ、そうかな……最近あんまりフリー対戦してないし……」

【UI＞ だからです！ クーさんがメタトロン攻略戦で大活躍《だいかつやく》だったと、かなり噂《うわさ》になっているようなので、話を聞きたい人はたくさんいると思うのです】

「ひええ……話せることほとんどないよ……」

皆が知りたいのは恐らくメタトロンの即死レーザーをどう防いだか、ということだろうが、アビリティ《光学誘導《オプティカル・コンダクション》》の性能や弱点をほいほい喋《しゃべ》るわけにはいかないし、さりとて要請されたとおり《理論鏡面《セオレティカル・ミラー》》を習得した、と嘘《うそ》をつくのも躊躇《ためら》われる。更《さら》に、大天使メタトロン本体の存在と、彼女がいまやネガ・ネビュラスの一員である、という事実は絶対に外部には漏《も》らせない。

車窓を東高円寺《ひがしこうえんじ》駅の看板が通り過ぎていくのを見ながら、ハルユキは急いで言った。

「じゃ、じゃあ、タッグ登録よろしくお願いします」

【UI＞ らじゃー、なのです！】

二人で同時に仮想デスクトップのBBアイコンを押し、コンソールからタッグパートナーを指定する。これでマッチングリストにはタッグとして出現するので、シルバー・クロウはともかくアーダー・メイデンの名前を見て乱入できる剛《ごう》の者はなかなかいないだろう。万が一リストにウルフラム・サーベラスを発見した時もハルユキから乱入はできなくなってしまうが、その場合は理由を話してタッグを一時解消すればいい。

「あの、四埜宮《シノミヤ》さん。エリア境界をまたいだら、一回だけリストを確認したいんだ」

コンソールを消しながらそう囁《ささや》きかけると、謡《ウタイ》は全《すべ》てを見透《みす》かしているかのような瞳《ひとみ》でハルユキを見つめ、こくりと頷《うなず》いた。

三十秒後、左車線をのんびり走るＥＶバスが、杉並《すぎなみ》エリアから中野エリアに入った。

ハルユキは瞼《まぶた》を閉じ、しばし奇跡を祈った。普通に考えれば、港《みなと》区エリアがホームのはずのウルフラム・サーベラスが、理由もなく中野まで遠征してくるはずがない。むしろ、災禍《さいか》の鎧《よろい》を宿しているサーベラスが対戦に復帰したのなら、それは研究会の策謀《さくぼう》が再び動き出したことを示しているわけで、決して喜んでいい事態ではない。

それでも、ハルユキは祈らずにいられなかった。もういちど会えれば、そして言葉を、拳《こぶし》を交えられれば、きっとサーベラスを無明の闇《やみ》から引き戻せる。そう信じずにはいられなかった。

大きく息を吸い、バースト・リンク、と呟《つぶや》こうとした――その寸前。

バシイイイッ！　という加速音が頭の芯《しん》を突き抜けた。視界に、挑戦者の出現を知らせる炎文字が赤々と燃え上がった。誰《だれ》かが、ハルユキと謡のタッグに乱入してきたのだ。

道路上に静止したＥＶバスが、大気に溶けるように消えていく。街道の左右に立ち並ぶビルディングも次々と消滅《しょうめつ》し、午後の夏空が急速に暮れていく。

銀色の装甲に包まれた両足で着地した地面は、膝上《ひざうえ》まである細い草に覆《おお》われていた。見渡せば、風にそよぐ草の海が、視界の果てまで続いている。

「草原ステージ……なのです」

隣《となり》に立つ巫女《みこ》アバターが、少し懐《なつ》かしそうに言った。そう言えば、謡《ウタイ》と初めてタッグを組み、ブッシュ・ウータン&オリーブ・グラブと戦ったのも草原ステージだった。

中野《なかの》第二エリアは南で渋谷《しぶや》エリアとも隣接《りんせつ》しているので、今回もウータンたちが対戦者だという可能性はある。あるいはレオニーズの名物コンビ、フロスト・ホーン&トルマリン・シェルかもしれない。さてさて、《劫火《ごうか》の巫女》アーダー・メイデンに挑戦する命知らずはどこのどいつだ、と少々虎《とら》の威《い》を借り気味なことを考えながら視界右上の体力ゲージを見上げたハルユキは、この日三度目の「うおえ⁉」を口走った。

二段に表示されているゲージの、上の段には《コバルト・ブレード》の名前が。

そして下の段には、《マンガン・ブレード》の名前がくっきりと刻まれている。

「な……なんであの人たちが中二エリアに⁉」

と仰《の》け反るハルユキの隣《となり》で、謡がぽんと両手を打ち合わせた。

「さすがクーさん、いい引きです。これで、新宿《しんじゅく》エリアまで行く手間が省けたのです」

「や……そ、そうかもだけど、僕は、ギャラリー同士で話をするつもりで……」

「ギャラリーの場合は対戦が終わればそこで中断されてしまいますが、対戦者同士なら三十分たっぷり話せるのです。もっとも、あのお二人が、最初から会談に応じてくれる可能性は低いでしょう。乱入された以上、まずは戦うしかないと思うのです」

「だ……だよね……。でも、どう戦えば……」

年少のハイランカーに意見を求めたが、謡はつぶらなアイレンズを瞬《またた》かせて答えた。

「私はクーさんの付き添いなのです。なので、クーさんの作戦に従います」

「……は、ハイ……」

何となくそう言われるような予感がしていたので、ハルユキはこっくりと頷《うなず》くとステージを見回した。

広大な草原の、かなり離《はな》れたところに三々五々アバターが立っているが、彼らはギャラリーだろう。じっと眼を凝《こ》らすが、残念ながらサーベラスの姿は見当たらない。

視界下部中央に二つ重なって表示されている薄水色《うすみずいろ》のガイドカーソルは、両方ともまっすぐ北を指したまま静止している。これは、対戦相手が出現位置から動いていないか――あるいは一直線に接近してきているかだ。コバマガの二人なら、恐らくは後者。

相手は、現状、王を除けば加速世界で最強クラスの近接型タッグだ。勝利にこだわるなら、対戦が遠距離《えんきょり》から開始されたアドバンテージを活《い》かして逃げに徹《てっ》し、謡の火矢で一方的に攻撃《こうげき》するのがベストな作戦だろう。

しかし、ハルユキは敢《あ》えて出現地点に踏《ふ》み留《とど》まった。超のつく強敵相手に有利を一つ捨てることになるが、このステージ、この組み合わせに限って、後半に一発逆転の奥の手が存在しているはずだ。

「ええと、じゃあ、序盤《じょばん》はしばらく凌《しの》いで下さい。僕がマーガさんの相手をするので、メイさんはコバルさんをお願いします」

覚悟《かくご》を決め、ハルユキはそう指示した。しかし巫女《みこ》は軽く首を傾《かし》げ、

「……どちらがマーガさんで、どちらがコバルさんでしたっけ」

「え、ええと……装甲が青っぽくて、頭の飾りがツインテールなのがコバルさんで、ちょっとだけ緑っぽくてポニーテールなのがマーガさんです」

「了解なのです！」

こくりと頷《うなず》いた謡《ウタイ》が、ゆるりと長弓を持ち上げた。

同時に、ハルユキは冷たい風が北から吹き寄せてくるのを感じた。いや、違う。草のなびき方からして、ステージに吹いているのは南風だ。これは、極限まで研《と》ぎ澄《す》まされた闘気《とうき》。あるいは、ハイランカーの情報圧。

北に眼を凝《こ》らしたハルユキが見たのは、夕陽《ゆうひ》を受けて金緑色に輝《かがや》く草の海を、滑《すべ》るように近づく二つのシルエットだった。

コバルト・ブレードと、マンガン・ブレード。青のレギオン《レオニーズ》頭首ブルー・ナイトの側近たる

双子《ふたご》剣士。侍《さむらい》を模した重装甲は威圧感《いあつかん》に溢《あふ》れ、左腰の長大な刀は、抜かれてもいないのに剃刀《かみそり》のような鋭利《えいり》さを肌に伝えてくる。

二人が十メートルほど離《はな》れた場所で足を止めると、自動転送機能によってギャラリーの数が一気に増えた。もういちど確認するが、やはりサーベラスはいない。

いつもなら野次《やじ》や声援が盛んに飛んでくるところだが、今日は剣士たちの迫力《はくりょく》に呑《の》まれてか、誰《だれ》もが静かに開戦の時を待っているようだ。

ごくりと喉《のど》を鳴らしてから、ハルユキは駄目元《だめもと》で用件を切り出そうとしたのだが、口を開くより先に一本飾り角《ポニーテール》のマンガン・ブレードが玲瓏《れいろう》たる声を発した。

「レベル6になったのだな、シルバー・クロウ」

予想外の台詞《せりふ》に、思わず軽く頭を下げてしまう。

「あ……は、はい、どうも……」

「勘違《かんちが》いするな、祝福しているわけではない！」

すかさずコバルト・ブレードに一喝《いっかつ》され、ひえっと首を縮める。二本飾り角《ツインテール》の剣士は、まっすぐハルユキを指さすと、言い聞かせるように続ける。

「レベル4はまだまだ小童《こわっぱ》、レベル5でようやく新前、しかしレベル6ともなればもう前髪扱《あつか》いはせぬぞ」

「……前髪、ってどういう意味だろ……」

ハルユキが呟《つぶや》くと、謡《ウタイ》がすかさず解説する。

「元服《げんぷく》前の、前髪を剃《そ》っていない若侍《わかざむらい》のことなのです」

「な、なるほど」

こくこく頷《うなず》いた瞬間《しゅんかん》、今度はマンガンに怒《おこ》られてしまう。

「ええい、ちゃんと聞け！」

双子《ふたご》剣士は、同時に刀の柄《つか》に右手を添えると、声を見事に同期させつつ叫んだ。

「「レベル6と7のタッグならば、相手にとって不足なし！　いざ尋常に——勝負‼」」

——こりゃ、対戦はまた今度にしてちょっと話を、なんて絶対に無理だな。

腹を括《くく》り、タッグパートナーに短く指示する。

「さっきの作戦どおり、ゲージが溜《た》まるまで耐《た》えてください！」

「はい！」

頷き、長弓の弦を半分ほど引くと——。

アーダー・メイデンは、並んで立つ剣士たちの右側、二本角のコバルト・ブレードに向けて一直線に突進した。

「なあ⁉」

またしても驚愕《きょうがく》の声を上げてしまうが、凍《こお》ってもいられない。メイデンを追ってダッシュし、左側のマンガン・ブレードに先制攻撃《こうげき》を仕掛ける。

剣士たちは、これまた完全に同期した動きで刀の柄を握《にぎ》り、ぐっと体を前傾させた。抜き打ちの一撃を予感し、ハルユキは体の芯《しん》が氷のように冷たくなるのを感じた。

マンガンと戦うのはこれが初めてだが、彼女以外の剣持ちデュエルアバターとの対戦経験も実はそれほど多くない。飛行型として、どうしても銃《じゅう》持《も》ちの相手をする場面が多くなるからだ。

しかし、加速世界最強の剣使いを師に持ち、何度も手合わせしてきたという自信が、ハルユキを踏《ふ》み留《とど》まらせた。マンガンの斬撃《ざんげき》がどんなに鋭《するど》かろうとも、黒の王ブラック・ロータスの《終決の剣《ターミネート・ソード》》を上回ることは有り得ない。恐怖を踏み越えて——前へ！

「「疾《シ》ッ‼」」

一ミリ秒のずれもなく、コバルトとマンガンが同時に刀を鞘走《さやばし》らせた。

ハルユキは、草原の滑《すべ》りやすさを利用してスライディングすると、マンガンの横薙《よこな》ぎ一閃《いっせん》をかいくぐった。刃が鏡面ゴーグルを掠《かす》め、眩《まばゆ》い火花が視界を焼いた。

右側では、謡が予備動作なしでふわりとジャンプし、コバルトの斬撃を飛び越える。純粋《じゅんすい》な遠隔《えんかく》型でありながら、本気で《青中の青》である女武者に接近戦を挑《いど》むつもりらしい。

剣士たちは、右に振り抜いた刃を、有り得ないスピードで上段に引き戻しざま今度は真下に斬《き》り下ろした。

「「刹《セ》ッ‼」」

スライディングを止めたらヘルメットを真っ二つにされる。そう直感したハルユキは、先刻のかすり傷でほんの数ドット溜《た》まった必殺技ゲージを消費し、背中の翼《つばさ》を一瞬《いっしゅん》だけ振動させた。発生した推進力がスライディングを加速し、振り下ろされる刃の真下へとアバターを突進させる。

再びキンッ！　と小さくも鋭《するど》い金属音が響《ひび》き、ヘルメットの頭頂部を刃が掠《かす》めたが、そこで上段斬《ぎ》りは止まった。切断された草が舞い上がる中、ハルユキは体を縮めてマンガンの股下《またした》をすり抜け、両手で左右の草を摑《つか》んで急ブレーキを掛けた。

──メイさんはどうなった⁉

跳《は》ね起きながら、視線をちらりと左に振ったハルユキが見たのは。

コバルト・ブレードの上段斬りを、長弓《フレイム・コーラー》の握《にぎ》りの上部でがっちりと受け止めているアーダー・メイデンの姿だった。

ここで初めて、双子《ふたご》剣士のシンクロナイズド剣撃《けんげき》が乱れた。

「く……！」

と声を漏《も》らしたコバルトが、弓相手の鍔《つば》迫《ぜ》り合《あ》いを中断し、後ろに跳んだのだ。

仮に強化外装のプライオリティが互角《ごかく》でも、アバターの腕力ではコバルトがメイデンを確実に上回る。あのまま続けていれば、力任せに弓ごと刀を押し込み、メイデンの装甲を断ち割ることも可能だったはずだ。

コバルトがそうせず、自《みずか》ら距離《きょり》を取った理由は、謡《ウタイ》が左手で刀を受け止めながら右手で弦を引くことで生成した真紅《しんく》の炎だった。燃えさかる火矢に、ほんの数十センチの間合いから顔を照準されれば、どうあれ避《さ》けるしかない。

飛びすさるコバルトに向けて、謡は至近距離から火矢を射かけた。しかし敵もさるもので、横にした刀身で見事に矢尻《やじり》を受け止めてみせた。飛び散る炎が、夕暮れの草原を赤々と照らし出す。

パートナーの攻勢を眼の端《はし》で捉《とら》えながら、ハルユキもマンガン目掛けて猛然《もうぜん》とダッシュした。振り向きつつある武者が斬撃の体勢に入る前に間合いを詰め、零《ゼロ》距離での超接近戦に持ち込む算段だ。双子の刀は刃長が八十センチはあろうかという太刀《たち》で、密着すればまともに使えないはず。

「ハッ……！」

マンガンの足許《あしもと》に深く踏《ふ》み込みながら、右のショートフックを放つ。小手《こて》でガードされるが、すかさず左拳《ひだりこぶし》でボディを狙《ねら》う。刀を持つ右手での防御は間に合わず、装甲の薄《うす》い脇腹《わきばら》にヒットし、ようやくマンガンの体力ゲージもわずかに減少する。

「小癪《こしゃく》なッ！」

唸《うな》った武者は、刀の柄頭《つかがしら》でハルユキの顔面をかち上げようとした。だがこの攻撃は、タクムとの対戦で経験している。右へのダッキングで回避《かいひ》し、その動きに連動した左の膝蹴《ひざげ》りを再びボディに叩《たた》き込む。

今度もクリーンヒットしたが、当たりが良すぎてマンガンを突き放してしまった。生まれた間合いを利用して、武者はコンパクトな面打ちを放とうとする。しかしその寸前、ハルユキは先刻のスライディングを止めた時から右手に握《にぎ》り込んでいた草の束を、マンガンの顔めがけて投げつけた。即席の目つぶしでわずかに乱れた斬撃《ざんげき》をかいくぐり、再び密着すると、ショートパンチの連打でゲージを削《けず》っていく。

かたやアーダー・メイデンも、コバルトと互角《ごかく》以上の接近戦を繰《く》り広げている。シルバー・クロウほどは密着していないメイデンが、武者の斬撃を回避《かいひ》し続けられる理由は、ひとえに長弓の圧倒的《あっとうてき》な連射力にあった。

フレイム・コーラーには、《矢筒から矢を引き抜き、弦につがえる》という動作が必要ない。左手で弦を一定以上引きさえすれば、火矢が瞬間的《しゅんかんてき》に生成されるのだ。ハルユキが見る限り、連射速度は秒間一発を上回っている。弦を引き切っていないために威力《いりょく》はさほどないようだが、コバルトの接近を阻《はば》むには充分以上の弾幕《だんまく》だ。

対戦開始から二百秒が経過した時、クロウとメイデンの体力ゲージは九割以上を保っているのに対して、コバルトとマンガンのゲージは七割近くにまで減少していた。

もちろんこのまま最後まで押し切れるとはハルユキも思っていない。しかし、局面が変わる――すなわち敵が必殺技を使い始める前にゲージの五割を奪《うば》えれば、勝算はかなり高まる。

「いけっ……！」

自分に向けて短く叫ぶと、ハルユキは地面を蹴《け》った。背中の翼《つばさ》による瞬間的推力を利用した高速三次元ラッシュ、命名《エアリアル・コンボ》を繰り出そうとしたのだ。

しかし。

ハルユキは、そして恐らくは謡《ウタイ》も気付いていなかった。個別に戦っているはずだったコバルト・ブレードとマンガン・ブレードが、いつしか背中合わせで近づきつつあったことに。

「殺《サ》アアアアッ!!」

大気を震《ふる》わせるような気合いとともに、眼前のマンガンが右手で握った刀を横薙《よこな》ぎに振り抜いた。

これまでと同様の水平斬《ぎ》りなら、距離《きょり》を詰めて回避できるはずだった。しかし、その必要はなかった。マンガンは、前に立つハルユキではなく、自分の真後ろめがけて、そちらを見もせずに斬撃を飛ばしたのだ。

予想外の、まったく無意味としか思えないアクションに、ハルユキの思考が一瞬硬直した。それゆえに、視界外から飛んできたもう一本の刃への対応が遅《おく》れた。

「ぐあっ!」

右腕を焼け付くような衝撃《しょうげき》が襲《おそ》い、ハルユキは呻《うめ》いた。刃は装甲を深々と切り裂《さ》き、深紅《しんく》のダメージ・エフェクトを散らす。あと一歩踏《ふ》み込んでいたら、腕を付け根から切り落とされていただろう。

まったく同時に、マンガンの後方から謡《ウタイ》の小さな声が聞こえた。それでようやく、ハルユキは何が起きたのかを悟《さと》った。

背中合わせにぴたりと重なったマンガンとコバルトが、同時に自分の後方を攻撃《こうげき》したのだ。完全に意識の外側から襲《おそ》ってきたコバルトの刀はハルユキを捉《とら》え、マンガンの刀はメイデンを捉えた。恐るべきは、何の合図もせず、それどころか互いを見もせずに同時背面攻撃を成功させた双子《ふたご》剣士のコンビネーションだ。コンマ一秒呼吸が狂えば、振り下ろされた刃はお互いを切り裂《さ》いていたはずだ。

追撃を避《さ》けるためにハルユキは大きく距離《きょり》を取ったが、マンガンは詰め寄ってこなかった。同じく立ったままのコバルト越しにメイデンの様子を確認するが、彼女も右腕を斬《き》られたらしい。火矢の連射を中断し、距離を取っている。

双子剣士は、背中合わせのままぴたりと太刀《たち》を中段に構えると、まずマンガンから口を開いた。

「格闘《かくとう》タイプにこれほど殴《なぐ》られたのは久しぶりだぞ。実《じつ》のないポイントを稼《かせ》いでいたわけではないようだな、シルバー・クロウ」

続けて、コバルトも謡に語りかける。

「よもや、弓使いに接近戦でこうも翻弄《ほんろう》されるとはな。さすがは加速世界にその名を知られた《緋色弾頭《テスタロッサ》》アーダー・メイデン」

「だが、このままやられっ放しでは新宿《しんじゅく》に帰れんのでな」

「そろそろ、我々も奥の手を使わせて貰《もら》うぞ」

息の合った語りを終えると、双子の武者は構えていた刀を緩《ゆる》やかな動作で鞘《さや》に収めた。

しかしそれが停戦の合図ではないことは明白だった。じりっと腰を落とした剣士たちの足許《あしもと》から、鋼《はがね》のような闘気が噴き出して周囲の草むらを激しく揺《ゆ》らしたのだ。光ってはいないので心意技の過剰光《オーバーレイ》ではないが、そうと思いたくなるほどの戦慄《せんりつ》に襲われて、ハルユキは息を詰めた。

次の攻撃を、まともに喰《く》らうのはまずい。

そう直感したハルユキは、こちらも《一発逆転の奥の手》を出す時だと判断し、背中の翼《つばさ》を広げた。必殺技ゲージは、ハルユキが六割、謡が七割ほどチャージされている。フルゲージとはいかないが、これなら足りるはずだ。

「――望むところです‼」

剣士たちに向けてそう叫びざま、地面を蹴《け》る。真《ま》っ直《す》ぐ突っ込むと見せかけて、右に大きく迂回《うかい》し、コバルトの正面へと回る。

「メイさん！」

呼びかけながら伸ばした右手を、謡が傷ついた右手で掴《つか》んだ。直後、全力で垂直上昇。

マンガンたちはメイデンをピックアップする瞬間《しゅんかん》を狙《ねら》ってくると予想していたハルユキは、

まったく動こうとしない双子剣士《ふたごけんし》に少々拍子抜《ひょうしぬ》けしながら、一気に高度五十メートルまで駆け上った。

メイデンを両手で抱えつつホバリングに移行し、ステージを見下ろす。夕陽《ゆうひ》に照らし出される広大な草原の中央に、ぽつんと豆粒のような剣士たちの姿が見て取れる。

かつて、シルバー・クロウの銀翼《ぎんよく》を奪《うば》った強敵ダスク・テイカーはこう勝ち誇《ほこ》ったものだ。『飛行アビリティと遠距離《えんきょり》火力のコンボは素晴らしいですよ。はっきり言っちゃえば、無敵ですよボク』、と。

無敵とまで言うつもりはないが、《近接の青》二人のタッグ相手にこの状況に持ち込めればもう勝ちは九割がた動かない。敵の刃が絶対に届かない高空から、謡《ウタイ》の火矢で一方的に攻撃し続けられるからだ。更《さら》に、ここは遮蔽物《しゃへいぶつ》がまるで存在しない草原ステージ。物陰に隠《かく》れることさえできない。

——でも、こんな勝ち方で本当にいいのか……。

というハルユキの一瞬《いっしゅん》の躊躇《ためら》いを感じたかのように、腕の中の謡が言った。

「どのような状況になろうとも相手への敬意を忘れず、己の全力を尽くす。それが対戦の本義なのです、クーさん」

下に向けられたフレイム・コーラーの弦を、傷ついた右手が引いていく。いままでのように半ばで止めず、限界まで引き絞《しぼ》られた弓が生み出した火矢は、恐ろしいほどのパワーを秘めて激しく燃えさかっている。

紅蓮《ぐれん》の炎に照準されても、地上の双子剣士は刀の柄《つか》を握《にぎ》ったまま微動だにしなかった。恐らく、メイデンの通常攻撃は通常攻撃で、必殺技は必殺技で迎撃し続けるつもりだろう。ハルユキのゲージが尽き、飛べなくなるまでそれを続けられれば彼女たちの勝利だ。

両腕の中で、謡が「行きます」と囁《ささや》いた。必殺技の発動に備え、ハルユキは姿勢を安定させるべく両の翼《つばさ》をいっぱいに広げた。

その刹那《せつな》——。

五十メートル下方のコバルトとマンガンが、声を揃《そろ》えて叫んだ。

「「《レンジレス・シージオン》‼」」

技名発声。しかし、謡はまだ火矢を発射していない。先読み？　それとも、まさか。

ハルユキが瞬間的にそう考えた時にはもう、二人の武者は完璧《かんぺき》に同調した動きで左腰の刀を振り抜いていた。青い閃光《せんこう》が十字に煌《きら》めき、そしてハルユキは、氷よりも冷たい風が体の両側を吹き抜けていくのを感じた。

がくん、と高度が下がる。慌《あわ》てて翼の推力を上げようとするが、緩《ゆる》やかな降下は止まらない。反射的に振り向いたハルユキが見たのは——半ばから切断された銀翼が、夕陽を反射しながら音もなく落下していく光景だった。遅《おく》れて、体力ゲージが一気に二割以上も減少する。

——斬《き》られた⁉　五十メートルも離れてるのに⁉

——いくら必殺技って言っても、剣持ち近接型の技に、こんな銃《じゅう》なみの射程距離《きょり》があるはずが……。

驚愕《きょうがく》に彩《いろど》られた思考を、火花のような理解が上書きする。

コバルト・ブレードとマンガン・ブレード。あの双子《ふたご》は、正確には《近接の青》ではない。シルバー・クロウと同じメタルカラーなのだ。カラー・サークルに縛《しば》られない、例外の色。

「くっ……」

僕はそれを知ってたはずなのに、と歯噛《はが》みしながら、ハルユキは半分になってしまった翼《つばさ》に残る金属フィンを全開で振動させて落下を止めようとした。どうにか再びホバリングに入るが、必殺技ゲージは恐ろしい勢いで減っていく。このままでは、もってあと十秒。

その時、謡《ウタイ》が、落ち着いた声で技の名を唱えた。

「《フレイム・ボルテクス》」

ごうっ！　と凄《すさ》まじい音を立てて、火矢を包む炎が膨《ふく》れ上がった。耳をつんざく轟音《ごうおん》とともに発射されたのは、もはや矢とは到底呼べない、真紅《しんく》の螺旋《らせん》でできた大槍《おおやり》だった。

地上の武者たちが、さっと左右に分かれて回避《かいひ》行動を取る。直後、二人の中間地点に大槍が着弾。赤熱する渦流《ボルテクス》は瞬時《しゅんじ》に十メートル以上も膨れ上がり、コバルトとマンガンを呑《の》み込む。

視界左上の敵体力ゲージが、まったく同じ速度で減少していく。二人が炎から出てこないのは、あの渦巻きに吸引効果があるからだろう。周囲の草原も激しく波打ち、ちぎれて吸い込まれた葉が無数の火の粉となって舞い上がる。

《緋色弾頭《テスタロッサ》》アーダー・メイデンは、かつては《ICBM》スカイ・レイカーとコンビを組み領土戦で赫々《かっかく》たる戦果をあげたというが、その伝説をまざまざと感じさせる凄まじい技だ。

しかも謡は、双子の必殺技が長大な射程を持つことを察知していたに違いない。彼女たちがメタルカラーだという認識が頭から抜け落ちていなければ、ハルユキもそうと気づいて斬撃を回避できたかもしれないのに。

――僕は、まだまだ《前髪》だ。

そう自分に言い聞かせると同時に、必殺技ゲージが尽きた。

「降ります！」

残された翼で不安定な滑空《かっくう》を始めるハルユキの耳に、謡の毅然《きぜん》とした声が届いた。

「ここからは気合いの勝負なのです。クーさんのど根性、期待してます！」

「り……了解！」

叫び、ようやく鎮火《ちんか》し始めた渦巻きの外へ着陸する。もうもうと立ちこめる白煙の奥から、装甲を黒く煤《すす》けさせた双子剣士が姿を現す。メタルカラーだけあって耐熱性能も高いらしく、メイデンの必殺技を丸々喰《く》らったにもかかわらず、体力ゲージは四割を残している。

四つのアイレンズが、低い振動音を響《ひび》かせながら青白く輝《かがや》いた。無言で太刀《たち》を構えるコバルトとマンガンに対峙《たいじ》しながら、謡は弓を、ハルユキは両手を持ち上げた。

——頭も技もまだまだだけど……根性なら負けない!!

食い縛《しば》った歯の間でそう叫び、真っ黒に焼け焦《こ》げた地面を蹴《け》る。


十五分後。

ハルユキが最後の力を込めて放った右ストレート・パンチを、マンガン・ブレードの上段斬《ぎ》りが一瞬《いっしゅん》早く捉《とら》えた。

右腕が肩口から斬り飛ばされると同時に、真っ赤に染まった体力ゲージが残り一割を下回る。バランスを崩《くず》し、草原に倒《たお》れ込んだハルユキの首筋目掛け、太刀《たち》の切っ先が猛然《もうぜん》と突き下ろされてくる。

——ここまでか。

覚悟《かくご》を決め、ハルユキは止《とど》めの一撃《いちげき》を待ったが、太刀が鈍《にぶ》い音とともに抉《えぐ》ったのはフェイスマスクからほんの二センチばかり離《はな》れた地面だった。

眼前の青白い金属を呆然《ぼうぜん》と眺《なが》めていると、頭上から声が降ってくる。

「なかなかいい戦いだったぞ、シルバー・クロウ」

「………へ?」

ハルユキが恐る恐る顔を持ち上げると、マンガンは地面から刀を引き抜きながらフンと鼻を鳴らした。

「別に情けをかけたわけではない。単なる対戦なら、容赦《ようしゃ》なく首を刎《は》ねていたところだが……お前、何か目的があってこのエリアに来たんだろう？　我らレオニーズに関係することか？」

「あ……そ、そうなんです」

慌《あわ》てて跳《は》ね起き、草の上に正座しながらちらりと右側に視線を送る。コバルトとメイデンの戦闘《せんとう》は、わずかながらメイデン優位に推移していたようだが、こちらも戦いは止まっている。

再びマンガンを見上げ、ハルユキは小声で言った。

「えと……マーガさん、すみませんが、この後少し時間を頂けませんか？　実は、大事なお話が………」

「……研究会絡《がら》みか？」

「は、ハイ……」

すると、ポニーテールの女武者は、太刀を鞘《さや》に収めながらツインテールの姉妹を一瞥《いちべつ》した。それだけで意思疎通《そつう》が行われたらしく、軽く頷《うなず》いてから続ける。

「やむを得んな。クロウ、貴様、いまどのあたりにいる？」

その問いが、現実世界のハルユキの位置を訊《たず》ねるものであると気付くのに少し時間がかかった。

「はえ!?　えと……し、新青梅《しんおうめ》街道ですが……」

「ふむ。では……」

上体を屈《かが》め、座るハルユキに思い切りフェイスマスクを近づけると、極小ボリュームで囁《ささや》く。

「戻ったら、中野《なかの》五差路近くのファミレスに来い」

「ひえ⁉　そ、それって、つまり、リアルで……」

「声が大きい」

小声で叱《しか》ると体を戻し、マンガンは周囲を見回した。対戦の終了を察したギャラリーたちは盛大に拍手したり歓声を上げたりしているが、女武者は彼らに鋭《するど》い視線を送りながら続ける。

「対戦ステージには、どこの間者《かんじゃ》が紛《まぎ》れていないとも限らん。ギャラリーを強制退場させる手もあるが、それはそれで悪目立ちしてしまうしな」

「は、はあ……まあ、確かに……。——でも、リアルで会うなら何か目印とか決めておかないと……」

「ふん。バーストリンカー同士、一目見ればそうと知れよう」

そぉ〜かなぁ〜〜〜。

と心の底から疑問に思ったものの、ハルユキとしては頷《うなず》くしかなかった。

6

タッグ対戦は合意のドローで終了となり、バーストアウトして現実世界のバスに戻った途端《とたん》、ハルユキはずるずるとシートに沈み込んでしまった。

ニューロリンカーのボタンを長押ししてグローバル接続を切っていると、隣《となり》の謡《ウタイ》が涼しい顔で微笑《ほほえ》みながら戦いの感想をタイプする。

【UI＞ さすがはレオニーズの《二剣《デュアリス》》、とっても強かったのです】

「ほんとに……。あの《レンジレス・シージオン》って必殺技、射程長すぎだよ……」

【UI＞ 恐らく、トリリードさんの剣と同系統の性能なのでしょう。必殺技発動前に、鞘《さや》に収めた状態で溜《た》めれば溜めるほど射程が伸びるのだと推測します】

「あ……な、なるほど……」

頷《うなず》きながら、ハルユキは帝城《ていじょう》で出遭《であ》った不思議な若侍《わかざむらい》のことを思い出していた。

トリリード・テトラオキサイド、またはアズール・エアーを名乗る彼は、七の神器《セブン・アークス》の五番星である直刀《ジ・インフィニティ》を所持しており、その剣は《鞘に入れておけばおくほど抜いた直後の一撃《いちげき》の威力《いりょく》が高まる》という特性を有しているのだ。

ということは、もしまかり間違ってコバマガのどちらかがジ・インフィニティを入手したりすれば、必殺技《レンジレス・シージオン》は鞘《さや》で溜《た》めれば溜めるほど射程と威力《いりょく》が無限大《インフィニティ》、というぶっ壊《こわ》れ性能になってしまう。恐ろしや恐ろしや……と身震《みぶる》いしていると、軽やかなチャイムの音が響《ひび》いた。謡《ウタイ》がAR表示された《次で降ります》ボタンに触《ふ》れたのだ。

【UI＞ これからが今日のミッションの本番なのです、有田《アリタ》さん】

「そ、そうだった。……ちゃんと見つけられるかなあ……」

【UI＞ きっとお侍《さむらい》さんっぽい人たちなのです。さあ、降りましょう！】

そうタイプすると、謡はバスが停車するのを待たずに立ち上がり、降車口へと向かった。四埜宮《シノミヤ》さんはちっちゃいのにいつも元気だなあ、と感心しながら、ハルユキは茶革のランドセルを追いかけた。


新青梅《しんおうめ》街道と中野《なかの》通りの交差点にあるバス停で降車し、中野通りを北上する。七分ほど歩くと、右側にオレンジ色の看板が見えてきた。コバマガが待ち合わせ場所に指定したファミリーレストランだ。単純に食事目的なら、事前に店のサイトにアクセスして空席を確認したり予約したりできるのだが、顔もメールアドレスも知らない相手と待ち合わせなので、まずは店に入ってみるしかない。

シルバー・クロウとは似ても似つかぬ生身の有田春雪《アリタハルユキ》を、リアルでは初対面のコバマガ姉妹に晒《さら》すことに気後《きおく》れを感じないと言えば嘘《うそ》になる。しかし、いまはそんなことを気にしている場合ではないと自分に言い聞かせ、レストランの外階段を上る。

ガラス扉を押し開けると、冷房の効いた空気と「いらっしゃいませ」の声が二人を出迎えた。ウェイトレスに「待ち合わせです」と告げ、背伸びしながら店内を見渡す。

午後四時三十分という中途半端《ちゅうとはんぱ》な時間なので、客数は少ない。しかし見えるのは買い物帰りの主婦や休憩中《きゅうけいちゅう》らしきサラリーマンばかりで、それっぽい二人組は見当たらない——と思っていると、奥まったテーブルを隠《かく》している曇《くも》りガラスの仕切りの向こうから、一本の手が現れてくいくいとハルユキたちを招いた。

「…………」

謡と顔を見合わせてから、恐る恐る通路を進む。

仕切りの手前で立ち止まり、意を決してもう一歩前に出ると、体を九十度右に転回させる。テーブルを挟《はさ》む二人掛けソファの片方に、二人の先客が並んで座っていた。セーラータイプの制服は少し明るめの藍色《あいいろ》。細いリボンとカラー、袖口《そでぐち》の折り返しは白。いかにも夏服らしい清涼感のある色合いだ。襟元《えりもと》に覗《のぞ》くニューロリンカーは、二人とも深みのあるサファイア・ブルー。

ハルユキが真っ先に相手の出で立《い》ちをチェックしてしまった理由は、別に制服フェチだからではなく、顔が見えないからだった。角度的に、ではない。座る二人の、恐らく女子中学生は、どちらも茶色の紙袋を頭にすっぽりかぶっているのだ。

「……………」

ハルユキが絶句していると、隣《となり》に立つ謡《ウタイ》の人差し指がぴくぴく動き、チャット窓に、

【UI＞ ……………】

と三点リーダーが幾《いく》つも並んだ。

やがて、紙袋の片方が無言でテーブルの反対側を指さした。我に返り、とりあえずソファに腰を下ろす。隣に謡が座ると、ウェイトレスがハルユキたちのぶんのお冷やとお手ふきを置き、

「ご注文がお決まりになりましたらボタンでお呼び下さぁい。またはホロメニューから直接のご注文も可能ですぅ。ごゆっくりどうぞぉー」と言い残して立ち去る。最後まで笑顔を崩《くず》さなかったのは、なかなかの精神力だ。

しかしハルユキはとても笑顔を作ることなどできず、丸くしたままの両眼で向かいの紙袋をまじまじと凝視《ぎょうし》した。よくよく見ると小さな穴が二つ並んで開いていて、向こうからはこちらが見えているらしい。

――この紙袋が、じゃなくてこの人たちが、マーガさんとコバルさん……なんだよな？

――でも、いったいどういう意味が？　リアル割れを警戒するなら、制服とかも隠《かく》さないとあんま意味ないし……そもそもリアル対話を提案してきたのあっちだし……。

などと考えながらなおも視線を送り続けていると、ハルユキの正面の紙袋が、隣に座る紙袋に頭を寄せて囁《ささや》いた。

「ねえ、やっぱこれ変すぎるよー」

「顔見られるのを心配したのはユキでしょう！」

「わぁ、名前呼ばないでぇー」

「し、しまった……あーもぉ、グダグダじゃないですか」

「あたしのせいじゃないよぉ。てか、これもう取ろうよー」

「仕方ないですね……まあ、あっちもナマ顔晒《さら》してることですし……」

という会話で二人は合意に達したらしく、同時に右手で紙袋のてっぺんを摑《つか》み、すぽーんと抜き取る。

中から出てきたのは、幸い本物の人間の顔だった。

二人とも実によく似ている——というより見分けがつかないレベルでそっくりだ。くっきりした眉毛《まゆげ》やすっきりした鼻筋が涼しげな、和のDNAを感じさせる顔立ち。謡もそちらの系統だが、目の前の二人は可愛《かわい》らしいというより、美形という表現がしっくりくる。

どちらもアクセサリー等は身につけていないので、二人の外見的違いは、ハルユキの正面に座るほうが艶《つや》やかな黒髪をポニーテールに結い、謡の正面に座るほうがツインテールに結っていることだけだ。

その髪型を見て、ようやくこの二人が待ち合わせた当人だと確信したハルユキは、ぺこりと頭を下げながら名乗った。

「あの、はじめまして……僕がシル、じゃなくて《鴉《からす》》です。で、こちらが《巫女《みこ》》です」

ハルユキに即席の仮名で紹介された謡《ウタイ》が、膝《ひざ》の上に両手を重ねてから深く一礼する。《お能の家の子》の凜《りん》とした佇《たたず》まいに反応してか、セーラー服の二人もぴんと背筋《せすじ》を伸ばしてから同時に会釈《えしゃく》した。

顔を上げると、まず向かって右のツインテールが口を開く。

「高野内琴《タカノウチコト》です。中三」

続いて、正面のポニーテール。

「高野内雪《タカノウチユキ》だよ。同じく」

再び二秒ばかり硬直してから、ハルユキは慌《あわ》てて訊《たず》ねた。

「え、あの、そのお名前、本物の……」

すると琴と名乗ったツインテールが、眉《まゆ》を逆立てる。

「顔を晒《さら》したらもう一緒《いっしょ》です！　そっちも名乗りなさい」

「は、はひっ。あの……有田春雪《アリタハルユキ》です。中二です」

そこで二人に軽く事情を説明し、チャットアプリのアドホック接続を受け入れて貰《もら》う。すかさず謡がキーボードを叩《たた》く。

【UI＞　四埜宮謡《シノミヤ》と申します。小学四年生です】

四人がリアルネームで自己紹介したところで、誰《だれ》からともなく再び会釈。

微妙な沈黙《ちんもく》を破ったのは、琴が卓上のARボタンを叩く音だった。展開したホロメニューを素早くスクロールし、デザートのページを開く。

「あっ、琴ちゃんおやつ食べる気？」

「しんどい対戦でお腹《なか》が空《す》きました」

「ずるいー、あたしも食べよっと」

二人のやり取りを聞いていると、この二人がレオニーズの《二剣《デュアリス》》ことコバルト・ブレードとマンガン・ブレードなのだという確信が揺《ゆ》らぎそうになるが、外見や名前からして双子《ふたご》なのは確定的だし、髪型も加速世界と同じだ。恐らくはツインテールの琴がコバルトで、ポニーテールの雪がマンガン。そのつもりで見れば、二人ともどこか剣士を思わせるきりっとした雰囲《ふんい》気《き》を漂《ただよ》わせている。

――とりあえず、僕も何か注文しないと。

軽く頭を振り、ハルユキもメニューを呼び出すとデザートページに飛んだ。謡にも見える位置まで動かし、小声で訊ねる。

「四埜宮さんは何にする？」

【UI＞　クリームあんみつにするのです】

「じゃあ、僕はダブルアイスにしよ」

ぽちぽちっとメニューをタッチして、ネガ・ネビュラス組のオーダーは五秒で完了したが、レオニーズ組はまだ悩んでいるようだ。二人とも真剣な顔でメニューを凝視《ぎょうし》し続け、突然口を開く。

「『苺《いちご》のブリュレパフェ』」

そのハモリ具合は、対戦中とまったく一緒《いっしょ》だ。さすがのコンビネーションと感心していると、双子《ふたご》はなぜか真顔で睨《にら》み合う。

「私のほうが先でした」

「あたしのが早かったもん。琴《コト》ちゃんが変えてよ」

「この前は私が変えたでしょう、今日は雪《ユキ》の番です」

「嫌《いや》ー。今日の対戦、あたしのが頑張ったもん」

「1レベル下のクロウ相手に大苦戦したくせに」

「そっちこそ、遠隔《えんかく》型のメイデン相手にやられ放題だったくせにー」

言い合いにアバターネームまで飛び出したので、ハルユキは慌《あわ》てて割り込んだ。

「あ、あの、そのへんで。ていうか……なんで注文を変えなきゃいけないんです？ 二人とも苺パフェ食べればいいじゃないですか」

すると琴ことコバルトが、じろりとハルユキを睨んだ。

「こういう時は、違うのを頼《たの》んで半分こするのが私と雪のルールなんです」

「ははあ……でも、どうせ半分こするなら、どっちが何を頼んでも同じでは？」

と訊《たず》ねると、今度は雪ことマンガンに反駁《はんばく》される。

「ぜんぜん違うー。苺パフェの場合は、最初に半分食べるほうが上に載ってる苺を食べられるんだよ⁉ 真ん中から下なんて、アイスとシャーベットとビスケットしかないよ」

「これがヨーグルトパフェなら、下はヨーグルトとシリアルだけですよ。そんなもん、おやつじゃなくてご飯です」

「な、なるほど、深く納得《なっとく》しました」

両手を持ち上げ、ハルユキがこくこく頷《うなず》いていると――。

突然、隣《となり》の謡《ウタイ》がごく控えめではあるが、くすくすと笑い声を漏《も》らした。失語症の彼女が声に出して笑うのはとても珍《めずら》しいので、思わず息を呑《の》んでしまう。

しばらく笑い続けてから、謡はテーブル上に指を躍《おど》らせた。

【UI＞ すみません、お二人が、向こう側の様子と少々違うもので】

それを読んだ琴と雪は、少々バツの悪そうな顔になった。

「そんなものでしょう、バーストリンカーなんて」

琴の呟《つぶや》きに、雪が微笑《ほほえ》む。

「今日くらいは、二人で同じもの頼んでもいいよね」

「余所《よそ》の人と初めてリアルで会った記念ですしね」

双子は同時に苺のブリュレパフェの写真にタッチし、メニューを消した。

グラスの冷水を口に含みながら、ハルユキは考えた。

琴《コト》と雪《ユキ》が所属するレオニーズも、三日前に戦ったグレート・ウォールも、本来的にはネガ・ネビュラスと敵対するレギオンだ。加速研究会という強大すぎる共通の敵が存在しなければ、こんなふうにリアルで会って話をすることなど絶対に有り得なかっただろう。そしてトライアル#《ナンバー》1こと《アクセル・アサルト2038》は過剰《かじょう》な闘争《とうそう》によって、そしてトライアル#3こと《コスモス・コラプト2040》は過剰な融和《ゆうわ》によって滅《ほろ》んだ——と言ったのは白の王ホワイト・コスモスだ。最大の敵の言葉ではあるが、ゲーマーとして何となく納得《なっとく》もできる。

ハルユキたちのトライアル#2こと《ブレイン・バースト2039》が、緑の王の活動があるとはいえ八年間も続いているのは、闘争と融和のバランスがまがりなりにも取れているからなのだろう。この突発的な会合は、もしかしたらその危ういバランスがもたらした一回だけの奇跡なのかもしれない。高野内《タカノウチ》琴と高野内雪の二人に現実世界で会う機会は、もう二度と訪れないのかもしれない。

しかしそれでも、こうして顔を合わせ、名前を名乗り、一緒《いっしょ》におやつを食べたんだから、僕たちはもう《友達》なんだ。僕は、そう信じたい。

運ばれてきた大きな苺《いちご》パフェにわあっと顔を輝《かがや》かせる琴と雪を見ながら、ハルユキはそんな思考を噛《か》み締《し》めていた。

『……じゃあ、コバルさんとマーガさんは、土曜日のオブザーバー役を引き受けてくれたわけね？』

7

ボイスコール回線越しのチユリの声に、ハルユキは頷《うなず》きながら答えた。

「ああ、なんとか。メタトロン攻略戦のこととか訊《き》かれまくって大変だったけどね……。土曜は港《みなと》区第三の自然教育園で待機して、領土戦が終わったらすぐにマッチングリストをチェックしてくれるって」

『そう、よかった。任務達成おつかれさま、ハル。……あとはその時に、研究会のメンバーが誰《だれ》か一人だけでもグローバル接続してることを祈るだけね……』

「そうだな……」

再び頷き、ベランダの手すりに両腕を乗せると、高円寺《こうえんじ》方面の夜景を眺《なが》める。

夜になってもさほど気温は下がらないが、自宅は高層階にあるので吹き抜ける風が気持ちいい。眼下の環七《かんなな》通りを、白いヘッドライトと赤いテールライトがゆっくりと流れていく。その煌《きら》めきに見入りながら、頭の中で、既知《きち》の加速研究会メンバーを列挙する。

まずは会長こと白の王、ホワイト・コスモス。彼女の名は港区エリアのリストにあって当然なので、もちろん証拠《しょうこ》にはならない。

次に副会長であり、これまでに何度もハルユキたちを窮地《きゅうち》に陥《おとし》いれた仇敵《きゅうてき》ブラック・バイス。だが、加速世界でいままでカラーネームの重複は確認されておらず、ブラック・バイスの名前は単なる自称だという可能性は残っている。その場合は、リストには出てこない。

更《さら》に、二人と並ぶ古株である、《四眼の分析者《クアッドアイズ・アナリスト》》アルゴン・アレイ。しかし彼女が研究会のメンバーだと知っているのはハルユキたちだけであり、しかも物証は何一つない。これまた証拠能力は薄《うす》い。

つまるところ、三人の幹部の中で可能性があるのはブラック・バイスだけで、あとは下位のメンバーに期待するしかないわけだ。

ただこちらも、ダスク・テイカーはすでに全損退場、ウルフラム・サーベラスはアルゴン同様に証拠なしで、残るはヘルメス・コード縦走レースに乱入したラスト・ジグソー、黒雪姫《クロユキヒメ》が沖縄で遭遇《そうぐう》したサルファ・ポットの二人だけ。ポットに関しては、以前紫《むらさき》のレギオンに所属していた古参バーストリンカーが証言してくれるそうだ。

「……結局、バイスとジグソー、ポットの三人しか、証拠にはならないんだよな……」

ため息混じりに呟《つぶや》くと、チユリも重苦しい吐息《といき》で答える。

『うん……。せめて、アルゴンが研究会メンバーだっていう裏付けが取れればねぇ……』

「一回だけ、杉並《すぎなみ》エリアのバトルロイヤルに乱入してきたアルゴンを、アッシュさんが見てるんだ。その時レーザーでバイクを爆発《ばくはつ》させられたから、アルゴンがただの分析屋じゃないってことはアッシュさんにも解《わか》ってるだろうけど……でも、それだけで、研究会の一味だっていう証拠《しょうこ》にはならないよな……」

『しかも、アッシュさんは緑《グレウォ》のメンバーだしねー』

「うん……」

もういちど、二人同時にため息。

そもそも、アルゴン・アレイが研究会の一員だという証拠を示す手段があるのなら、とっくに黒雪姫《クロユキヒメ》や楓子《フウコ》が思いついているはずだ。ハルユキとチユリが今更《いまさら》あれこれ考えて埒《らち》があく話でもない。

回線の先で、チユリが気分を切り替えるように「んー！」と叫ぶと、少し明るい声を出した。

『それはそうと、レベル6のボーナス、何取るか決めたの？』

「あー……いや、まだ……考えれば考えるほど解んなくなってさ……」

『あはは、そんなことだと思った。でも、土曜の領土戦は、こないだのグレート・ウォール戦以上に厳しくなりそうだから、武器は少しでも多いほうがいいよ』

「……そうだよな」

チユリの親身なアドバイスに、ハルユキは深く頷《うなず》いた。

何度も対戦を重ね、いまの自分に必要なものをじっくり見極めてレベルアップ・ボーナスを選ぶのも大切なことだが、そのあいだは《得られるはずの力を得ていない》状態だとも言える。そのしわ寄せは、レギオンの仲間たちに行くのだ。オシラトリ・ユニヴァースとの戦いでは、そんな甘えは許されない。

「領土戦までには、絶対決めるよ」

きっぱりと宣言すると、同じくらい真剣な声が返った。

『あたしも、レベル6はまだちょっと遠いけど、土曜は頑張るからね』

「おう、期待してる。……レベル6まで、あとどれくらい？」

『ちょっと前に5に上げたばっかりだもん、まだまだだよ』

「そっか……じゃあ、いまからタクも誘《さそ》ってエネミー狩りに行こうぜ。グッさん、じゃなくて緑の王がポイント食べさせたやつに当たるかも」

意気込んでそう提案したハルユキだったが、

『だぁーめ！　ハルは今日、中二エリアで頑張ったんでしょ！　今夜は早く寝なさい！』

と即座に却下され、ちぇっと口を尖《とが》らせる。しかし、これだけで終わるチユリのお説教ではない。

『それとハル、土曜日までに、もうひとつ決めなきゃいけないことがあるんでしょ』

「へ？　な、なんだっけ……」

『ちょっと、忘れたんじゃないでしょうね！』

幼馴染《おさななじみ》の雷が落ちる寸前で、加速世界とは無関係な重大案件を思い出し、ぶんぶんかぶりを振る。

「あっ、いやっ、忘れてない、忘れてないよ！　生徒会選挙の件だろ」

『そ。で、どーすんの？』

問われたハルユキは、体を反転させ、ベランダの手すりに背中を預けた。

二年C組のクラス委員長である生沢真優《イクザワマユウ》から、二学期にある次期生徒会役員選挙に立候補しないかと誘《さそ》われたのは先週のことだ。委員長には今週中に返事をすると伝えてあるので、チユリの言うとおり、土曜までには決断しなくてはならない。

「……タクは何か言ってた？」

一緒《いっしょ》に勧誘《かんゆう》されたタクムの心積もりをチユリなら知っているかと思ったのだが、答えは今度も同じだった。

『だぁーめ！　タッくんのことは、タッくんに聞きなさい！』

「は、ハイ……」

『……あ、ママが早くお風呂《ふろ》入れって言ってるから、今日はこのへんで切るね。おやすみハル、また明日ね』

「ん、また明日な。おやすみチユ」

ボイスコールを切断し、ふうっと息を吐《は》きながら、ベランダの庇《ひさし》越《ご》しに夏の夜空を見上げる。

都心のイルミネーションに照らされた空は灰色だが、それでも幾《いく》つかの星が静かに瞬《またた》いている。しばらくその輝《かがや》きに見入ってから、大きくひとつ伸びをして室内に戻る。

時刻は九時三十分。母親はまだ帰ってこない。そろそろ、夏休みに友達と山形の祖父母の家に旅行する件を話しておかねばならないのだが、すれ違いの生活は相変わらずだ。少し前に、帰宅するまで起きていて期末テストの結果を見せた時も、『次も頑張りなさい』のひと言だけだった。

——まあ、《次は》じゃなくて《次も》だったしな。

助詞ひとつに慰《なぐさ》めを見出《みいだ》しつつ、ごろりとベッドに横になる。

もし、生徒会役員選挙に出ることを決め、それを知らせたら母親は何と言うだろうか。応援してくれるのか、やめろと言うか——あるいは好きにしなさい、か。

山形の祖父母に聞いたところでは、母も学生時代は生徒会活動をしていたらしい。いったいどんな理由で立候補したのか、知りたい気持ちもあるがたぶん訊《き》いても面倒《めんどう》くさそうにされるだけだろう。それに、仮にハルユキが役員を目指すとしても、その理由が《母親に構って欲しいから》でいいはずがない。

生沢真優は、生徒会役員に立候補する理由は、現副会長の黒雪姫《クロユキヒメ》に憧《あこが》れているから、黒雪姫に少しでも近づきたいからだと言った。その気持ちはとてもよく理解できるが、しかしそれは生沢の動機であってハルユキのものではない。立候補するつもりなら、するだけの理由や目標を自分の中に見つけなければならない。

……僕の目標って、なんだろう。

薄暗《うすぐら》い天井《てんじょう》を見上げたまま、漠然とそんなことを考える。

バーストリンカーとしての目標ならば即答できる。黒雪姫《クロユキヒメ》とともに、ブレイン・バーストのエンディングに辿《たど》り着くことだ。そこに至る道が、黒雪姫がレベル10に到達することなのか、あるいは帝城《ていじょう》で最後の神器《ザ《T》・フラクチュエーティング《F》・ライト《L》》の封印を解くことなのかは解《わか》らない。しかし、黒雪姫と一緒《いっしょ》に戦い続ければ、いつかはゲームの終わりが訪れ、全《すべ》ての謎《なぞ》が解き明かされるとハルユキは信じている。

いっぽう、現実世界の有田《アリタ》春雪《ハルユキ》は、何を目標に日々を生きているのだろうか。

不良生徒たちにいじめられていた頃《ころ》は、毎日学校に通うこと自体が耐《た》えがたい苦しみだった。しかし黒雪姫に救われ、いまでは友達と思える存在さえ何人かできた。もう、朝起きるのも、登校路を歩くのも苦痛ではない。

だが、なればこそ、いまの自分が何かを頑張っているのかと自問した時、即座にイエスとは答えられないのだ。タクムやチユリのように、部活動に燃えているわけでもない。勉強を頑張っているとは到底言えない。飼育委員会も、真面目《まじめ》に活動しているつもりではあるが、実際には謡《ウタイ》の補佐しかできない。

加速世界に関係するあれこれを切り離《はな》せば、いまのハルユキは、漫然《まんぜん》と日々を過ごしているだけなのかもしれない。将来のビジョンもなく、卒業後はおろか半年後、一ヶ月後の目標さえなく、過ぎ去る時間をただ眺《なが》めている。

――先輩と同じ高校に行きたいっていう、あれは嘘《うそ》だったのか？

不意に、そんな声が頭の後ろ側で響《ひび》いて、ハルユキは体を壁に向けると膝《ひざ》を抱え込んだ。

――嘘じゃないさ。でも……どんなに努力したって、叶《かな》わないことはあるんだ。

――結果の伴《ともな》わない努力は無意味だ。そういうことか？

――そうだ。だって、そんなものを誰《だれ》が評価してくれるんだ。どんなに勉強を頑張っても、受験に失敗すれば誰も褒《ほ》めてくれない。選挙に立候補しても、落選すれば惨《みじ》めさが残るだけだ。そこにどんな意味があるって言うんだ。

粘つく沼に沈んでいくような自問自答を続けるハルユキの脳裏に――。

突然、清涼な風が吹き抜けた。数日前に黒雪姫が発した言葉が、深いエコーを伴って再生される。

『結果なき努力に意味があるのか……キミはいま、そう考えているんだろう』

はっと眼を見開き、横に丸めていた体を伸ばしていく。ベッドの上で両手両足を広げ、深く息を吸って、吐《は》く。

黒雪姫にそう問い質《ただ》されたハルユキは、口には出せなかったが、確かに否《いな》と感じたはずだ。何かを頑張れば、必ず何かが自分の中に残ると、そう感じたはずだ。

人に褒《ほ》めてもらいたいから。笑われて惨《みじ》めな思いをしたくないから。そんな矮小《わいしょう》な動機よりも、もっと大切なことがある。それは、加速世界も、現実世界も変わらない。

自分のために、誰《だれ》かのために、頑張る。ただ頑張りたいから、頑張る。それができたという記憶《きおく》が少しずつ積み重なって、きっといつか大きな力になる。

「────よし！」

ハルユキは、天井《てんじょう》に向けて突き出した両手を、ぎゅっと強く握《にぎ》り締《し》めた。

左手だけを降ろし、右手の人差し指で仮想デスクトップを操作する。連絡帳アプリの1番に登録してある相手に短いメールを送ると、すぐに返事が来た。ホームサーバーの設定を手早く切り替え、コマンドを呟《つぶや》く。

「ダイレクト・リンク」

桃色ブタアバターとなったハルユキが降り立ったのは、ヨーロッパ風のお城の尖塔《せんとう》から突き出したテラスだった。彼方《かなた》には白く冠雪した山脈が連なり、手すりの真下は底が見えないほど高く切り立った断崖《だんがい》。

テラスには小さなテーブルと椅子《いす》が二脚、それにティーセットが用意されている。少し前に外国のネットからダウンロードした、フルダイブ空間用の環境データだ。

数秒後、テラスの端《はし》に、鈴のような音を響《ひび》かせてほっそりした人影が出現した。黒いロングドレスに、黒揚羽蝶《くろあげはちょう》の翅《はね》を背負った、妖精《ようせい》のように美しいアバター。

「お待たせ、ハルユキ君。相変わらず高い場所が好きだな」

景色を眺《なが》めるやそんな感想を述べる黒雪姫《クロユキヒメ》に、ハルユキはひづめのついた手で頭を掻《か》きながら挨拶《あいさつ》した。

「こんばんは、先輩。急にお呼び立てしてすみませんでした」

「いや、ちょうど休憩《きゅうけい》しようとしていたところだ」

「お勉強中でしたか？」

「まあ、勉強と言えば勉強だな……。オシラトリのメンバーの情報を、解《わか》る範囲《はんい》でファイルにまとめていたんだ。終わったら配布するから、頭に入れておいてくれ」

「あ、それはとっても助かります、ありがとうございます。どうぞ、座ってください」

白い木製の椅子を勧《すす》めると、黒雪姫は頷《うなず》いてふわりと腰掛けた。ハルユキも向かいの椅子に座り、ティーポットから紅茶を注ごうとしたが、白い手にそっと制止される。

「………？」

「そのお茶の味は、環境データのデフォルトかな？」

「は、はい、そうですが」

「なら、最近私が調合したフレーバーを試してみていいか？　ちょっと自信作なんだ」

「もちろんです、お願いします！」

白磁のティーポットを差し出すと、黒雪姫《クロユキヒメ》は指先で蓋《ふた》をぽんとタップし、コントロール窓を引き出して新しいフレーバーをロードした。続いて、高々と持ち上げたポットを傾け、湯口から細く流れるお茶を一滴もこぼさずに二つのカップに注ぎ分ける。

「さあ、どうぞ」

黒雪姫が前に置いてくれたカップを持ち上げ、いただきますを言ってから一口飲む。すると、まるでフルーツ入りのブランデーケーキのように濃厚で華やかな風味が口いっぱいに広がり、しかしそれは飲み下すと儚《はかな》く消えて、後味には爽《さわ》やかなミントの香りだけがかすかに残る。

「うわ……おいしいです。なんだかお菓子みたいだ」

ハルユキがそう感想を述べると、黒雪姫はにこりと微笑《ほほえ》んだ。

「プチ・パケの三人が作ってきてくれたケーキがとても美味《おい》しかったのでね、ちょっと触発されたんだ。まあ、私には仮想のお茶のパラメータをいじるくらいしかできないが」

「それも立派なスキルですよ。ショコたちも、このお茶を飲んだらすごく喜ぶと思います」

「では、機会があったら彼女たちにも味見してもらおう」

そんな言葉を交わしながらハルユキは大事にお茶を味わったが、すぐに飲み干してしまった。するとカップの底から、小さな黒い蝶々《ちょうちょう》がふわりと飛び立ち、目の前を横切っていく。

「あ……ああっ！」

しばし唖然《あぜん》としてしまったハルユキは慌《あわ》てて捕まえようとしたが、ブタアバターの短い腕は空を切り、蝶々はテラスの外へと飛び去ってしまった。

「あああ……まさか、お茶にもバタフライ・ポイントが仕込んであるなんて……」

「ふふ、油断禁物だ。おかわりは？」

「頂きます！」

「蝶が出る出ないはランダムだがな」

澄《す》まし顔でそう言うと、黒雪姫は再び見事なポットさばきでお茶を注ぐ。

ルビー色の液体が揺《ゆ》れるカップを両手で包み込み、黒い蝶々が飛び去っていった青空をもういちど見上げてから、ハルユキは口を開いた。

「あの、先輩」

「ン、なんだ？」

「えっと……僕、出てみようと思います……生徒会役員選挙……」

その言葉を聞いた途端《とたん》、黒雪姫は大きく顔を綻《ほころ》ばせた。一度、二度と頷《うなず》き、黒い瞳《ひとみ》でじっとハルユキを見詰める。

「……そうか。キミの決断を嬉《うれ》しく思うよ。私にできることがあったら言ってくれ、もちろん不正はできないが、まっとうな協力なら惜《お》しまない」

「はい、頼《たよ》りにしてます！　……で、その、早速《さっそく》、相談がありまして……」

「どうぞ」

手振りで促され、ハルユキはブタの鼻をもごもごさせながら、ぎこちなく切り出した。

「ええと……その、ですね。立候補を表明しておいて、何を今更《いまさら》って感じなんですが……僕、梅郷中《うめさと》をこんなふうに変えたいとか、どこそこを良くしたいとか、そういうビジョンみたいなものぜんぜんないんです。たとえば先輩は、文化祭の時、校内のソーシャルカメラを増やして監視の死角をなくしたって言ってましたよね。それって、ものすごく大変なこと……ですよね？」

「ン……まあ、それなりにな」

仄《ほの》かに苦笑すると、黒雪姫《クロユキヒメ》はお茶で唇《くちびる》を湿らせてから続けた。

「学校の管理部と運営企業と区と都の教育委員会にレポートやら何やら出しまくったが、でも決して苦ではなかったよ。どうしても実現したいことだったからな」

「……その、どうしても実現したいことが、僕にはまだ見つからないんです。立候補するのに、こんな中途半端《ちゅうとはんぱ》なことでいいんでしょうか……」

「いいさ」

あっさりと即答すると、黒雪姫は椅子《いす》から立ち上がった。石張りの床にハイヒールをこつこつ鳴らしながらテラスの縁まで歩くと、彼方《かなた》の山脈を見詰める。柔らかな陽光が黒揚羽《くろあげは》の翅《はね》に当たり、ローズレッドの模様をきらきらと輝《かがや》かせる。

「なあ、ハルユキ君。我々はまだ、ようやく自分の足で歩き、自分の眼でものを見て、自分の頭で考え始めたばかりの子供のようなものなんだ。自分が何をしたいのか、何ができるのか、何を目指して歩いていくのか……道はあらゆる方向に広がっている。同じ場所にうずくまり、眼と耳を塞《ふさ》いでいてはどこにも行けないが、歩き始めればそこに必ず道は開ける。大丈夫《だいじょうぶ》……キミにもきっと見つかるよ。生徒会の一員として実現したい目標が」

「…………」

ハルユキも、椅子からぴょんと飛び降りると黒雪姫の隣《となり》まで移動した。しかしアバターの背が低すぎて、手すりの上まで顔が出ない。しまった、ここくらいは調整しておくんだった、と思っていると——。

黒雪姫が身を屈《かが》め、ハルユキのブタアバターを両手で持ち上げた。

「あ、わっ……」

慌《あわ》てるが、そのまますっぽりと胸に抱《だ》きかかえられてしまう。つるりと丸い頭に頬《ほお》をすり寄せるようにしながら、黒雪姫はかすかな声で囁《ささや》く。

「……私は、あと八ヶ月で、梅郷中を卒業する」

「…………!!」

その言葉を聞いた途端《とたん》、精神の動揺《どうよう》を映してブタアバターが硬く強張《こわば》った。そんなハルユキの背中を、黒雪姫の右手が優しく撫《な》でる。

「実家には、杉並《すぎなみ》区内の高校へ進学したいと伝えてあるが……これぱかりは、私の一存で決められるものでもない。中学卒業を機に、更に遠い場所に移されるということも有り得る」

「………それは、東京の外……という、ことですか」

震《ふる》える声でどうにかそんな質問を口にしたが、答えはハルユキに更《さら》なる衝撃《しょうげき》を与えた。

「あるいは日本の外、かな」

「っ……！　そ、そんなことになったら、もう……！」

「うむ。ソーシャルカメラ・ネットワークに接続していないと加速できないからな……バーストリンカーでなくなるのと同じことだ」

そう告げる黒雪姫《クロユキヒメ》の声は、あくまでも冷静だった。恐らくは、昨日今日に出てきた話ではないのだろう。ハルユキのアバターを撫《な》でながら、黒雪姫は語り続ける。

「もちろん、まだ決まった話というわけではない。しかし、仮に留学させられるなら、申請の締《し》め切りが十月だからな……その頃《ころ》には結論が出るだろう。私も希望を通せるように最大限の努力をするが……すまない、約束はできない」

ずっと落ち着いていた黒雪姫の声が、最後の一瞬《いっしゅん》だけ、かすかに震えた。

ハルユキは、華奢《きゃしゃ》なアバターに我知らず思い切りしがみつきながら、千々《ちぢ》に乱れる思考に翻《ほん》弄《ろう》されていた。

——いやだ。そんなの嫌《いや》だ。僕はまだ、先輩と同じ高校に行くための努力さえ始めていない。どうせ無理だからって言い訳して、まだまだ先のことだからって眼を逸《そ》らしてたんだ。でも、ようやく、前に進めそうな気がしてたのに。それなのに……。

「………先輩……もし……もしも………」

喉《のど》からそこまで押し出した掠《かす》れ声を、ハルユキは必死に呑《の》み込んだ。

この先は言ってはいけないことだ。もし、お姉さんに……白の王ホワイト・コスモスに恭順《きょうじゅん》を誓って、目的の達成に協力すれば、留学しないで済むように両親を説得して貰《もら》えるのでは、などということは。

強く両眼をつぶり、歯を食い縛《しば》っていると――。

柔らかな声が、耳のすぐそばで響《ひび》いた。

「大丈夫《だいじょうぶ》、心配するな」

「………え………」

瞼《まぶた》を開けると、すぐ目の前に黒雪姫の微笑があった。

「何がどうなろうと、私とキミの絆《きずな》は消えたりしないさ。仮に日本を離《はな》れることになっても、こうしてフルダイブすればいつでも会えるんだからな……。我々はバーストリンカーであり、私はキミの《親》でキミは私の《子》だが、それだけが我々を繋《つな》ぐ絆ではない。物理的距離《きょり》に隔《へだ》てられても、あるいは二人ともバーストリンカーではなくなっても……」

そこで少し間を置いてから、黒雪姫はひと言ひと言を刻み込むように囁《ささや》いた。

「約束するよ。私はキミの傍《そば》にいる。ずっと。未来永劫《えいごう》、な」

瞬間、ハルユキの全身を、強烈《きょうれつ》な電流にも似た感覚が貫《つらぬ》いた。

その言葉を聞くのは初めてではない。三ヶ月前、ダスク・テイカーとの戦いが終わった時に、黒雪姫《クロユキヒメ》は一言一句同じことをハルユキに告げたのだ。

「…………せん、ぱい」

掠《かす》れ声をわななかせながら、ハルユキはもういちど黒雪姫の胸元にアバターの顔を強く押し当てた。

もしも海外留学が不可避《ふかひ》となり、来年の三月で黒雪姫のブレイン・バーストが事実上の終わりを迎えるのだとするならば。

それまでに、ハルユキにできることは何だろうか。

決まっている。黒雪姫を、加速世界の最果てへと送り届けるのだ。《レベル10に達したバーストリンカーは、プログラム製作者と邂逅《かいこう》し、ブレイン・バーストが存在する本当の意味と、その目指す究極を知らされるだろう》——レベル9到達者にのみ告げられるシステム・メッセージの真実を確かめてもらうのだ。

しかし、レベル10に到達するには、黒雪姫はあと四人の王の首を獲《と》らねばならない。それは血で血を洗う修羅《しゅら》の道だ。仮に、三日後に幕を開けるオシラトリ・ユニヴァースとの決戦の果てに白の王を倒《たお》せたとしても、条件クリアにはまだまだ遠い。

それに——。

ハルユキの中には、少し前から、自分でも説明しがたい感情が生まれている。

ゲームであるのなら、クリアを目指すのは当然。かつて黒雪姫に告げたその言葉に嘘《うそ》はない。しかし、グレート・ウォールの《六層装甲《シックス・アーマー》》やレオニーズの《二剣《デュアリス》》との交流を経て、彼ら彼女らと、純粋《じゅんすい》な対戦ではなく血塗《ちぬ》られた殺し合いをすることに躊躇《ためら》いを感じてしまっているのだ。

緑の王や青の王の首を獲らねば、黒雪姫はレベル10にはなれない。しかしその覇道《はどう》に踏《ふ》み出せば、ほんの五時間前に高野内琴《タカノウチコト》、高野内雪《ユキ》との間に生まれたと思えたささやかな友誼《ゆうぎ》は、跡形もなく砕《くだ》け散る。そして、怒《いか》りと憎《にく》しみ、拳《こぶし》と刃がそれに取って代わるだろう。

それが、ブレイン・バーストというゲームの本来の姿なのだ。開発者が、そのように設計したのだ。

ゲームクリアを目指すなら、いつかは往《ゆ》かねばならない道なのだ。

――でも。

でも……。

黒雪姫のアバターから伝わる仄《ほの》かな温度と柔らかさを感じながら、ハルユキは自分が二つに引き裂《さ》かれるような感覚を味わっていた。

その時だった。黒雪姫にメールを送る少し前の思考が、小さな火花となって甦《よみがえ》った。

もしかしたら、道は、もうひとつあるのかもしれない。

システムメッセージで明言された《レベル10》と違って、なんの確証もない、単なる推測でしかない。しかしそれは三年前に、第一期ネガ・ネビュラスのメンバーたちが、愛するレギオンマスターのために歩もうとした道でもある。

「……………先輩」

ほんの少しではあるが力の増した声で、ハルユキはもういちど呼びかけた。

「僕……僕、がんばります。自分のために……先輩のために、できることを全部やります。だから……だから…………」

その先は言葉にならなかった。しかし黒雪姫《クロユキヒメ》は、アバターを抱《だ》く両腕にいっそう力を込め、囁《ささや》いた。

「うん。私もがんばる。キミと一緒《いっしょ》に、いつまでも歩き続けられるように、私の全力を尽くすよ」

8

「鴉《からす》さんと二人きりでお話しするのは、ずいぶん久しぶりね」

リビングに入るなりそう言うと、倉崎楓子《クラサキフウコ》はふわりと微笑《ほほえ》んだ。

「しかも、お家《うち》にわたしだけ呼んでくれるなんて、どんなお話なのか楽しみだわ」

「え……ええと……ま、まずはそちらにお掛けください。飲み物もってきますんで……」

ぎこちなくソファセットの上座を指し示してから、ハルユキは素早くキッチンに移動した。薄手《うすで》のガラス茶碗《ちゃわん》二つに冷えた緑茶を注ぎ、お盆に載せて運ぶ。

二人掛けソファの窓側に腰掛けている楓子の前にお茶を置き、向かいの一人掛けソファに腰を下ろすと、すうはあと深呼吸する。

楓子と知り合ってからもう三ヶ月が経《た》つが、相変わらず二人きりの時は少しばかり緊張《きんちょう》してしまう。出遭《であ》った直後に旧東京タワーのてっぺんから突き落とされたという記憶《きおく》のせいもあるだろうが、それ以上に、楓子という人間の存在感にどうしても圧倒《あっとう》されてしまうのだ。

黒雪姫に優《まさ》るとも劣《おと》らぬ美貌《びぼう》だとか、破壊力《はかいりょく》を秘めたプロポーションだとか、そういう外形的要因だけではない。加速世界に数多《あまた》の伝説を残す、バーストリンカーとしての実力だけでもない。全《すべ》てを引っくるめたうえでの、器の大きさのようなものが彼女にはある。

実際、現在のネガ・ネビュラスを、真ん中でしっかりと支えている柱は副長の楓子《フウコ》だろう。先日のグレート・ウォール戦終盤《しゅうばん》での大活躍《だいかつやく》を思い出すまでもなく、《鉄腕》レイカーが居てくれれば大丈夫《だいじょうぶ》、とレギオンの誰《だれ》もが感じているに違いない。その頼《たの》もしさゆえに、二人きりになるとどうしても畏《かしこ》まってしまうハルユキではあるが、今日はそんな楓子にひとつ大それたお願いをしなくてはならないのだ。

「美味《おい》しいお茶ですね」

そんな言葉が聞こえ、はっと我に返ったハルユキは、恐縮しつつ答えた。

「ありがとうございます。母親がペットボトルのお茶嫌《きら》いなんで、夏は冷茶を作り置きしてるんです」

「それは、鴉《からす》さんがやってるの？」

「ええ、まあ、一応……って言っても、お茶っ葉を袋に入れて、ガラス容器で水出しするだけですけど」

「でも、時間はかかるでしょう？　そのぶん甘みがあって、とっても美味しいわ」

と言って楓子がくいっと冷茶を飲み干したので、ハルユキはお代わりを注いでこようと腰を上げかけたが、右手で制される。

「ありがとう、でも後でいいわ。まずは、お話を聞かせて下さいな」

「……はい」

頷《うなず》き、ハルユキはソファに座り直した。

七月十八日、木曜日。明後日には一学期の終業式、そして白との決戦が迫《せま》りつつある今日、ハルユキは楓子に連絡を取り、放課後に家まで来て欲しい旨《むね》を伝えた。快諾《かいだく》してくれた楓子を環七《かんなな》のバス停で出迎え、自宅に案内したのだが、昨日から胸の奥で疼《うず》いているものをどう伝えればいいのか、まだうまく言葉が組み立てられない。

「えっと……その…………」

背筋《せすじ》を伸ばし、膝《ひざ》のあたりをしっかりと握《にぎ》り締《し》めると、最早《もはや》正面突破の他に道なしと覚悟《かくご》を決めて深く頭を下げる。

「師匠《ししょう》、お願いがあるんです！」

「何かしら？」

コレを聞いたら、さすがの師匠も驚《おどろ》くか怒《おこ》るかするだろうなあ……と思いながら、ハルユキは顔を上げて叫んだ。

「もういちどだけ、僕に、ゲイルスラスターを貸してください！」

「いいですよ」

「…………へっ？」

驚くでも怒るでもなくにこにこしながら即答した楓子に、ハルユキのほうが驚いてしまう。

「あの……い、いいんですか？」

「もちろんです。ただ、理由は聞かせて欲しいところですが」

「もちろんです！　……ただ、怒《おこ》られるかもしれませんが……」

冷茶をごくりと飲み、気持ちを落ち着かせると、ハルユキは成層圏《せいそうけん》の空のように深く澄《す》んだ楓子《フウコ》の瞳《ひとみ》をまっすぐ見つめながら言った。

「……実は僕、もういちど、帝城《ていじょう》に行きたいんです」

すると今度こそ、楓子の両眼がぱちくりと丸くなった。

動機を詳しく説明するのに、十分ほどかかった。

黒雪姫《クロユキヒメ》が、梅郷《うめさと》中を卒業したら遠くに行ってしまうかもしれないこと。できるなら、それまでにブレイン・バーストのエンディングへと辿《たど》り着きたいこと。そのために、クリア条件の一つと思われる神器《ザ・フラクチュエーティング・ライト》に関して、詳しく調べてみたいこと――。

「…………なるほど、そういうわけなのね……」

背中をソファに預けた楓子が、視線を窓の外へと向ける。

有田《アリタ》家のリビングは南向きなので、ほぼ真東にある帝城《こうきょ》を直接見ることはできない。しかし楓子は、群青《ぐんじょう》から金色へとグラデーションを描く夏空の下に、かの絶対不可侵の巨城を幻視《げんし》しているかの如《ごと》く眼を細めると静かな声で言った。

「ネガ・ネビュラスでは、帝城に侵入し、生還《せいかん》したバーストリンカーは鴉《からす》さんとメイデンだけ。一度できたのなら二度目もできる……鴉さんは、そう考えているのでしょう。けれど、帝城と四神《しじん》はそんなに甘い相手ではないわ。今度こそ無限EKに陥《おちい》ってしまう可能性は、決して低くないはずよ」

「………はい」

語調は柔らかいが重みのある言葉に、ハルユキは頷《うなず》くしかなかった。だが、最初から賛成して貰《もら》えるとは思っていない。今日一日かけて考えたことを、懸命《けんめい》に言葉にする。

「でも……前回、帝城に突入した時の経験からすると、四神と戦おうとしないで出現エリアを超高速で突っ切れば、門まで辿り着くことは可能だと思うんです。僕の飛行スピードも、前回よりはかなり上がってるはずですし」

「なるほど。——けれど、確か、辿り着いただけでは門は開かないのではなかった？　扉は、内側から封印されてるのよね？」

「はい、そのとおりです」

楓子の記憶力《きおくりょく》に感心しながら、こくりと首肯《しゅこう》する。

帝城の東西南北に存在する《四神の門》は、それぞれの守護獣《じゅう》を浮き彫りにしたプレートによって封印されている。守護獣を倒《たお》せば封印も壊《こわ》れ、扉を開けられる仕組みだ。しかし前回、ハルユキと謡《ウタイ》が接近しただけで南のスザク門は開いた。その理由は、謎《なぞ》多き若武者トリリード・テトラオキサイドが、内部からプレートを破壊《はかい》していたからだ。

プレートは、門がいちど開閉するたびに再生する。リードが神器《ジ・インフィニティ》と心意技《天叢雲》《ヘブンリイ・ストレイタス》で破壊してくれた南門のプレートは、前回ハルユキが脱出した時点で復活してしまったはずだ。しかし。

「……帝城《ていじょう》から脱出する時、リードと僕は、必ずまた会うって約束しました。だから、きっとリードは封印プレートをもういちど壊《こわ》してくれていると思うんです。四つの門、全部の」

「…………」

ハルユキの言葉を聞いた楓子《フウコ》は、考え込むように睫毛《まつげ》を伏せながら、薄《うす》いタイツに包まれた右脚を持ち上げて左脚に乗せた。生体親和性ナノポリマーの皮膚《ひふ》とバイオメタルファイバーの筋肉、そしてチタン合金の骨からなる脚は、それが人造物であるとはとても信じられないほど優美で複雑なラインを持っている。

楓子の細い指が、サーボモーターを内蔵した膝《ひざ》のあたりをそっと撫《な》でる様子を無言で見詰めていると——。

「もし、門が開かなければ？」

不意にそう問われ、ハルユキはぱちぱち瞬《まばた》きしてから急いで答えた。

「は、はい。その場合は、門の手前で急上昇して百八十度ターンで離脱《りだつ》するつもりです」

「そう…………」

再び、楓子は沈黙《ちんもく》する。脳内で高速回転する思考を映してか、右足のつま先が空中で小刻みにリズムを刻む。そのたびに、ささやかな駆動音がハルユキの鼓膜《こまく》を撫でる。

たっぷり二分以上も考え続けてから、楓子はふわりと右脚を床に下ろした。両手で長いストレートヘアを整え、まっすぐハルユキを見て微笑《ほほえ》む。

「最終的には、信じるか信じないか、というところに集約されるわけね」

「え……？」

「鴉《からす》さんは、トリリードさんを信じているんでしょう？　もういちど帝城で出会う、それだけのために大変な困難を乗り越えて、全《すべ》ての封印を破壊してくれていると？」

「はい」

迷うことなく、即座に頷《うなず》く。楓子もこくりと頷き返し、続ける。

「そして、トリリードさんも鴉さんを信じている。無限ＥＫの危険を冒《おか》しても、また会いにきてくれると。なら……わたしも、トリリードさんを信じる鴉さんを信じましょう」

「えっ……」

思わず身を乗り出しながら、ハルユキは訊《たず》ねた。

「じゃ、じゃあ、僕にゲイルスラスターを貸してくれるんですか⁉」

すると、楓子も体を前傾させ、伸ばした右手の人差し指でハルユキの額を「めっ」とばかりにつついた。

「それは最初にイエスと答えたでしょう？　わたしが悩んでいたのは別件です」

「へ……？　そ、それは、どういう……？」

「決まっているでしょう」

ハルユキが《真空破レイカースマイル》と名付けた、慈愛《じあい》に満ちた微笑《ほほえ》みを浮かべた楓子《フウコ》は、ここからは変更の余地なしと言わんがばかりの口調で宣言した。

「わたしも行くわ。ゲイルスラスターは、スカイ・レイカーごと貸してあげますね」

「え……ええ!?」

「あのねえ鴉《からす》さん、そんなふうに驚《おどろ》く権利は、誰《だれ》にも相談せずにたったひとりで帝城《ていじょう》に行こうとしていた人にはないですよ」

「そ……それは、そうかもですが……」

ハルユキが両手の人差し指をこねこねしていると、楓子は口許《くちもと》の笑みを苦笑に変えつつ軽く肩をすくめた。

「まあ、あなたの気持ちは解《わか》らなくもないわ。サッちゃんには言えないことだし、ういういやあきら、チーコや黛《まゆずみ》さんに教えたら、みんな一緒《いっしょ》に行くって言い出すに決まってますからね」

「ハイ……間違いないです。でも、まかり間違えば、無限ＥＫになっちゃう危険がありますから……」

「それはあなたも例外ではないでしょう？」

笑みを消した楓子に、まっすぐな視線とともにそう問われたハルユキは、両手を膝《ひざ》に乗せて大きくかぶりを振った。

「……いえ、僕は必ず帝城に行って、ちゃんと帰ってきます」

すると楓子は、再び微笑を浮かべ、深く頷《うなず》いた。

水分を補給し、順番でトイレを済ませ、二人掛けソファに並んで座り、自動切断セーフティを設定するのに十分ほどかかった。

「えと、回線切断は、とりあえず現実時間で七秒後にしておきます」

「そんなものでしょうね。内部時間だと一時間五十六分四十秒……もし無限ＥＫになっても、死ぬのは最大二回で済むわね」

「いえ、ゼロ回にします！」

きっぱりと宣言し、ハルユキは自分と楓子のニューロリンカーから伸びるＸＳＢケーブルをホームサーバーのネットワーク端子《たんし》に接続した。グローバル接続アイコンが再点灯するのを確認し、ちらりと右隣《みぎどなり》の楓子を見る。

思いつきに巻き込んでしまったことを謝ろうと思ったのだが、それより早く、楓子の左手がハルユキの右手をきゅっと握《にぎ》った。

「鴉さん、わたしは自分が行きたいから行くのよ。……さあ、カウントダウンをお願い」

「…………はい！」

頷《うなず》き、左手でホロウインドウを操作する。十二秒後にグローバル接続を切断するよう設定したウインドウのOKボタンに指を近付け、すうっと息を吸い込む。

「ファイブカウントでダイブします」

ボタンを押すと同時に、カウント開始。

「5、4、3、2、1、」

「「アンリミテッド・バースト！」」

9

夜。

中天に静止する巨大な満月が、大地を青白い光で照らしている。

建物は全《すべ》て白亜《はくあ》のゴシック建築に変貌《へんぼう》し、白砂を敷《し》き固めた道路に黒々と影を落とす。

「……………危なかったわね………」

夜空で控えめに光る星たちを見上げながら呟《つぶや》いたスカイ・レイカーに、ハルユキはこくこくと同意した。

「まったくです。一瞬《いっしゅん》、《宇宙》ステージだったらどうしようって思いましたよ……」

空気のない宇宙ではシルバー・クロウは飛べないので、自動切断するまで待ってから、もう10ポイント消費してダイブし直すしかない。しかし幸い、ここは《宇宙》ではなく《月光》ステージだ。見た目は綺麗《きれい》だし、厄介《やっかい》な地形効果もない。特徴と言えば、音が遠くまで届くことと、エネミーが少ないこと、影の中が非常に暗いので待ち伏せしやすいことくらいだ。

「……でも、宇宙ステージのエネミーがどんな感じなのか、ちょっと見てみたかった気もするわね」

振り向いたレイカーがそんなことを言うので、ハルユキは慌《あわ》てて顔をふるふるさせる。

「い、嫌《いや》ですよ、ぜったい気持ち悪い宇宙生物とかですよ」

「あら、かっこいい宇宙怪獣《かいじゅう》かもしれないわよ？　いっそ、モビルスーツとかかも」

「………なるほど、それならまあ……」

「と思ったけどやっぱりエイリアンぽいほうが雰囲気《ふんいき》あるわね。寄生したり、酸吐《は》いたり」

「うぇえ、酸はカンベンです」

再びふるふるしながら、隣《となり》に立つレイカーの姿をちらりと見やる。

いつもの白い帽子《ぼうし》と白ワンピース姿だが、車椅子《くるまいす》は召喚《しょうかん》していない。ハイヒール状の両足でマンション屋上の床面をしっかりと踏《ふ》み締《し》め、夜風に青銀色の髪をなびかせている。

「……あのね、鴉《からす》さん」

楓子《フウコ》が少しボリュームを落とした声で呟《つぶや》いたので、ハルユキは一歩近づいた。静まり返ったアイボリー・ホワイトの街並みを見下ろしながら、楓子はゆっくりと語り始める。

「サッちゃんの事情は、わたしもそれとなく聞いていたの。……もちろんわたしもサッちゃんと離《はな》れたくはないわ。それどころか、わたしの高校を受験するように、何度も誘《さそ》ったくらい。残念ながら、うんとは言わせられなかったけれど」

「え……なんででしょう？」

「女子校だから、かな」

そう答えた楓子は、きょとんとするハルユキに一瞬《いっしゅん》微笑《ほほえ》みかけてから、茜色《あかねいろ》のアイレンズを頭上の満月に向けた。

「遠く離ればなれになってしまう可能性があると知った時……わたしはどうすれば現状を維持できるのか、それだけを考えた。ここだけの話ですが、白のレギオンと加速研究会にまつわる問題が長引けば、サッちゃんは東京に残ってくれるかもしれない……そんなことすら思ったりもしたのよ。でも……あなたは違ったのね、鴉さん。時間が限られているなら、そのあいだに行ける限り遠くまでサッちゃんを連れていこうと思ったのね。加速世界に流れる無限の時間が、終わるところまで……」

優しく豊かな抑揚《よくよう》の中に、一抹《いちまつ》の切なさを潜《ひそ》ませた楓子の言葉を聞いて、ハルユキは何度もかぶりを振った。

「いえ……僕も、僕だって、黒雪姫《クロユキヒメ》先輩といつまでも一緒《いっしょ》にいたいです。遠いところになんか、行ってほしくないです。でも……先輩が初めて昔のことを話してくれた時、僕は言ったんです。ブレイン・バーストがゲームならば、クリアを目指すのは当然です、って。その言葉を嘘《うそ》にはしたくない。だから……僕は…………」

そこで言葉を詰まらせてしまうハルユキを。

楓子は両腕でふわりと抱《だ》き寄せ、囁《ささや》いた。

「……大丈夫《だいじょうぶ》。求め、進み続ける限り、道は見つかるわ。あなたの頑張りは、決して無駄《むだ》にはならない。わたしも、及《およ》ばずながら力を貸します。サッちゃんのため、レギオンのため……そして、鴉《からす》さん、あなたのために。さあ……行きましょう、帝城《ていじょう》へ」

自宅マンションの壁や梁《はり》を破壊《はかい》して必殺技ゲージを溜《た》めたハルユキは、楓子《フウコ》を横抱《よこだ》きにすると最上階から飛び立った。

滑空《かっくう》を織り交ぜた省エネ飛行で東を目指す。中野《なかの》エリアを通り過ぎると、行く手に西新宿《にししんじゅく》の高層ビル群が現れる。月光を浴びて輝《かがや》く尖塔《せんとう》の間を抜け、山手線《やまのてせん》を越えて、広大な新宿御苑《ぎょえん》を右に見ながら飛び続ける。

やがて、彼方《かなた》に途轍《とてつ》もなく巨大な構造体が姿を現す。黒々とした底無しの峡谷《きょうこく》に囲まれた、純白の城。夢のように美しく、悪夢のように恐ろしい、加速世界の中心にして最果て。真円を描く幅五百メートルの峡谷上空には、超重力の見えざる障壁が常時発生していて誰《だれ》も飛び越えることはできない。谷を渡って城に入る道は、東西南北の四箇所に架《か》けられた大橋とその奥にそびえる高さ三十メートルの大門のみ。

楓子は、四つの門に守られて眠る帝城をしばらく無言で眺《なが》めていたが、不意にハルユキを見上げると言った。

「どこの門から突入するかは、もう決めているの？」

「あ……はい」

頷《うなず》き、少し高度を上げながら続ける。

「最初は、北門にしようと思ったんです。四神《しじん》のなかで、北門を守るゲンブだけが飛行能力を持っていないと聞いたので」

「それは、確かにそのとおりね」

「でも、北門と東門、それに西門は、地形的にちょっと問題があるんです」

四つの門が全《すべ》て視認できる高度でいったんホバリングすると、ハルユキは丸一日かけて考えたことを楓子に説明した。

四神ゲンブが守る帝城北門は現実世界の《乾門《いぬいもん》》に、セイリュウが守る東門は《坂下門《さかしたもん》》に、スザクが守る南門は《桜田門《さくらだもん》》に、そしてビャッコが守る西門は《半蔵門《はんぞうもん》》に、それぞれ対応している。

このうち乾門、坂下門、半蔵門は、門前から続く道路が大きく曲がっていたりすぐに建物に突き当たったりしていて見通しが利《き》かない。

しかし桜田門だけは、橋のたもとから麻布台《あざぶだい》一丁目の交差点まで、約二・二キロにわたってほぼ一直線に桜田通りが伸びているのだ。前回の助走距離《きょり》が約二百メートルだったのだから、実にその十一倍。

「……今回も、四神の湧出《ポップ》エリア……つまり門の前の大橋に突入するまでに、最大限の加速をするつもりです。でも、前回よりも僕の飛ぶ力が少しですけど上がってるので、助走距離も可能な限り長く取りたいんです」

「なるほど……つまり、南門が最適ということね」

「はい。師匠《ししょう》はどう思いますか？」

ハルユキが訊《たず》ねると、楓子《フウコ》は少し考えてから答えた。

「……四神《しじん》は、それぞれ特徴的な攻撃《こうげき》能力を備えています。ゲンブは重力攻撃、セイリュウはレベルドレイン、ビャッコは高速機動、そしてスザクは飛行力と火炎攻撃。どれも恐ろしい力だけれど、鴉《からす》さんの飛行アビリティと相性が悪いのは、やはりビャッコとスザクだと思うわ。テレポートじみたスピードで移動するビャッコの爪《つめ》をかいくぐるのは至難だし、スザクの火炎ブレスを正面から突破するのは不可能よ」

「……はい……」

ぴったり一ヶ月前、六月十八日のアーダー・メイデン救出作戦を思い出しながら、ハルユキは頷《うなず》いた。

楓子のゲイルスラスターをブースターとして大橋に突入したハルユキが、四神スザクの火炎ブレスに迎撃されなかったのは、黒雪姫《クロユキヒメ》が心意技《奪命撃《ヴォーパル・ストライク》》でターゲットを引き受けてくれたからだ。しかし今回は、援護してくれる仲間はいない。楓子と二人だけで、何としても門まで辿《たど》り着かねばならない。

「……前回、黒雪姫先輩が大橋に突入してから、スザクが湧出《ポップ》し終わるまでおよそ三秒でした。その三秒の間に、長さ五百メートルの大橋を突破できれば、スザクには攻撃されません」

「なるほど……。三秒で五百メートル、つまり時速六百キロメートルね」

さすがの暗算能力を発揮する楓子の相づちに、少し遅《おく》れて答える。

「そう……ですね。僕の飛行アビリティ単体での最高速度が時速五百キロメートル、心意技の《光速翼《ライト・スピード》》を使えば時速千キロまでは行きます。それに師匠《ししょう》のゲイルスラスターを加えれば、音速……つまり時速千二百キロメートルを超えることは可能だと思います」

「でも、二人ぶんの重さと空気抵抗を計算に入れる必要があるわ。単純にスピードが半減すると想定すれば、時速六百キロでギリギリだわね……。でも、だからって一人では行かせませんよ？」

釘《くぎ》を刺すように言う楓子に、こくこくと頷きかける。

「は、はい、解《わか》ってます。実は……もう一段、スピードを上乗せできる可能性があるんです。ただ、ちょっと不確定要素が……」

「ふうん……？」

首を傾《かし》げる楓子に、

「えと、詳しい説明は、離陸《りりく》ポイントに着いたらしますす！」

とだけ告げると、ハルユキは移動を再開した。

四谷《よつや》のあたりで進路を南東に取り、帝城《ていじょう》を左に見ながら飛ぶ。重厚な神殿群と化した永田町《ながたちょう》の官庁街を越え、豪奢《ごうしゃ》な屋敷《やしき》が並ぶ赤坂《あかさか》から六本木《ろっぽんぎ》を抜けると、目標地点である麻布台《あざぶだい》一丁目が見えてくる。

広い交差点の中央に着陸したハルユキは、楓子《フウコ》をそっと地面に立たせた。

二人、無言で北に伸びる桜田《さくらだ》通りを見やる。道路の長さ二・二キロと大橋の五百メートルを加えた彼方《かなた》に、帝城《ていじょう》のシルエットがうっすらと視認できる。

「……それで、先ほどの《可能性》とは、いったい何ですか？」

視線を戻した楓子の問いに、ハルユキは咳払《せきばら》いして答えた。

「はい。……じゃあ、とりあえず、呼んでみます」

ゴーグルの下で眼を閉じ、精神を集中する。

無制限中立《ミーン・レベル》フィールドにいる自分から、上位世界であるハイエスト・レベルへと続くか細いリンクを通じて、《彼女》に呼びかける。

――聞こえるかい。

――きみに、力を貸して欲しいんだ。

――この声が聞こえたら、姿を見せてくれないか……。

りいぃぃいん、と鈴が震《ふる》えるような音が近づいてくる。デュエルアバターの中核《コア》がその音に共鳴し、同調し、やがて音はハルユキの中に溶けて聞こえなくなる。

胸の前に両手を持ち上げながら、ゆっくり眼を開ける。掌《てのひら》の上に白い輝《かがや》きが生まれ、それはたちまち円環《えんかん》と紡錘体《ぼうすいたい》、羽根からなる小さな立体アイコンを描き出す。

「……やあ、メタトロン。ありがとう、出てきてくれて」

ハルユキが、神獣級《レジエンド》エネミー《大天使メタトロン》の端末《たんまつ》であるアイコンに呼びかけると、傍《かたわ》らの楓子がアイレンズを瞬《またた》かせた。

しかしアイコンは、羽根をゆっくりぱたぱたさせているだけで、答えようとしない。

「……………あの……メタトロン？」

もう一回名前を呼びながら、ハルユキが右手の人差し指でアイコンの体をつつこうとすると――。

羽根でぺしっとその指先を払いのけたアイコンが、少々とげとげしい声を響《ひび》かせた。

「ずいぶんと久しぶりですね、我《わ》がしもべシルバー・クロウ」

「あ……ご、ごめん、いろいろ忙しくて……」

「謝る必要はありません。しかし、長い間顔を見せもしなかったおまえに、どうして私が協力しなければならないのです？」

「ほ、ほんとにごめんよ……」

なんとか機嫌《きげん》を直して貰《もら》おうと、ハルユキがぺこぺこ頭を下げていると、楓子が呆《あき》れたような声を出した。

「相変わらず面倒《めんどう》くさいペットですねえ、鴉《からす》さん」

「誰《だれ》がペットですか、この無礼者!!　確かスカイ・レイカーとやら、いますぐそこに正座しな

さい！」

……………ほらね、不確定要素てんこ盛りでしょ。

と、心の中で呟《つぶや》かずにはいられないハルユキだった。

そこからどうにかメタトロンを宥《なだ》めるのに三分を要した。移動に二十分と少しかかったので、自動切断セーフティが発動するまで、あと一時間三十分。帝城《ていじょう》内で安全な場所を確保する時間を考えると、あまり準備に時間をかけてもいられない。

「……で、いったい私に何をさせようというのですか、シルバー・クロウ？」

ようやく話を聞いてくれる気になったらしいメタトロンに、急いで説明する。

「あのね、また、きみの翼《つばさ》を貸してほしいんだ」

「なんだ、そんなことですか。あの翼はおまえに貸し与えたままなのですから、装着するのにいちいち私の許可は要りませんよ」

「システム的にはそうなんだろうけど、やっぱり借りてるものだからさ。それに、もう一つ、きみに協力して欲しいことがあって……」

とハルユキが言った途端《とたん》、アイコンは不機嫌《ふきげん》そうに頭上のリングを明滅《めいめつ》させた。

「何度言えば解《わか》るのですか、いまの私は体を修復中なのです。あの加速研究会どもと戦うなら一捻《ひとひね》りにしてやりたいところですが、残念ながらその力はまだ……」

「ち、違うよ。今日の相手はあいつらじゃない」

メタトロンにも見えるように、北に向けたアイコンを持ち上げながら、今日の自発的ミッションの内容を打ち明ける。

「えっと……僕らはこれから、帝城《ていじょう》に突入するんだ」

その言葉を聞いた途端《とたん》、アイコンは羽根の動きをぴたりと止めた。

いちどハルユキの掌《てのひら》に落下してから、再び羽ばたいて浮き上がる。くるりと体を反転させ、リングを猛烈《もうれつ》な勢いでフラッシュさせる。

「──それを早く言いなさい、馬鹿者《ばかもの》！」

「わあ、ご、ごめん」

「エリア００……おまえたちの言う《帝城》に関する情報を私がどれほど強く求めているか、知らないおまえではないでしょう！　あそこに侵入するのなら、行かないわけがありません。むしろ私を呼ばなかったら、力が戻ったあとで十回連続蒸発させていましたよ」

「あ、あは、あはは……」

とぎこちなく笑うしかないハルユキの斜め後ろで、楓子《フウコ》が再び呆《あき》れ声で囁《ささや》いた。

「ほんっとうに、めんどくさいヒトですね」

ゲイルスラスターを装着した楓子と、メタトロン・ウイングを装着したハルユキは、麻布台《あざぶだい》一丁目交差点の真ん中で向かい合った。

前回は楓子の背中にハルユキが乗る形を取ったが、それは楓子が橋の入り口で離脱《りだつ》するカタパルト役だったからだ。今回は二人とも突入するのだから、より確実にアバターを結合できるフォーメーションが求められる。

——という理屈《りくつ》は解《わか》るのだが、いざ楓子と正面から抱《だ》き合うとなるとやはり平常心を保つのが難しい。両腕を微妙な角度で固定させたままハルユキがどぎまぎしていると、くすっと微笑《ほほえ》んだ楓子が、一歩近づいてハルユキの背中に両手を回しながら言った。

「変わらないわね、鴉《からす》さんは」

「……す、すみません、成長してなくて……」

「変わらなくていいこともあるわよ」

などと言葉を交わしていると、ハルユキの右肩に乗った立体アイコンが苛立《いらだ》ったような声を発する。

「何をぐずぐずしているのですか、準備ができたのなら早く飛びなさい」

「わ、解ったよ」

ハルユキもスカイ・レイカーの背中とゲイルスラスターの隙間《すきま》に両腕を回し、引き寄せる。

「もっと強く固定しないと」

と指示しながら楓子が両腕に力を込めるので、ハルユキもそれに倣《なら》う。デュエルアバターの硬質装甲同士でありながら、どこか柔らかさを感じさせる圧力が思考のギアを上滑《うわすべ》りさせるが、頭を振って切り換える。ここからは一ミリ秒の弛緩《しかん》も許されない。飛ぶことに全エネルギーを集中させねばならない。

「わたしが下でいいわ。進路の微修正は鴉《からす》さんにお願いします」

楓子《フウコ》の指示に、いちど深呼吸してから答える。

「了解です。ゲイルスラスターの噴射タイミングもこちらから伝えます」

「お願いね。わたしは、必殺技ゲージもスラスターのエネルギーゲージもフルチャージよ」

「僕もです」

二人で頷《うなず》き合っていると、右肩のメタトロンも、普段《ふだん》より少し早口で言った。

「私はとうに準備できています」

「り、了解。……きみは、そこにいて飛行中に落っこちたりしないの？」

「おまえとの相対座標を固定しているので問題ありません。そんなことより、早く行動を開始しなさい」

待ちきれない、というように羽根を小刻みにパタパタさせるメタトロンを見て、ハルユキと楓子は仄《ほの》かな苦笑を浮かべた。そのおかげで胸に居座っていた緊張感《きんちょうかん》が解《ほぐ》れ、すうっと気分が落ち着いていく。

「……じゃあ、飛びます！」

宣言し、ハルユキはまず自分本来の翼《つばさ》だけを広げるとゆっくり離陸《りりく》した。高度十メートルでホバリングし、体を地面と平行に倒《たお》す。抱《だ》き合う楓子は背面飛行状態になるが、慣れた様子で天地逆さのフィールドを見据《みす》えている。

二人の目の前には、青白く光る桜田《さくらだ》通りが、滑走路《かっそうろ》のようにまっすぐ伸びている。消失点の彼方《かなた》に、壮麗《そうれい》な帝城《ていじょう》の尖塔《せんとう》群がおぼろげに見て取れる。

あの城の最深部、《八神《はっしん》の社《やしろ》》には、最後の神器《ザ・フラクチュエーティング・ライト《ＴＦＬ》》が眠っている。

かつて、ハイエスト・レベルで大天使メタトロンは言った。

――三界を統合するこの空間、おまえたち小戦士に倣《なら》って呼ぶならば加速世界の存在理由。それは世界の中心にして異界たる帝城と、その深奥《しんおう》に沈む八神の社を突破し、封印されたザ・フラクチュエーティング・ライトに至ること。私は、そのように確信します。

つまり、ＴＦＬこそが対戦格闘《かくとう》ゲーム《ブレイン・バースト２０３９》の存在意義そのものであるとメタトロンは宣言したのだ。そしてハルユキも、その言葉を信じている。

――黒雪姫《クロユキヒメ》先輩。

――内緒《ないしょ》で危険なことをしてごめんなさい。でも、僕はＴＦＬの秘密を解き明かして、必ず先輩のところに戻ります。先輩と一緒に、加速世界の最果てに辿《たど》り着くために。

胸の奥で剣の主にそう呼びかけ、ハルユキは両眼を見開くと、直線道路の果てを睨《にら》んだ。

「……僕らが道路と大橋の境界線を越えた瞬間《しゅんかん》、スザクが出現し始めます。そこから三秒以内に南門まで到達、突入します」

作戦を再確認すると、楓子《フウコ》が無言で頷《うなず》く。頷き返し、ハルユキは大きく息を吸い込んだ。

「カウントします。5、4、3、2、1……ゼロ!!」

叫ぶと同時に、背中の銀翼《ぎんよく》を思い切り震《ふる》わせる。十枚の金属フィンが大気を叩《たた》き、発生した強烈《きようれつ》な推力が二つのアバターを砲弾《ほうだん》のように加速させる。

道路の左右に立ち並ぶ白亜《はくあ》の建物が、コマ送りの映像となって通り過ぎていく。ぎいぃぃん、という高周波が高まるにつれ、空気の壁も密度を増す。

体感速度が時速二百キロメートルに達し、飛行アビリティによる加速が鈍《にぶ》ってきたと感じた瞬間《しゆんかん》、ハルユキは短く吼《ほ》えた。

「おおおッ!!」

気合いとともに、新たな翼《つばさ》――強化外装《メタトロン・ウイング》を思い切り羽ばたかせる。剣のように鋭《するど》い形状の翼から白光が迸《ほとばし》り、セカンドギアの強烈な推進力がぐんっと二人を加速させる。

『私の翼を、なかなか使いこなせるようになりましたね』

右肩で静止するメタトロンの思念が、脳裏にちかっと瞬《またた》いた。言葉で答える余裕はなかったが、感謝の念を伝えながら、ハルユキは全開で加速し続ける。

必殺技ゲージの急減少に反比例して、飛行スピードはみるみる上昇していく。左右の建物は灰色の流線となって溶け始める。

しかし、時速四百キロメートルで再び加速力が鈍化する。二人分の重量もさることながら、倍増した空気抵抗が予想以上に厳しい。大気は高粘度の液体と化して、二人を押し戻そうとする。

歯を食い縛《しば》りながら見開いた両眼が、進路の右側に巨大な建築物――虎《とら》ノ門《もん》ヒルズタワーの影を捉《とら》えた。ここが滑走路の中間地点だ。楓子の体をしっかりとホールドしながら、半ば思念で叫ぶ。

「――師匠《ししょう》‼」

「――了解‼」

超高速の交感を合図に、スカイ・レイカーの背中に装着されたゲイルスラスターが、青白い噴射炎を迸らせた。

サードギアの加速もまた凄《すさ》まじかった。途轍《とてつ》もない加速Gに、ハルユキは全身の装甲が軋《きし》むのを感じた。シルバー・クロウの四枚の翼が放つ高周波に、ロケット・ブースターの駆動音が重なる。体感速度が時速六百キロメートルを超え、視界がどんどん狭窄《きょうさく》していく。

放射状に溶け崩《くず》れる風景の中央に、ハルユキはついにそれを見た。

桜田《さくらだ》通りからまっすぐ続いている橋と、その先に鎮座《ちんざ》する巨大な城門。

理論的には、時速六百キロ出ていれば、長さ五百メートルの大橋を三秒で通過し、スザクの湧出が完了する前に門に辿《たど》り着けるはずだ。しかし、現状ではタイミングがぎりぎりになってしまう。あと一段階の加速が欲しい。

やっぱり……使うしかない！

覚悟《かくご》を決め、ハルユキはイマジネーションを集中させた。

光。全《すべ》てを貫《つらぬ》く光のイメージ。

シルバー・クロウの全身が、淡《あわ》い輝《かがや》きに包まれる。心意の過剰光《オーバーレイ》は、抱《だ》き合う楓子《フウコ》と、右肩のメタトロンをも包み込む。

──いっ……けえええええ──ッ!!

無音の雄叫《おたけ》びに続いて、ハルユキは叫んだ。

「《光速《ライト》……翼《スピード》》──ッ!!」

トップギア。

ハルユキが習得している唯一《ゆいいつ》の第二段階心意技が、最後の加速力を発生させる。圧縮された空気の壁が衝撃波《しょうげきは》を生み出し、左右の建物を粉砕《ふんさい》する。

時速七百……七百五十……八百キロメートル。

滑走路《かっそうろ》が終わりに近づく。前方両側に、再び大きな建物が見えてくる。左側は警視庁、右側は法務省、その向こうで地面は消失し、底無しの断崖絶壁《だんがいぜっぺき》にかかる橋だけがフィールドと帝城《ていじょう》を繋《つな》いでいる。

橋に突入するまで、あと三秒……二秒………。

その刹那《せつな》。

全てがスローモーションに感じられる超加速感覚の中で、ハルユキは見た。

帝城南門の手前に存在する《スザクの祭壇《さいだん》》に、真紅《しんく》の炎が生まれる。それはみるみる巨大化し、長大な翼《つばさ》と尾を持つ火の鳥の姿へと変化する。

超級エネミー、四神《しじん》スザク。その出現エフェクト。

――でも、どうして！　僕らはまだ橋に入っていないのに！

驚愕《きょうがく》に彩《いろど》られた絶叫が、ハルユキの意識に反響《はんきょう》した。

スザクの湧出タイミングが、予定より二秒も早い。このままでは、湧出が終わる前に祭壇を突っ切り、門に突入するのは不可能。しかし、今更《いまさら》中止もできない。ここで減速しても、結局スザクのテリトリーの中で止まってしまうだけだ。

――突っ込みなさい、鴉《からす》さん!!

――行くのです、クロウ!!

楓子とメタトロンの思念が、同時に弾《はじ》けた。

「う……おおおおおおっっっ!!」

吼《ほ》えながら、ハルユキはありったけのシステム的、精神的エネルギーを振り絞《しぼ》り、更に加速しながら大橋へと突入した。

橋の半ばまで到達した時、四神《しじん》スザクがついに実体化を完了した。紅蓮《ぐれん》の炎を全身にまとう翼長《よくちょう》三十メートルの不死鳥は、ルビーのように輝《かがや》く嘴《くちばし》をいっぱいに開き、両翼を力強く羽ばたかせて、ハルユキたちの行く手に浮き上がった。

嘴の奥に、オレンジ色の閃光《せんこう》が生まれる。ブレス攻撃《こうげき》。間に合わない。火炎を浴びた瞬間《しゅんかん》にハルユキと楓子《フウコ》の体力ゲージは消し飛び、脱出不能の無限EK状態へと陥《おちい》る——。

突然、強烈《きょうれつ》な光が生まれた。

光源は、ハルユキの右肩。そこに静止する立体アイコンが、スザクの炎さえも色褪《いろあ》せさせるほどの白光を放ちながら、大天使の名に恥《は》じぬ威厳《いげん》に満ちた思念を響《ひび》かせた。

『——頑冥《がんめい》なる獣《けもの》、破壊《はかい》の権化《ごんげ》よ!! 四聖《しせい》たる私と我《わ》がしもべの飛翔《ひしょう》を阻《はば》むことは許しません!!』

その声は、あたかも物理的なエネルギーを伴《ともな》っているかの如《ごと》くフィールドに拡散し、スザクの動きをほんの一瞬だが停止させた。

直後、かつても聞いた超級エネミーの声が、爆炎《ばくえん》の如《ごと》く轟《とどろ》き渡った。

『——たかが穴蔵の王如きが、四神たる我に手向かうか!! 愚《おろ》かなる反逆者よ、小虫ともども灰となるがよい!!』

実際には、それらのやり取りは言語ではなく思念によって交換されたため、かかった時間は一秒にも満たなかった。

しかしその一秒は、これまでハルユキが無制限中立フィールドで体感した全ての時間の中で、最大級に貴重な一秒だった。

スザクが、ブレス発射モーションを再開する。残り距離《きょり》、百メートル。

菱形《ひしがた》に開かれた嘴の奥から、火炎の奔流《ほんりゅう》が解き放たれる。恐るべき超高熱を示して、オレンジ色の炎の先端部は強烈な青紫色《あおむらさきいろ》に輝いている。

上空から地獄《じごく》の業火《ごうか》が迫《せま》る。世界が炎の色に染め上げられる。ハルユキは、限界の超高速で飛翔しつつも、翼の角度を調整して高度を下げる。楓子の背中が橋に接触した瞬間にバランスを崩し、弾き返されて炎に呑《の》まれるのは確実だが、限界ぎりぎりまで橋に近づかねばブレスは回避《かいひ》できない。

あと一センチ。もう一センチ。ここからあと……五ミリ。

背面飛行状態の楓子が噴射し続けるゲイルスラスターの安定翼《スタビライザー》が、チッと音を立てて橋の敷石《しきいし》を掠《かす》めた。

ハルユキの背中に火炎ブレスの飛沫《しぶき》がたった一粒弾け、それだけで体力ゲージを一割も削《けず》り取った。

「おおおおおッ‼」

無意識の雄叫《おたけ》びを漏《も》らしながら、ハルユキは最後のイマジネーションを振り絞《しぼ》り、上空から噴射される炎から逃げ続けた。高度十五メートルに遊弋《ゆうよく》するスザクは、飛翔するハルユキたちを狙《ねら》ってブレスの角度を変えている。しかし真下を越えては撃《う》てないはずだ。

降り注ぐ炎の雫《しずく》がまたしても装甲を穿《うが》ち、ゲージを奪《うば》った。ゲイルスラスターも二度、三度と橋に接触し、火花を散らした。

スザクの真下の死角まで、あと五十……四十……三十メートル。このスピードなら瞬《まばた》き以下の時間で駆け抜けられるはずの距離《きょり》が、絶望的に遠い。

いや、絶望だけは絶対にしない。ひたすらに信じて、飛ぶのだ。楓子《フウコ》のゲイルスラスターを、メタトロンの翼《つばさ》を、そして自分自身の意志を。

飛べ。飛べ。飛べ――――!!

きらり。

青い閃光《せんこう》が、見開いたハルユキの両眼を射貫《いぬ》いた。

火炎ブレスの貪欲《どんよく》な青紫色《あおむらさきいろ》ではない。どこまでも純粋《じゅんすい》で、何よりも深い、瑠璃《るり》の青。空の色。かつて、一度だけ見た色。

光の発生源は、前方に立ちはだかる帝城《ていじょう》南門だった。

分厚い石の門扉が、いつの間にか、ほんの少し――人《アバター》ひとりぶんだけ開いている。その隙間《すきま》の暗闇《くらやみ》に、静かに立つ人影。垂直に降る月光が装甲に反射し、高貴でさえあるロイヤルブルーに輝《かがや》かせている。

人影は、右手を左腰のあたりに据《す》えていた。その姿が、昨日戦ったコバルト、マンガン姉妹の必殺技モーションに重なった。

あれは、居合い斬《ぎ》りの――。

ハルユキがそう感じた瞬間《しゅんかん》、人影が全身から青いオーラ――心意の過剰光《オーバーレイ》を迸《ほとばし》らせながら、右手を煙《けぶ》るようなスピードで動かした。明らかな攻撃《こうげき》動作だったが、ハルユキは飛翔《ひしょう》する方向もスピードも一切変えなかった。

直後、若武者を思わせる凛々《りり》しい声が朗々《ろうろう》と響《ひび》いた。

「《天叢雲《ヘブンリイ・ストレイタス》》!!」

超高速で水平、更《さら》に垂直に切り払われた刃が、十字の剣光を描いた。

同時に、ハルユキたちの目の前に迫《せま》りつつあった四神《しじん》スザクの背中に、巨大な青の十字が刻み込まれた。

超級エネミーが、怒《いか》りの波動を迸らせながら、わずかに体勢を崩す。ハルユキの背中を捉《とら》えつつあったブレスの軌道が狂い、火炎は橋の外の断崖《だんがい》へと吸い込まれていく。

――ラストチャンス!!

残された全エネルギーを消費しながら、ハルユキは最後の加速を試みた。

ついに、スザク直下の空隙《くうげき》に突入する。頭上から、怒りに満ちたオーラが押し寄せて二人を押さえ込もうとする。だがこのプレッシャーは幻《まぼろし》だ。戦闘力では四神スザクの足許《あしもと》にも及ばずとも、意思力で負けるわけにはいかない。

圧力に抗《あらが》い、ハルユキは針路を上向けた。門までの距離《きょり》はわずか三十メートル。あの隙間《すきま》に飛び込めれば、もうスザクは追ってこない。

その思考は、決して油断でも弛緩《しかん》でもなかった。

しかし、意識が真上の強敵から前方の門へと向いた瞬間を、超級エネミーは見逃してくれなかった。

――上です、クロウ!!

メタトロンの声が脳内に響く。同時に、ムチのようにしなる帯状の炎が真上から襲《おそ》ってくる。

スザクの尾だ。あれに叩《たた》かれたら橋に激突し、確実に即死する。

「やられ……るかあああ――――ッ!!」

絶叫しながら、ハルユキは楓子《フウコ》の背中から左腕だけを離《はな》し、振りかぶった。

ハルユキは、すでに第二段階心意技《光速翼《ライト・スピード》》を発動させている。いままで、同時に二つの心意技を発動させたことはもちろん、試してみたことすらない。だが、やるしかない。

翼《つばさ》に集めた光のイメージはそのままに、左手にも銀色の過剰光《オーバーレイ》を宿す。

猛然《もうぜん》と迫り来る不死鳥の尾に向けて、剣のように伸ばした五指をまっすぐに突き込む。

「――《光線剣《レーザー・ソード》》!!」

ハルユキの左手から、澄《す》んだ金属音とともに二メートル以上も伸びた光剣が、火炎でできたスザクの尾羽をたった一枚だが断ち切ったのと同時に。

腕の中の楓子《フウコ》が、同じく左手を突き出しながら敢然《かんぜん》と叫んだ。

「──《庇護風陣《ウインド・ヴェール》》!!」

左手から迸《ほとばし》ったグリーンの過剰光が、渦巻く風へと変わりながらハルユキたちを包み込む。心意のバリアが、押し寄せてくる炎に抗《あらが》って大量の火の粉を散らす。しかし、さしもの楓子もスザクの火炎を完全に防ぐことはできず、バリアの内部に侵入してくる火の粉が二人の装甲を次々と穿《うが》っていく。

視界左上の体力ゲージが急減するのを感じながら、ハルユキは針路に最後の微修正を加えた。狙《ねら》ったのは、スザクの尾羽に《光線剣》が作ったわずかな隙間《すきま》。

体を傾け、翼《つばさ》を鋭角《えいかく》に畳《たた》み、両眼を見開いて──。

「うおおおおッ!!」

これも最後の雄叫《おたけ》びを上げながら、針穴のような活路に突入。

尾羽と交差した瞬間《しゅんかん》、視界が真っ赤に染まった。体力ゲージが更《さら》に減り、五割を下回った。

次の瞬間、ハルユキたちは、彗星《すいせい》のように火の粉の尾を引きながら夜空へと飛び出し──。

後方で、スザクが轟《とどろ》かせる怒《いか》りに満ちた咆哮《ほうこう》を聞きながら、最後の三十メートルを飛翔《ひしょう》して、わずかに開いたままの大門の隙間へと飛び込んだ。

10

自分がどうやって着地したのか、ハルユキは覚えていなかった。

はっと気付いた時には、真っ白い地面の上で楓子に抱《だ》きかかえられていた。

「……師匠《ししょう》……ここは……？」

しかし、その問いに答えたのは楓子ではなく、ハルユキの頭上に浮遊する立体アイコンだった。

スカイ・レイカーのアイレンズをぼんやりと見詰めながら、小声で呟《つぶや》く。

「何を言っているのですか、しもべ！　ここは……この空間こそが、エリア００です！　まだ外縁部ですが、しかし我々はついにあの隔絶《かくぜつ》空間に侵入したのですよ‼」

元気いっぱいの声を聞いているうちに意識もはっきりしてきたので、ハルユキはよいしょと上体を起こした。

「大丈夫《だいじょうぶ》ですか、鴉《からす》さん？」

今度こそ楓子が訊《たず》ねてくるので、こくこく頷《うなず》く。

「も、もちろんです。あの……僕、どれくらい気絶してました？」

「ほんの数秒ですよ。減速、着地も見事なものだったわ」

「そ、そうですか……たぶんそれ、自動操縦です……」

ヘルメットをかきかき答えると、改めて状況を確認する。

頭上には、巨大な満月を抱《いだ》く漆黒《しっこく》の夜空。体の下は複雑な形のタイルが組み合わさった地面。《月光》ステージは継続中のようだ。

視線を下ろしてくると、二十メートルほど先に屹立《きつりつ》する垂直の岩板があった。純白の大理石《だいりせき》でできたそれは、巨大な門扉だ。いまは隙間《すきま》なく閉じられ、しかも中央部分に銀色の金属板がボルト留めされている。四神《しじん》スザクのレリーフが施《ほどこ》され、月光を浴びて冷ややかに輝《かがや》くそれは、かつても見た《門の封印》だ。

ハルユキたちが突入し、門が閉まった時点で再生したのだろう。しかし、突入前に開いたということは、やはり《彼》が——。

そこに思考が及んだ瞬間《しゅんかん》、ようやく完全に覚醒《かくせい》したハルユキは、地面に座ったまま百八十度体を回転させた。

そして、見た。

少し離《はな》れた場所に、ひっそりと、しかし圧倒的《あっとうてき》な存在感を内包しつつ立つ、紺碧《こんぺき》のデュエルアバター。

貴人の雰囲気《ふんいき》を漂《ただよ》わせるデザインの装甲と、左腰に装備された直刀。空色のアイレンズは、静かな輝きを湛《たた》えてじっとハルユキを見詰めている。

大きく息を吸い、しばし溜《た》めてから、ハルユキはそっと呼びかけた。

「……リード……」

その途端《とたん》——。

涼しげなフェイスマスクの口許《くちもと》に、淡《あわ》い微笑《ほほえ》みが滲《にじ》み。

切れ長のアイレンズに、温かな色の光の粒が宿った。光は音もなく零《こぼ》れ、宙に漂い、消えた。

紺碧《こんぺき》の若武者アバター、トリリード・テトラオキサイドは、地面に座り込んだままのハルユキに合わせて端然《たんぜん》たる仕草で正座すると、軽やかな美声を響《ひび》かせた。

「お久しぶりです、クロウさん。……本当に、来て下さったんですね」

「……遅《おそ》くなって、ごめん」

熱いものがとめどなく込み上げてくる胸の奥から、どうにか言葉を絞《しぼ》り出す。

「……でも、来たよ。リードと約束したから……もういちど、君に会うって」

するとトリリードは、深々と頷《うなず》き返し、言った。

「ええ。信じていました……きっと、この時が来ると」

重力を感じさせない動作で立ち上がり、滑《すべ》るように近づくと、おもむろに右手を差し出す。

その手を取り、立ち上がったハルユキは、万感《ばんかん》の思いを噛《か》み締《し》めながら改めてトリリードと握《あく》手《しゅ》を交わした。

強く願い続けていた再会だ。嬉《うれ》しくないわけはない。しかしハルユキは、切ない痛みが胸を通り過ぎていくのを感じていた。

この場に、同じく再会を願いながら果たせていないウルフラム・サーベラスもいてくれたら。きっと彼も、トリリードと最高の友達になれるだろうに。

刹那《せつな》の感傷を呑《の》み下し、ハルユキはもういちどリードの右手を強く握《にぎ》った。手を離《はな》し、一歩下がると、周囲を見回す。

帝城《ていじょう》南門の内側に設けられた広場だ。最初に訪れた時は《平安》ステージ、脱出時は《煉獄《れんごく》》ステージだったので《月光》ステージでの見た目はまったく異なるが、地形はほとんど同一。正方形の広場からは、幅広の通路が北にまっすぐ伸び、厳《いか》めしくも美しい帝城本殿へと続く。通路の左右にはゴシック様式の円柱が等間隔に立ち並び、柱の壁龕《へきがん》にはオレンジ色の篝火《かがりび》が灯《とも》されている。

だが、前回とは決定的に雰囲気《ふんいき》が違う。いったい何が……と眉《まゆ》を寄せた時、右肩で沈黙《ちんもく》していたメタトロンが声を出した。

「以前に参照したシルバー・クロウの記憶《きおく》では、このポイントには敵対的な高位ビーイングが複数配置されていたはず。排除したのはおまえですか、リードとやら？」

そう、それだ。

侵入時も脱出時も、ハルユキとメイデンはこの場所を徘徊《はいかい》する衛兵エネミー《ビーイング》から隠《かく》れるのに大変な苦労をしたのだ。しかしいまは、少なくとも視界内にはエネミーの姿は一つもない。

全長十センチにも満たないアイコンに名前を呼ばれたトリリードは、さすがに驚《おどろ》いたらしく何度か瞬《まばた》きしてから、礼儀《れいぎ》正しく答えた。

「いえ、違います。私だけでは、とてもこの広場を守るエネミーは倒《たお》せませんから」

「リードだけ……って、でも、帝城の中には……」

ハルユキが、戸惑《とまど》いながらそこまで言いかけた、その時。

傍《かたわ》らに立つ楓子《フウコ》が、素早く顔を上向けた。その視線をなぞり、ハルユキも夜空を見上げた。

広場と通路の境目に立つ、ひときわ高い円柱。そのてっぺんに、何者かの姿があった。

装甲の色は、夜空に溶け込む黒系。しかし青白い月光が、シャープなデザインの輪郭《りんかく》を浮き上がらせている。

「…………わたし、とっても嫌《いや》な予感がしてきたわ」

楓子が呟《つぶや》いた、その直後。

何者かは、高さ二十メートルはありそうな円柱から無造作に飛び降り、空中で連続宙返りを披露《ひろう》してから見事な着地を決めた。

すたすたと歩み寄る漆黒《しっこく》のデュエルアバターを、ハルユキは知っていた。

ほんの四日前、渋谷《しぶや》エリアで戦ったばかりのその姿を、見間違えるはずがない。しかし彼が、ここに存在するはずもない。存在できない理由があるのだ。

「…………どうして…………」

掠《かす》れ声で喘《あえ》ぐハルユキの隣《となり》から、楓子《フウコ》が一歩、二歩と進み出た。

黒いアバターは、楓子からほんの二メートル離《はな》れた場所で立ち止まると、飄々《ひょうひょう》とした声と態度で挨拶《あいさつ》した。

「よ、レッカ、クロウ、久しぶり……でもないか、四日ぶり。クロウの肩に乗ってるヒトとは初対面かな？　いや……ずっと昔に戦ったような気もするな」

ひらりと右手を振るアバターの両肩からは、背中に交差装備された剣の柄《つか》が突き出ている。

グレート・ウォール《六層装甲《シックス・アーマー》》第一席。

《矛盾存在《アノマリー》》グラファイト・エッジ。

間違いない。だが、なぜ無制限中立フィールドの帝城《ていじょう》内部に出現できるのか。帝城北門の外側、四神《しじん》ゲンブの祭壇《さいだん》で無限EK化《ふういん》されているはずではなかったのか。

呆然《ぼうぜん》と立ち尽くすハルユキに、更《さら》なる衝撃《しょうげき》を与えたのは、グラフの隣に進み出たトリリードだった。

若武者アバターは、ハルユキと楓子を順に見ながら、思いもよらぬ言葉を発した。

「お二人はもうご存じのようですが、念のため紹介させて頂きます。こちらはグラファイト・エッジ。私に剣の使い方とバーストリンカーとしての心得を教えてくれた師であり、また私にブレイン・バースト・プログラムそのものを与えてくれた《親》でもあります」

つづく

accel World 18

紅炎の軌跡

1

クリームの上に敷《し》き詰められた苺《いちご》に、刷毛《はけ》でつや出し液《ナパージュ》を塗《ぬ》っていく。ストロベリージャムを混ぜてあるので、色は薄《うす》いピンク。

赤い液体はそれが何であれ――飲食物以外の、たとえばアロマオイルや洗剤の類《たぐい》であっても苦手だが、このくらいの濃さであれば気にはならない。素早く、しかし丁寧《ていねい》に手を動かし、たくさんの苺たちに艶《つや》やかな光沢をまとわせる。

作業を終えると、大理石《だいりせき》の回転台をくるりと回し、出来映えを確認。6号、つまり直径十八センチのホールケーキは純白のクリームで覆《おお》われ、上面にはたくさんの苺が放射状に並ぶ。その下にクリームが細かい格子《こうし》状に絞《しぼ》ってあるのが、このケーキの名前の由来だ。フランス語で《ル・レビランス・ド・ラ・フレーズ》。日本語では《苺の迷宮《ラビリンス》》。ピースに切り分けても、苺が三つも載るのがウリだ。

自己チェックを済ませた掛居美早《カケイミハヤ》は、顔を上げると、右隣《みぎどなり》でチーズケーキの生地を混ぜている四十代の女性に声を掛けた。

「お願いします」

女性――美早の伯母《おば》である氷見薫《ヒミカオル》が、ボウルを作業台に置いて近づく。美早が仕上げたケーキをくるっと一回転させ、微笑。

「いいんじゃない、ミャア。残りの《ラビリンス》も任せるわ」

「……さ」

安堵《あんど》のあまり、危うくTHX《サンクス》と口走りかけ、言い直す。

「ありがとう」

伯母が頷《うなず》き、持ち場に戻ってから、美早も少しだけ口許《くちもと》を綻《ほころ》ばせた。普段《ふだん》あまり笑うということをしないのだが、今だけは仕方ない。美早が仕上げたケーキをそのまま店に出していいと言われたのは、これが初めてなのだ。

完成したばかりの苺ケーキを冷蔵庫に移動させ、次のスポンジを回転台に載せる。生クリームの入ったボウルを抱え、パレットナイフで塗っていく。動きは大胆《だいたん》に、そして繊細《せんさい》に。大切なのはリズム。ケーキ作りでも、エレクトリック・バイクの操縦でも——そしてあの世界での戦いでも。

ついつい、あちら方向に傾きそうになる意識を、目の前のケーキに集中させる。今日は土曜日、彼女がこの店を訪れる日だ。オーダーは、いつだって苺のラビリンス。だから、いま美早が作っているケーキが彼女の口に入ることになる。出来映えいかんでは、夕方の領土戦に影響《えいきよう》してしまうかもしれない。もちろん彼女は《純色の王》であるがゆえに直接戦場には立たないが、この練馬《ねりま》戦域《エリア》と、隣接する中野《なかの》戦域《エリア》を防衛すべきチームの編成と作戦立案は彼女の重要な仕事だ。

……っと、結局、あっち側のことを考えてしまっている。この店のシェフ・パティシエールである伯母《おば》は、コックコートを着ている時はとても厳しい人で、上の空で作業していると即座に叱責《しっせき》が飛んでくる。見習いとして厨房《ちゅうぼう》に入ってからもう二年以上も経《た》つが、いまだに褒《ほ》められることより叱《しか》られることのほうがずっと多い。

でも、それは問題ない《NP》。伯母がそういう人だから、美早《ミハヤ》は安心して彼女に厨房を任せておける。父親から相続したこの店舗《てんぽ》を洋菓子店に改装して以来、経営上の不安を覚えたことは一度もない。

そう――、今年高校一年生の美早は、《パティスリー・ラ・プラージュ》の見習い菓子職人兼ウェイトレスにして、オーナー経営者でもあるのだ。

練馬《ねりま》区桜台《さくらだい》でカフェを経営していた父が、特発性拡張型心筋症という心臓の難病で急逝《きゅうせい》したのは四年前。美早が十二歳の秋だった。

葬儀《そうぎ》に出席した親類縁者の数に、美早は不謹慎《ふきんしん》ながら驚《おどろ》いた。コーヒーとオートバイが大好きだった道楽者の父は、堅い職業の多い掛居《カケイ》一族では異端扱《いたんあつか》いで、親戚《しんせき》付き合いはほとんどなかったからだ。

どうにか喪主《もしゅ》を務め終え、ほとんど虚脱《きょだつ》状態に陥《おちい》った美早だったが、自宅でひとり悲しみを噛《か》み締《し》める時間は与えられなかった。おじやおばたちは、精進《しょうじん》落としの席で、早くも美早の今後を相談し始めたのだ。

病床の父親は、自分が死んだ後のことを、嫌《いや》がる美早と何度も話し合ったうえで公式の遺書を作っていた。母親もずっと昔に他界していたため、父親名義の土地と店舗、それなりの額の貯金の全《すべ》てを美早に相続させたうえで、国家後見制度を適用し、美早は中学卒業まで練馬の全《ぜん》寮制《りょうせい》学校に入る。遺書にはそのように書かれていたはずだった。

美早がそれを告げると、おじ、おばは口を揃《そろ》えて「とんでもない！」と叫び、子供には家庭が必要だ、我々の誰《だれ》かが引き取ってしっかり育てると主張した。そして美早が「この家から離《はな》れたくない」と言うと、理路整然と説得にかかった。

不動産の相続には大変な税金がかかるし、この際、家も土地も（もちろん真っ赤なイタリア製エレクトリック・バイクも）処分したほうがいい。お金は、美早ちゃんが大人になるまで、ちゃんと管理してあげるから――。

彼らは善意で申し出てくれたのだ、とは五年が経つ今でも思っている。どんな家庭だって、もうすぐ中学生になる子供を引き取るのは負担が大きいだろう。だからむしろ、複数の親戚が「うちに来なさい」と言ってくれたことに美早は驚いた。驚き、有《あ》り難《がた》くも思ったが、しかし父親の生き方を理解しなかった人たちの子供になるつもりはなかった。

美早は、親戚たちへの返事をその場では保留し、言った。お父さんがいなくなってとても悲しいし、今日は疲れているので、少し考える時間をください、と。顔を見合わせ、渋々ながら納得《なっとく》したおじ、おばたちは、明日の夕方また来ると言い残して池袋《いけぶくろ》のホテルに戻った。

翌日の早朝から、美早《ミハヤ》は動いた。四人いる父のきょうだいの中でただ一人、葬儀《そうぎ》が終わると静かに姿を消した伯母《おば》――氷見薫《ヒミカオル》に会いに行ったのだ。

赤坂《あかさか》にある大型ホテル内の洋菓子店でパティシエールをしていた伯母に面会した美早は、父に言われていたとおりに、自分を引き取ってくれと頼《たの》んだ――わけではなかった。その代わりに、彼女をヘッドハンティングしたのだ。父から相続したカフェを洋菓子店に改装するので、その新しい店のシェフ・パティシエールになって欲しい、と。

名店の厨房《ちゅうぼう》で責任あるポジションに就いている伯母が、簡単にイエスと言ってくれるとは思っていなかった。三回頼んで三回ノーと言われたら諦《あきら》めよう、そう覚悟《かくご》していた美早に、伯母はひとつだけ質問した。

『カフェを洋菓子店に改装するのは、私を呼ぶため？』

美早は即座に否定した。

『いいえ、違います。あの場所にケーキ屋さんを開くのが父と母の夢だったからです。私が赤ん坊の頃《ころ》、母が病気で亡くなるまでは』

伯母はきっちり一分間考え、やがてひと言『いいわ』と答えた。

少し後になって美早は、なんであんなに重大な……まだ三十代だった伯母の人生を左右するほどのお願いを、あんなにすぐ受け入れてくれたのかと訊《たず》ねた。すると伯母は、微笑《ほほえ》みながら教えてくれた。

伯母のすぐ下の弟である美早の父からは、『もしもの時は美早を頼む』としか言われていなかった。でも、父と結婚したばかりの母とは、『お互いが洋菓子店を開く時は協力する』と約束していたのだという。美早が生まれるずっと前……伯母も美早の母も、同じ調理師学校で学んでいた頃の話らしい。

美早の母を父に紹介したのが伯母の薫だったことを、美早はその時初めて知った。

他のおじ、おばたちは、美早と薫伯母の選択には決していい顔をしなかったが、しかしもう彼らに異を唱えられる段階ではなかった。その日の夜には全員が大阪や仙台に帰り、入れ替わりに薫伯母と、一人娘である二つ年下の従妹《いとこ》が桜台の住居兼店舗を訪れた。その従妹が、伯母と同じくらい重大な転機をもたらそうとは、まったく予想していなかった。

伯母は美早に、両親の夢だった洋菓子店経営への道を示し。

従妹は、美早がずっと押し殺してきた悲しみを昇華するための世界を与えたのだ。

彼女の名前は氷見あきら。当時は小学四年生だったが、ベリーショートの髪と、パーカーに細身のツイルパンツという格好、そしてシンプルな形状の眼鏡も相まってどこか中性的な雰囲気《ふんいき》だった。

父親の葬儀に参列したのは大人たちだけだったので、あきらと顔を合わせるのは実に二年ぶりのことだった。小学生にとって二年間はもの凄《すご》く長い時間だし、美早《ミハヤ》もあきらもお喋《しゃべ》りとはほど遠い性格ということもあって、何かのタイミングで二人きりになった時、美早は少し気詰まりに感じたものだ。

しかしあきらは不思議なほど落ち着いていて、水底を思わせる静かな瞳《ひとみ》でしばし美早を見詰めてから、とあるモノを差し出した。物体ではなく、ひとつのプログラム。魂《たましい》を解き放ち、《加速》させるための鍵《かぎ》。

自宅裏のガレージで、大型バイクのシートにあきらと横並びに腰掛けて訪れた不思議な世界で、美早はようやく泣いた。泣いて泣いて、一生分の涙を出し尽くした。

以来四年、美早はたった一粒の涙も流していない。現実世界でも、そして加速世界でも。

そう、泣いているヒマなんかないのだ。時間は猛烈《もうれつ》な速さで流れ去っていく。たとえ意識を一千倍に加速しても、その流れは止まってはくれない。見定めた場所に向かって、自分に出せる限界のスピードで走り続けねばならない。草原をしなやかに駆ける豹《ひょう》のように。

2

平日はもちろん学校があるので夜の仕込みしか手伝えないが、土曜の午前はまるまる厨房《ちゅうぼう》に入り、午後は厨房服をウェイトレスの制服に着替えて店頭に立つ。

ケーキ作りを重点的に学びたい気持ちもあるが、パティシエールを志すなら接客も経験するべきというのが伯母《おば》の考えだ。なかなか愛想《あいそ》良く笑うのは難しいが、やってみればカウンター業務も楽しい。とくに、ショーケースに並ぶ色とりどりのケーキの前で瞳を輝《かがや》かせる子供たちを見ると、胸が不思議な温かさで満たされる。

問題は、伯母の提案した制服がいまどきメイドルックだったことだが、亡き母親が学生時代にスケッチしたデザインだと言われれば受け入れざるを得ない。美早の他に二人いる接客担当の女の子には案外好評だし、三年も着ればどうあれ慣れるというものだ。

午前中に美早が仕上げた――残念ながらスポンジ生地《ジェノワーズ》は伯母が焼いたのだが――苺《いちご》のラビリンスは、午後三時の時点でほとんど売れてしまい、残りはたった二つ。少しハラハラしつつ仮想デスクトップの時計に繰《く》り返し目をやっていると、美早のシフトが終了する三時三十分直前に、ドアベルを模した合成チャイム音が響《ひび》いた。

自動ドアが開き切るより早く、するりと店内に入ってきたのは、白いブラウスと紺《こん》のプリーツスカートの制服を着た小柄な少女だった。かつて美早《ミハヤ》も通っていた全寮制《ぜんりょうせい》学校の初等部のものだ。

「いらっしゃいませ」

という美早の声に、内心の安堵《あんど》と期待は出なかったはずだが、少女は眼を合わせると悪戯《いたずら》っぽく笑った。頭の両側で結わえた赤毛を揺《ゆ》らして足早にショーケースへ近づき、少しそばかすの浮いた鼻をくっつけんばかりに覗《のぞ》き込む。

真っ赤なランドセルが傾き、中のタブレット端末《たんまつ》その他の教材が動く音を微笑《ほほえ》ましく聞きながら、美早はオーダーを待った。とは言え、もう注文は解《わか》っている。客の少女は、トレイに二つだけ残っている苺《いちご》ケーキを見た途端《とたん》、ぱっと顔を輝《かがや》かせた。

「ラッキー、まだ残ってた！　ラビリンスひとつ下さい！」

「《苺のラビリンス》お一つですね。かしこまりました、少々お待ち下さい」

さすがに制服を着ている時は「イエス」のひと言で済ませるわけにはいかないので真面目《まじめ》に応答しつつも、イートインｏｒテイクアウトの質問は省略。ボックスではなく皿を用意すると冷蔵ショーケースのドローワーを引き出す。

《ラビリンス》を一つ、ケーキサーバーで慎重《しんちょう》に皿へ移動させたところで、再び自動ドアの来客チャイムが聞こえた。続いて、勢いよく近づく複数の足音と、元気いっぱいの叫び声。

「あたし、いちごのらりびんすー！」

「サナもいちごの！　いちごいっぱいの！」

新たな客は、五歳と四歳くらいの幼い女の子たちだった。後ろから母親であろう女性が入店してくる。美早は「いらっしゃいませ」と声を掛けてから、接客をもう一人いるウェイトレスに任せてレジカウンターに移動しようとした。だがそこで、問題の発生を予感する。

どうやら姉妹らしい女児二人は、ショーケース内の《いちごの》がラスト一個であることに、同時に気付いたようだった。顔を見合わせ、一瞬《いっしゅん》間合いを計るように沈黙《ちんもく》してから、揃《そろ》って声を張り上げた。

「サナがいちごー！」

「だめ、あたしが先に言ったんだもん！」

「やーだぁー！　いちごの——!!」

妹の眼にたちまち涙が浮かび、追いついた母親が困ったように眉《まゆ》を寄せ、恐らく「お姉ちゃんなんだから我慢しなさい」的な言葉を発しようとした、そのタイミングで——。

先に《ラビリンス》を注文した赤いランドセルの少女が、軽く微笑みながら美早に向けて言った。

「ごめん、注文変更。チェリータルトひとつ」

すぐに屈《かが》み込み、涙目の幼子の頭を優しく撫《な》でる。

「ほら、見ててみな。いちごの、二つになるから」

美早《ミハヤ》はそっとショーケースまで戻ると、もう一度引き開け、皿の《ラビリンス》を戻した。ドローワーが収納されると、妹の眼が丸くなる。

「ふたつになったー！　ママ、いちごの、ふたつあったよー！」

嬉《うれ》しそうなその声に、少女も笑顔で立ち上がると、申し訳なさそうに頭を下げる母親に軽く会釈《えしゃく》を返した。

別のドローワーからさくらんぼのタルトを皿に載せ、再びレジカウンターに移動しながら、美早は切ない痛みのような感覚をおぼえていた。

先に苺《いちご》ケーキを注文していた赤毛の少女は小学六年生だ。幼稚園児であろう姉妹と比べればずっと年上ではあるが、世間一般的にはまだまだ子供と見なされる歳《とし》。一週間ずっと楽しみにしていたケーキを譲《ゆず》らなくても、誰《だれ》に責められるいわれもない。

しかし彼女は、あの状況で幼児の涙を無視しない——あるいはできない。そういう子供らしさは、ずっと昔に彼女の中から失われてしまった。なぜなら、恐らく《精神の過ごした時間》の長さだけを比べれば、十一歳の彼女のそれは、十六歳の美早をも上回るだろうから。

カウンターの右端《みぎはし》にあるレジ端末機《たんまつき》に歩み寄ると、視界に会計ウインドウが浮き上がった。タルトひとつで四百三十円なり、の表示を客の少女も一瞥《いちべつ》し、少し考えてから付け加える。

「アイスミルクティーつけてください」

「かしこまりました」

頷《うなず》き、メニュー窓からセットドリンクを追加。計六百円になったウインドウの確認ボタンに少女がタッチすると、ちゃりーん、と古いキャッシュレジスターの動作音を模したサウンドが響《ひび》いた。

カウンター上のレジ端末は、いちおう現金《キャッシュ》……つまりリアルマネーの出納《すいとう》も可能なのだが、その機能を使用することは月に一度あるかどうかだ。いまの時代、ほとんどの人間にとって、お金とはニューロリンカーが視界に表示する数字でしかなくなっている。電子マネーアカウントを銀行口座に連動させていれば、残高のチャージすら自動で行われるのだ。

しかし美早は知っている。赤毛の少女がタルトとアイスティーに支払った六百円は、学校から支給される少額の生活費を切り詰め、貯めたお金なのだということを。そしてこの土曜午後のティータイムが、彼女が自分に許す、ほとんど唯一《ゆいいつ》の贅沢《ぜいたく》なのだということを。

会計ウインドウが消えると、美早は胸中のさざ波を押し殺しながら言った。

「お時間少々頂きますので、テーブルでお待ちください」

「はーい」

赤毛の少女はにこっと笑うと、店の一角に設けてあるイートイン・コーナーに歩いていった。

小さな背中を寸秒見送ってから、美早はレジカウンターの反対側にあるミニキッチンで紅茶の準備を始めた。《ラビリンス》を食べられなかった代わりに、せめて美味《おい》しいお茶を飲んでもらいたかった。

三時三十分を少し回ったところで、遅番のウェイトレスと交替してシフトを上がった。

店の奥にある、【スタッフオンリー】の札が下がったドアへと歩きながら、ちらりとイートイン・コーナーを見る。窓際のテーブルでは、とうにタルトを食べ終わった赤毛の少女が仮想デスクトップに指を走らせていたが、視線を感じたのか顔を上げた。美早《ミハヤ》に気付くと軽く頷《うなず》き、隣《となり》の椅子《いす》のランドセルを持って立ち上がる。

少女が、美早と一緒《いっしょ》にバックヤードへのドアを通っても、カウンターのウェイトレスたちは気にする素振《そぶ》りを見せなかった。店では、少女は美早の後輩で（これは事実だが）、毎週土曜の夕方に勉強を見てあげているということになっている。

バックヤードには事務室や洗面所と並んでスタッフ用の更衣室があるが、美早は素通りして突き当たりまで歩いた。四時まであと二十五分、のんびり着替えている暇《ひま》はない。いちばん奥のドアの電子ロックを解錠《かいじょう》し、先に少女を通してから自分も中に入る。

六畳《ろくじょう》ほどの洋間の中央に、ローテーブルとソファが置かれているだけの部屋だ。カフェ時代はちょっとした貸切スペースとして使用されていたのだが、ケーキ屋には必要ないため現在はデッドスペースになってしまっているのをいいことに、美早が私的に利用中というわけだ。

ドアが再施錠《さいせじょう》された途端《とたん》、赤毛の少女が、これまでの優等生的雰囲気《ふんいき》をかなぐり捨てて頭からソファに倒《たお》れ込んだ。白いソックスを穿《は》いた両足をじたばたさせながら、「ううう〜〜」と妙な唸《うな》り声を上げている。

美早は綻《ほころ》びかけた口許《くちもと》を引き締《し》め直し、言った。

「……そんなに悔《くや》しがるくらいなら、食べればよかったのに」

すると、即座に子供っぽい喚《わめ》き声が返る。

「悔しがってねぇ！　苺《いちご》への未練を運動エネルギーに変えてんの！」

最後に両足を勢いよく伸ばすと、ぐるんと仰向《あおむ》けになり、頭の後ろで両手を組む。

「……だいたい、悔しがったらアレだ、チェリータルトを作った薫《カオル》シェフに悪いだろ。タルトもすげーうまかったし」

「……そう」

と頷いただけの反応から、少女は敏感に察したようだった。頭を少し持ち上げ、光の加減で緑色にも見える大きな瞳《ひとみ》でじっと美早を見る。

「もしかして、今日の《ラビリンス》、パドが作ったのか？」

ずばり訊《き》かれれば、ごまかすわけにもいかない。表情を動かさないよう気をつけながら短く答える。

「飾り付け《デコレ》だけ。ジェノワーズはシェフが焼いた」

「……そっか。……悪かったな、譲《ゆず》っちまって」

上体を起こした少女が頭を下げようとするので、美早は急いで言った。

「謝らなくていい。むしろ、こっちがお礼を言わないと。レインがあそこで譲《ゆず》ってくれなければ、あの子たち、きっと泣いてた」

「子供は泣いて強くなるものです。——とか、薫《カオル》シェフなら言いそうだけどな」

少女の受け答えに今度こそ少しだけ微笑《ほほえ》みながら、美早《ミハヤ》はきっぱり宣言した。

「これからは、土曜の《ラビリンス》は全部私が仕上げる」

「お、じゃあ来週のお楽しみだな」

にやっと笑い、少女は結わえた赤毛を一振りすると表情を改めた。

「そんじゃ、そろそろ領土戦の作戦会議始めっか。今日は《ヘリックス》が攻めてくるっぽいからな、気ぃ抜くと食われるぜ」

「K」

短く答え、美早は一度の深呼吸で意識を切り替えた。ケーキショップのウェイトレスから、レギオン《プロミネンス》のサブリーダー、ブラッド・レパードへ。

ソファに座り、テーブルの裏側に据え付けられているホームルーターからXSBケーブルを引き出す。この作戦室は電波シールディングされているため、有線でないとグローバルネットに接続できない。

プラグをニューロリンカーに接続すると、向かい側で同じようにした少女——プロミネンス頭首、赤の王スカーレット・レインこと上月由仁子《コウヅキユニコ》が、右手の指を二本立てて見せた。Vサインではなく、カウント開始の合図だ。

「2、1」

短めのカウントダウンに合わせて、美早は四年前に教わった魔法の呪文《コマンド》を唱えた。

「バースト・リンク」

3

フルダイブ型対戦格闘《かくとう》ネットワーク・ゲーム、《ブレイン・バースト2039》。

従妹《いとこ》のあきらが美早《ミハヤ》に与えてくれた、もう一つの世界。

子供の頃《ころ》は、さしてフルダイブ型のゲームが好きというわけではなかった。父親と、たまにバイクレースのゲームで遊んでいた程度だ。だから、最初あきらにBBプログラムの概要《がいよう》を説明して貰《もら》った時も、正直あまりぴんと来なかった。思考を加速してまで暴力的な格闘ゲームに興じることに何の意味があるのか、とさえ思った。

でも、そんな気後《きおく》れは、最初に《加速世界》を訪れたその瞬間《しゅんかん》に吹き飛んだ。対戦相手は、もちろん《親》のあきら——バーストリンカーとしての名前は《アクア・カレント》——で、ステージの属性は《原始林》だった。

地形は住み慣れた練馬《ねりま》区桜台《さくらだい》のままなのに、コンクリートやアスファルトは綺麗《きれい》に消え去り、代わりに節くれだった巨大な樹や奇岩、緑の草原、そして真っ青な空が視界の果てまで続いていた。

草一本、石ころ一つに至る全存在の圧倒的《あっとうてき》な精細さは、それまで美早が知っていたVR空間とはまったく違った。微風には森の匂《にお》いが含まれ、陽光は空気中の微粒子に反射してきらきらと輝《かがや》いていた。五感の全《すべ》てを鮮《あざ》やかに刺激する膨大《ぼうだい》な情報量は、現実世界以上とさえ言ってもよかった。

激変したのは外界だけではなかった。美早自身も、あきらと同じように人ならぬ姿に変わっていた。プラスチックでもガラスでもない質感の、深紅《しんく》の半透過《はんとうか》装甲に全身を包まれ、手足には出し入れ可能な長い爪《つめ》が生えて、そして頭は鋭《するど》い牙《きば》を持つ豹《ひょう》のそれだった。

已が姿を認識した時、美早は途惑《とまど》いよりも先に強い衝動《しょうどう》を感じた。解放したい――父親の病名を知った時から、ずっと心の中に押し込めてきたものを解き放ちたい、という。

美早は走った。原始林ステージの大地を、豹の両足で思い切り蹴《け》り飛ばして走った。エリアの端から端まで、風さえ追い越すスピードで走った。走りながら泣いた。大きく、頼《たの》もしく、優しかった父を思って泣いた。

三十分の対戦時間が残り十分となる頃に、ようやく涙が涸《か》れた。開始地点まで戻った美早は、じっと待っていてくれたあきらと無言で向き合った。

従妹もまた、現実世界とは似ても似つかぬ姿となっていた。驚《おどろ》くほど華奢《きゃしゃ》な肢体《したい》を、上から下へと流れ続ける水の膜が包み込んでいるあきらのアバターは、美早の豹人アバターよりもいっそう特異でありながらどこか現実世界の彼女自身を思わせた。

美早は、流水の奥で揺《ゆ》らめくあきらの青白い両眼をじっと見ながら、ひとつだけ質問した。

――もっと速く走れるようになる？

答えはとてもシンプルだった。

——強くなれば。


四年前のあの日と同じ原始林ステージを眼下に望みながら、美早《ミハヤ》は戦いの始まる時を待っていた。

外見こそ一緒《いっしょ》だが、通常対戦ではなく毎週土曜日の夕方に開催される《領土戦争》なので、個の戦闘力《せんとうりょく》よりもチームの連携が重視される。普段《ふだん》のように、FIGHTの炎文字を突き破る勢いで速攻ダッシュするわけにはいかない。

と言っても、領土戦に於《お》ける美早の作戦は基本的にシンプルだ。即《すなわ》ち、敵の急所を見極め、思い切り噛《か》み付く。

深紅《しんく》の豹人《ひょうじん》アバターに変じた美早は、ステージの西側で最も高い木の天辺《てっぺん》に陣取《じんど》っている。広く枝葉を伸ばす巨樹や、時折発生する濃霧《のうむ》のせいで見通しが悪いが、豹の鋭敏《えいびん》な視覚は木立の下のかすかな反射光も見逃さない。それに、ステージ中央を斜めに横切る草原地帯——現実世界では環八《かんぱち》通り——には、姿を隠《かく》せるような大型オブジェクトはほぼ存在しない。

高さ二百五十メートルの梢《こずえ》から下界にじっと眼を走らせていると、少し低い枝で、焦《じ》れたような声が聞こえた。

「パドぉー、もぉこっちから打って出ようよ〜〜」

発言したのは、ほっそりしたフォルムを持つ女性型《F》アバターだ。名前は《マスタード・サルテイシド》。

色名《カラーネーム》のマスタードは、全身のカラシ色装甲と関連づけてすぐに憶《おぼ》えられるが、固有名《オウンネーム》のほうは初対面のバーストリンカーほぼ全員が二、三度聞き返し、しかも次に会った時にもう一度聞く。美早も知らない英単語だったのだが、Ｓａｌｔｉｃｉｄとは《ハエトリグモ》のことなのだそうだ。その名のとおり、頭には丸く大きな単眼が八個、横一列に並んでいる。当然フェイスマスクの面積には収まらず、いちばん端《はし》の眼は後頭部にまで達する。

ゆえに視界が異常に広く——《前を向いていても後ろが見える感覚》に慣れるのにかなり手間取ったそうだが——、索敵能力はレギオンでも三本の指に入る。しかし惜《お》しいかな集中力のほうはもうひと息で、まだ領土戦が始まってから五分も経《た》っていないのに早くもサーチングに飽《あ》きてきたようだ。

「まだ。敵の別働隊を見つけてから」

簡潔に答えつつも、視線を彼方《かなた》の森に走らせ続ける。

領土戦は、最少人数三対三からのチームバトルだ。赤のレギオン、プロミネンスの所属メンバーは現在三十三人なので、練馬《ねりま》区四戦域《エリア》の同時防衛でも一チームに八人を割り振れる。

しかしそれはあくまで理論値で、バーストリンカーが原則的に小、中、高校生である以上、土曜の夕方を必ず空《あ》けられるとは限らない。プロミネンスは頭首スカーレット・レインの方針で、現実《リアル》で用事があればそちらを優先していいことになっているので、毎週の参加メンバーは平均三十人弱。しかも今日——二〇四七年六月二十九日の領土戦では、予定外の突発的不参加者が三人も出たので、事前の会議に集まったのは二十五人に留《とど》まった。四チームに分ければ、六、六、六、七人だ。

もちろん、最も激しい戦いになるであろうエリアを事前に予測し、そこに十人以上を投入するという作戦も不可能ではないが、どんな予測も絶対ではない。とくに、ここ一ヶ月ほど毎週練馬《ねりま》を攻めてくる板橋《いたばし》の中規模レギオン《ヘリックス》のリーダーはなかなか頭が切れるので、攻撃《こうげき》エリアにヤマを張るのが難しい。

そこで、練馬第一〜第四エリアに均等に防衛人員を配置し、第一エリア防衛チームのリーダーは赤の王自《みずか》らが務め、第二エリアのリーダーは幹部集団《三獣士《トリプレックス》》筆頭のブラッド・レパード、第三エリアと第四エリアも同じく三獣士のカシス・ムースとシスル・ポーキュパインが指揮するという全方位防御態勢を敷《し》いた。そして、見事に美早《ミハヤ》のチームがヘリックスを引き当てた、というわけだ。

攻撃側の人数は防衛側に揃《そろ》えられるので、敵味方ともに六人ずつ。この規模だと、チームを分けても二つかせいぜい三つだ。美早は戦闘力《せんとうりょく》の高い四人を先行させて中央拠点《きょてん》の占領に向かわせ、眼のいい自分とマスタード・サルティシドで敵の動きを掴《つか》む作戦に出た。

ヘリックスもどうやら六人を二分割したらしく、主力であろう四人はすでに発見済み。こちらの主力と同じく中央拠点——別名《要塞拠点《ストロングホールド》》に直行しているので、隠《かく》れるつもりもないのだろう。問題は、別働隊の二人だ。これを見つけておかないと、味方主力が挟撃《きょうげき》されて全滅《ぜんめつ》も有り得る。

のだが、再び下からのんびりした声が聞こえた。

「でもぉー、こっちが先に敵主力を挟《はさ》み撃《う》ちでツブしちゃえばぁ、あとは要塞《ようさい》に引きこもってれば勝てるんじゃないのぉー？」

「それを言うなら《立てこもる》」

一応突っ込んでおいたものの、サルティシドの意見にも一理ある。プロミネンスは赤のレギオンと言われるだけあって赤系、つまり遠距離《えんきょり》攻撃力に秀《ひい》でたバーストリンカーが多く所属しているので、必殺技ゲージの複数人同時チャージが可能な要塞拠点に立てこもっての火力勝負は必勝パターンのひとつだ。

しかし当然リスクもある。要塞拠点は、ステージ属性にかかわらずオープンスペースに剝《む》き出しで設置されているため、敵から丸見えになってしまうのだ。拠点そのものに防衛能力はないので、立てこもり作戦を使う時は防御系の能力を持つ盾《たて》役アバターが最低二人は欲しい。美早が先行させた主力四人の内訳は、赤系二人、青系一人、緑系一人とバランスは取れているが、拠点の全周防御にはやや心許《こころもと》ない。

それに、敵チームにはヘリックスのレギオンリーダーがいる。冴《さ》えた作戦指揮で中小レギオン群から頭一つ抜けてきた彼が、プロミの十八番《おはこ》である火砲陣地《かほうじんち》戦術への対抗策を用意していないはずがない……。

そこまで考えた時、ステージ東側の森の中を走り続けていた敵主力の四人が移動を停止した。

美早《ミハヤ》とサルティシドがいる高い木は、現実世界の練馬《ねりま》区光《ひかり》が丘《おか》清掃工場の大煙突《おおえんとつ》だ。中央拠《きょ》点《てん》のある環八《かんぱち》通りと都道441号線の交差点までは、直線距離《きょり》で二キロ以上もある。

これだけ離《はな》れていると、いかに豹《ひょう》の眼でも敵の数を判別するのがやっとだ。美早は敵別働隊の捜索《そうさく》を続けながら、下の枝に向かって問いかけた。

「シド、拠点の奥にいる敵四人、識別できる？」

「んー、ちょいまち」

答え、サルティシドは少しでも近づこうとするかのように首を伸ばした。数秒後、これまでとは打って変わってきびきびした答えが戻る。

「先頭が緑の大型、こいつは確か《バーダント・コロッサス》。後ろに茶色の大型、《シナモン・ラクーン》だね。それと紫《むらさき》の中型、《アザレア・バトン》……かな。あと、最後尾に黄色の小型。初見だけど、たぶん《ルチル・チェック》」

「…………！」

美早が小さく息を吸ったのと同時に、サルティシドも気付き、声を上げた。

「あれれっ！　ってことはぁ、リーダーのベ、ベリやんがいないじゃん！　あの四人が主力じゃなかったのぉ⁉」

もちろん、チームリーダーが常に主力部隊を率いる決まりなどない。プロミチームのリーダーたる美早自身、後方に残って敵をサーチしているのだから。

しかし、ヘリックスチーム六人の中では、リーダーの《ベリリウム・コイル》が突出した直接攻撃力を持っている。彼抜きの、しかもどちらかと言えばディフェンシブな色の部隊で中央拠点を制圧できると考えたのだとしたら、六大レギオンの一角たるプロミネンスを舐《な》めすぎというものだ。

……いや、切れ者のベリリウムがそんな大雑把《おおざっぱ》な作戦を立てるとは思えない。となるとやはり、彼ともう一人――消去法でいけば《チリ・パウダー》という赤系アバター――の別働隊がプロミチームの主力を後方から奇襲《きしゅう》し、一気に殲滅《せんめつ》するつもりか。

しかし、だとすれば、その別働隊はすでに環八通りの草原を渡っていなくてはならない。プロミの主力四人は現在も前進中で、あと二分以内には中央拠点に到達するだろう。これから草原を渡っても後方に回り込む時間はないし、といって広い道路の左右から接近すればプロミチームにも丸見えで、接触前に遠距離攻撃で体力ゲージを削《けず》られる。それではチームを分割した意味がない。

「……横断を見逃した……？」

美早が呟《つぶや》くと、耳聡《みみさと》く聞きつけたサルティシドが即座に反論した。

「まっさかぁ！　あたしとパドの眼ぇ盗んで環八《かんぱち》渡るなんてムリムリ！」

確かに、と頷《うなず》く。隠《かく》れ身系の能力を使って草原地帯を突破した可能性はあるが、リーダーにも、同行していると思われるチリ・パウダーにもそんな技はない——はずだ。

断言できない理由は、デュエルアバターは成長するからだ。つまり、レベルアップ・ボーナスによるアビリティや必殺技、強化外装の取得。四年前は走ることしかできなかった美早《ミハヤ》も、レベル６となった今では多くの力を身につけている。

とは言えそこにも制限はある。アバターの色属性から大きく外れる能力は、原則として獲得できないのだ。リーダーのベリリウムは近接型のメタルカラーだし、チリは遠隔《えんかく》型。どちらも、美早とサルティシドの視力をごまかせるほどの隠れ身能力に目覚めるタイプではない。

そう考えながら、美早は脳裏に、何度か直接戦ったことのあるベリリウムの姿を思い描いた。装甲は青みがかった銀灰色で、バネ《コイル》の名のとおり、腕に強力なコイルスプリングが内蔵されている。そのバネの力で瞬時《しゅんじ》に伸びる大型飛び出しナイフ《ジャック》が、ベリリウム最大の武器だ。

メタルカラーだけあって拳《こぶし》も頑丈《がんじょう》で、打撃《だげき》属性のナックル攻撃と、斬撃《ざんげき》属性のナイフ攻撃を自在に切り替える戦闘《せんとう》スタイルには美早も手こずった。パンチと思って躱《かわ》そうとすると瞬時にナイフが飛び出し、間合いが倍近くも広がるのが実に厄介《やっかい》なのだ。しかも、昔は右腕にしかナイフを装備していなかったのに、レベルアップ・ボーナスで増やしたのだろう、いまは左腕にもナイフが——……。

そこで思考を一時停止して、美早は視界右上に並ぶ敵チーム六名のミニ体力ゲージを再確認した。一番上にはリーダーのベリリウム・コイル。レベルは5。でも、前に戦った時は4だったはず。

脳内で幾《いく》つもの情報が化学反応を起こし、一つのインスピレーションを導いた瞬間、美早は叫んでいた。

「――シド、飛ぶ！」

普段《ふだん》はのんびりしているサルティシドも、いざとなれば頼《たよ》れるベテランだ。驚《おどろ》いたり訊《き》き返したりすることなく、「らじゃっ！」と美早の隣《となり》まで飛び上がる。

ハエトリグモの名を持つアバターの、細い腰を右腕でしっかり抱《だ》くと、美早は体を屈《かが》めた。女性型《F》としては相当にボリュームのある大腿部《だいたいぶ》がいっそう膨張《ぼうちょう》し、力を溜《た》め込む。風向きを読み、ベストのタイミングで斜め上空に飛び出す。

いかにブラッド・レパードが野生の跳躍力《ちょうやくりょく》を持っていると言っても、二キロをひとっ飛びにジャンプはできない。それ以前に、高さ二百五十メートルの樹から跳べば着地の衝撃《しょうげき》に耐えられずに高所墜落《ついらく》ダメージで即死してしまう。

だが、美早に躊躇《ためら》いはなかった。巨樹の梢《こずえ》から猛烈《もうれつ》な勢いで飛び出したレパードとサルティシドは、一つの砲弾となって虚空《こくう》を突き進む。東の中央拠点――ではなく、何もないステージ西側に向かって。

美早《ミハヤ》は、ジャンプする前に百八十度反転していたのだ。もし観戦者《ギャラリー》がいれば、逃亡したのかと思ったところだろう。

無論、逃げるはずがない。跳躍《ちょうやく》はやがて放物線の頂点に達し、落下軌道《きどう》へと入る。このままなら数秒後に揃《そろ》って墜落死《ついらくし》だが、二人は途中で元の巨樹の方向に戻り始める。サルティシドが右手で摑《つか》んでいる細く透明《とうめい》なケーブルに引っ張られているのだ。ケーブルの先端《せんたん》は、元の大枝に固定されている。そこを支点に、あたかも振り子のように空中をスイングしているというわけだ。

ケーブルは、もちろんサルティシドの能力である。アビリティ《ドラッグライン》——すなわち蜘蛛《くも》の糸。本物のハエトリグモも、巣こそ作らないが移動中は《しおり糸》をあちこちに固定し、墜落を防ぐという性質がある。

「いえ〜〜〜い！」

陽気な声を発しながら、サルティシドは糸を少しずつ伸ばしていく。自由落下とほとんど変わらない猛スピードで、二人は空中を滑走《かっそう》する。あっという間に振り子運動の下死点を通り過ぎ、上昇に転じる。理想的な角度を得られるタイミングで、糸を切断。

二人は再び斜め上方へと飛翔《ひしょう》する。今度こそ、進行方向に草原となった環八《かんぱち》通りと中央拠点が見える。前進する味方四人は、あと数十秒で森を抜けるだろう。彼らには、環八に到達したらそのまま拠点占領に移るよう指示してある。ベリリウムはきっと、四人が草原に姿を現した瞬間《しゅんかん》に仕掛けてくる。恐らく横からでも、後ろからでもなく……

「あっ……パド、あれ！」

風音に負けないボリュームで、サルティシドが叫んだ。

指差す先、環八通りを挟《はさ》んだステージ東部の奥地に、きらりと小さな反射光が見えた。森の底ではなく、上だ。美早たちと同様に、空中を高速移動している。

美早の視力では、光源の正体までは認識できなかったが、それがベリリウム・コイルとチリ・パウダーであることは疑いようもなかった。空中移動の原動力は、《飛行》ではなく——それが可能なアバターは加速世界にたった一人しか存在しない——金属の弾性エネルギーだろう。つまり、バネの反作用を利用したロングジャンプ。

「……変身して走る。摑まって」

美早が言うと、サルティシドは「はいな！」と応じた。美早たちの振り子ジャンプはすでに頂点を過ぎ、降下軌道に入っている。一度の跳躍で実に七百メートル近い距離《きょり》を移動したが、中央の草原地帯まではまだ一キロ以上が残る。ベリリウムたちが四人の仲間を上空から攻撃《こうげき》する前に、何としても到着しなくてはならない。

眼下に迫《せま》る密林を凝視《ぎょうし》しながら、美早は小さく技名発声を行った。

「シェイプ・チェンジ」

途端、ブラッド・レパードを赤い光が包む。体の内側が燃え上がるような熱感。まず四肢《しし》が猛獣《もうじゅう》のそれに変形し、逞《たくま》しさを増すと同時に鉤爪《かぎづめ》も伸びる。胴体は細く、長くなり、首と頭部の接合角度が変化する。

瞬時《しゅんじ》の《変身》が終了すると、美早《ミハヤ》はもうF型アバターではなく、一匹の豹《ひょう》となっていた。

サルティシドが背中にまたがると同時に、木立の隙間《すきま》に突入。みるみる地面が迫《せま》る。垂直の落下ではないとは言え、これほどの速度で着地すれば、普通は大ダメージを免《まぬが》れ得ない。しかし美早はいっぱいに伸ばした両手——ではなく前脚が地面に触《ふ》れるや、そのままノーダメージで全力疾走《しっそう》に移行する。ビーストモードの時だけ発動できるアビリティ《落下保護《フォール・プロテクション》》の力だ。

「よっしゃぁ、行っ……」

背中のサルティシドが、喚《わめ》き声を途中で止めた。風圧で押されたのだろう、後ろに傾いた体を立て直し、慌《あわ》てたように両手を首に巻き付けてくる。

だから摑《つか》まれって言ったのに、という台詞《せりふ》は脳内だけに留《とど》めて、美早はいっそうスピードを上げた。苔《こけ》むした巨木が左右をびゅんびゅんすっ飛んでいき、地面は緑と茶色が混ざった流線に変わる。だがまだ足りない。跳躍中《ちょうやくちゅう》に見た感じでは、バネジャンプで移動するベリリウム・コイルが中央に達するまであと二十秒。つまり美早は、千メートルをそれ以下の時間で走破せねば間に合わない計算だ。換算すれば、時速百八十キロメートル。

亡き父親は、イタリア製の真っ赤なエレクトリック・バイクに乗っていた。四年前からずっと馴染《なじ》みのバイクショップに預けっぱなしだったそれを、美早が初めて自分で走らせたのはほんの二ヶ月前だ。十数年前の道交法改正で、満十六歳になる年度の四月から免許証を取得できるようになったので、中学卒業と同時に教習所に通い詰めたのだ。

出力六十キロワットのインホイール・モーターを二基搭載《とうさい》するバイクは、スペック上の最高時速が二百四十キロメートルに達する。いまのところ美早は、幹線道路の法定速度である八十キロまでしか経験していないが、それでも最初は緊張《きんちょう》で口の中が渇いた。

いかにVR空間の対戦ステージとは言え、障害物に激突すれば苦痛とともに大ダメージを負う高速地上走行は、興奮《こうふん》と恐怖を同時にもたらす。スイングジャンプ中は威勢が良かったサルティシドも、今は美早の背中にぴったり身を伏せている。

だが、美早は歯、いや牙《きば》を食い縛《しば》り、ありったけの力を振り絞《しぼ》って地を蹴《け》った。体感スピードは瞬時に時速百キロに迫り、左胸の奥で仮想の心臓がとんでもない勢いで脈打つ。前時代の単気筒ガソリンエンジンのような連続的鼓動音が全身に響《ひび》く。

それを意識した途端、美早の心中にもそろりと冷気が忍び込んだ。

美早のデュエルアバター、ブラッド・レパードを生み出した《心の傷》は、父親を奪った病気への恐れと憎《にく》しみだ。それはすなわち、心臓というエンジンと、血液というフューエルへの畏怖《いふ》。自分の心臓も、ある日《鼓動の回数》を使い果たし、止まるのではないかという仄《ほの》かな予感——。

——振り切れ!!

美早《ミハヤ》は強く念じた。

恐怖の淵《ふち》で淀《よど》むくらいなら、激しい流れに身を投じろ。先へ。一歩でも、先へ。

走行スピードが時速百キロを超えた瞬間《しゅんかん》、右胸の奥に、もうひとつの鼓動音が生まれた。

二つのパルスが共鳴し、電動バイクを思わせる滑《なめ》らかな咆哮《ほうこう》へと変わる。全身を炎のように熱い血流が駆け巡り、四肢《しし》に猛々《たけだけ》しいまでのパワーを滾《たぎ》らせる。

ごっ！　と円錐《えんすい》状の衝撃波《しょうげきは》を広げ、美早は再加速した。深紅《しんく》の砲弾と化して森の底を突き進む。スピードは一気に時速二百キロに達し、前方に現れた巨木が瞬時に後方へと飛んでいく。

視界左上では、必殺技ゲージが減り始める。限界を超えた高速走行を実現するアビリティ、《ファースト・ブラッド》が発動したのだ。強化外装を用いない自力走行で、これ以上のスピードを出せるデュエルアバターを美早は知らない。

ステージ中央を斜めに横切る環八《かんぱち》通りまでの一キロメートルを十九秒で走破し、森から草原地帯へと飛び出すと、すぐ目の前に味方主力部隊四人の背中があった。要塞拠点を占領するべく、ひとかたまりになって前方の大型金属リングへと走っている。

「散開!!」

味方チームに向けて鋭《するど》く叫ぶや、美早は斜め上方へとジャンプした。味方を飛び越え、空を睨《にら》む。

見えた。数十メートルもの高みを飛翔《ひしょう》するブルーシルバーのメタルカラー、ベリリウム・コ

イルと、その両腕に抱えられたオレンジレッドのアバター、チリ・パウダー。チリのほうも、伸ばした両手に大きな球体を一つずつ保持している。

次の瞬間《しゅんかん》、チリが両手を開いた。アバターと同色の球体が二つ、音もなく落下してくる。その軌道《きどう》は、やっと散り始めたばかりのプロミネンスの主力チームを正確に捉《とら》えている。

「シド！」

美早《ミハヤ》が叫ぶと、背中のサルティシドが「あいさ！」と右手を伸ばした。掌《てのひら》から発射された糸が、落下してくる球体の一つに見事命中。即座に糸を引っ張りつつ球体を振り回し、前方の森へと放り捨てる。

だが、もう一つの球体はどうにもできない。サルティシドの糸は連射できないし、美早の爪《つめ》も牙《きば》も届かない。味方が回避《かいひ》してくれることを祈りつつ、空中ですれ違う。

要塞拠点のすぐ近くに着地し、振り向くのと同時に、赤い球体が地面に落下した。

爆発《ばくはつ》――は起きなかった。代わりに、毒々しいまでに赤い煙が瞬時に広がり、草原の一角を覆《おお》い尽くす。チリ・パウダーの必殺技、《レッドホット・グレネード》だ。死ぬほど辛《カラ》い粉の詰まった手榴弾《しゅりゅうだん》を投げ、その煙に巻き込まれたアバターの視覚と会話を阻害すると同時にダメージを与える。

阻害効果《デバフ》がくっついているぶん単純な爆発攻撃よりも恐ろしい技だが、いかんせん手榴弾なので、射程距離《きょり》が短い。そのわりに効果範囲《はんい》が広いので、投げたら本人も全力で退避しないと巻き込まれてしまう。しかもチリ・パウダー当人の防御力は低めなので、護衛つきで敵に接近し、手榴弾を投げたら護衛ともども一目散に逃げねばならない。

しかし、上空から不意打ちで投下、いや爆撃《ばくげき》すればその制限は回避できるわけだ。敵ながら見事な作戦——ではあるが、しかし、この戦い方は……。

……いや、いまは集中！

眼前の戦場から逸《そ》れそうになった思考をすぐに立て直し、美早は指示した。

「シド、後ろから来る敵主力を牽制《けんせい》」

「らじゃっ！」

背中からサルティシドが飛び降りるやいなや、美早は再びダッシュした。目指すは、ベリリウム・コイルの着地点。行く手の左側では、ようやく風に吹き散らされ始めた赤い煙の中から四人の味方が飛び出してくる。全員、体力ゲージを一割弱減らしているが、グレネードの着弾直前に散開していたせいでどうにか直撃は免《まぬが》れたようだ。

「ロブとシモンは拠点《きよてん》の占領！　モス、アコンはシドと合流して敵主力と交戦！」

走りながら矢継ぎ早に指示すると、薄《うす》れてはいるがいまだ消えない煙に躊躇《ためら》わず突入。直前に眼を閉じ、視覚デバフを防ぐ。全身に付着する微粒子によって体力ゲージが減少するが、ひりひりする熱感ごと無視する。すぐに煙を抜け、眼を見開くと同時に森に再突入。梢《こずえ》の向こうに、銀色の反射光を捕捉《ほそく》——。

あれほどの高さからのランディングには、いかにバネの緩衝《かんしょう》効果があろうとも神経を使うはずだ。その隙《すき》を狙《ねら》う。森のハンターたる豹《ひょう》の本領を発揮し、美早《ミハヤ》は静かに、しなやかに走る。

がさっ！　と上空で枝が鳴った。

背を向けて降下してくるのは、間違いなくレギオン《ヘリックス》の頭首、ベリリウム・コイルだ。視界を確保するためだろう、先刻は体の前にぶら下げていたチリ・パウダーを右脇《みぎわき》に抱えている。

美早は大きく一歩、二歩と駆け、三歩目で跳んだ。

思い切りあぎとを開いた瞬間《しゅんかん》、何かを感じたのか、青灰色の装甲に覆《おお》われた背中が緊張《きんちょう》した。しかし振り向く余裕はない。美早は空中でベリリウム――ではなくチリ・パウダーの右足に咬《か》み付き、そのまま腕から奪《うば》い取ると、前方に抜けた。

「アウチッ！　ナニなになに⁉」

甲高《かんだか》い声で喚《わめ》くチリの右足を、空中で一度解放し、改めて首筋に深々と牙《きば》を埋《うず》める。喚き声が悲鳴に変わるが、もちろん聞く耳は持たない。鋭《するど》い牙がオレンジレッドの装甲を突き破り、アバター素体まで到達すると、先の煙で減った美早の体力ゲージが回復し始める。アビリティ《奪活咬《バイタル・バイト》》の効果だ。

真っ赤なダメージ・エフェクトを鮮血のように迸《ほとばし》らせながら着地し、すぐさま振り向く。十メートルほど離《はな》れた場所で、ちょうどベリリウムもランディングを決めたところだった。

予想通り、以前戦った時とは少し姿が異なっている。追加されたのは、両足のすね部分に内蔵された大きなバネだ。それをいっぱいに縮めて着地の衝撃《しょうげき》を吸収、反動で少しだけ飛び上がってから再び地面に降り立つ。車やバイクのサスペンションと同様に、バネの戻りを制御するショックアブソーバー機構も内蔵されているようだ。

「ヘルプ！　リーダー、へるぅ～～～ぷ!!」

首筋をがっちり咥《くわ》えられたチリ・パウダーが手足を振り回しながら叫ぶと、ベリリウムは一瞬反応しかけたが、すぐに動きを止めた。美早があえて咬む力を緩《ゆる》め、とどめを刺さずにいることを見抜いたのだろう。《奪活咬》の効果を維持したままベリリウムと戦えば、こちらだけ体力ゲージが回復し続けるという、牙が使えない制限を補って余りあるアドバンテージを得られるはずだったが、どうやら頭脳派の看板に偽《いつわ》りはないらしい。

「チリ、わりぃ。カタキは取ってやっから許せ」

両手の拳《こぶし》を構えながらベリリウムが言うと、チリ・パウダーは悲鳴を呑《の》み込み、腹をくくったように答えた。

「……ゼッタイだかんな！　後は任せたぜ、リーダー！」

こんなやり取りを聞かせられれば、いつまでも猫の子のように口にぶら下げておくわけにもいかない。美早はひと思いにチリの首筋を咬み砕《くだ》き、体力ゲージをゼロにした。アバターの消《しょう》滅《めつ》エフェクトに包まれながら、ベリリウム・コイルをひたと凝視《ぎょうし》する。

少し離《はな》れた要塞拠点付近では、仲間たちがヘリックス・チームの主力部隊と交戦しているはずだ。五対四の状況とはいえ、必ずしも戦力計算どおりの結果にはならないのがブレイン・バーストというゲームである。一刻も早くベリリウムを倒《たお》し、中央に駆けねばならないが、美早《ミハヤ》には戦う前にどうしても確認しておきたいことがあった。

「……さっきの作戦、あなたのオリジナル？」

低い声でそう問いかけると、ベリリウムはひょいっと肩をすくめた。次いで、逆三角形のゴーグルが左右に振られる。

「悪ぃが違う。昔ああいう作戦で大暴れしたヤツがいたっつう話聞いてさ。上空からの遠距離《えんきょり》型範囲《はんい》攻撃《こうげき》、考えてみりゃ最強コンボだよな。ハマれば一発で勝利確定だと思ったけどな……」

そこで一度口を閉じ、何かに気付いたように頷《うなず》いてから続ける。

「そっか。さっきアンタが味方に回避《かいひ》指示できたのは、あの作戦を考えたヤツを知ってるからかよ」

問い返され、美早はそっと頷いた。

「知ってる。何度も戦ったから」

普通、《親》バーストリンカーがレギオンに所属している場合、《子》もそこのメンバーになる場合がほとんどだ。

しかし、美早の場合はそれが難しかった。バーストリンカーとなった四年前の時点では、親の氷見《ヒミ》あきら——アクア・カレントは、黒の王ブラック・ロータス率いる《ネガ・ネビュラス》に所属していたのだが、当時の本拠地《ほんきょち》は現在の杉並《すぎなみ》ではなく渋谷《しぶや》エリアだったのだ。美早の暮らす練馬《ねりま》からはかなり遠いし、レギオンに参加する最大のメリットである《領土内での乱入拒否権》も得られない。

そう教えられて途惑《とまど》う美早に、あきらはあっさりと言った。

『練馬を領土にしてる赤のレギオンに入ればいいの』

でもそうすると、将来的にはあきらと美早が戦わなければならなくなることも有り得るのでは、と問うと、赤いフレームの眼鏡をかけた従妹《いとこ》はそれがどうしたのかと言わんがばかりに頷いた。

『その時は、お互い思いきり戦うだけ。きっと、それも楽しいの』

一つ年下のあきらの助言に従い、美早は赤の王レッド・ライダーのレギオン《プロミネンス》に加わった。正確には、無所属のまま戦い方を学んでいる段階で、向こうからスカウトされたのだが。

四年前にはまだ大レギオン間の相互不可侵条約は存在しなかったので、あきらの所属するネガ・ネビュラスと、美早の所属するプロミネンスは、渋谷と練馬の間にある杉並エリアの支配権を巡って盛んに領土戦争を繰《く》り広げていた。

順調に経験を積み、レベル4に到達した美早《ミハヤ》は、ある日ついに領土戦への参加を指示された。八人チームの一員として杉並《すぎなみ》第二エリアを攻撃《こうげき》したのだが、敵チームにアクア・カレントの名はなかった。

残念なような、ほっとするような気持ちを味わっていたのも束《つか》の間《ま》――。後方の拠点《きよてん》防衛を命じられた美早は、ふと見上げたフィールドの空にそれを見た。煉獄《れんごく》ステージの黒雲を切り裂《さ》いて飛翔《ひしょう》する、空色のデュエルアバターを。

凄《すさ》まじいスピードだった。当時の美早の最高走行速度、時速百キロメートルの三倍……いや四倍は出ていただろう。空の果てからあっという間に拠点の真上まで到達したそのアバターは、両手に小さな薄紅色《うすべにいろ》のアバターを抱《だ》きかかえていた。そのアバターが両手で大きな弓を引き、一本の火矢が放たれた――と思った直後、その矢は無数に分裂《ぶんれつ》し、プロミチーム四人の頭上に降り注いだ。

まさしく炎の雨というべき猛攻撃《もうこうげき》を懸命《けんめい》にかいくぐった美早は、超高速で北に飛び去る空色のアバターを追いかけた。もう一度同じ攻撃をさせてはならないという考えも少しはあったが、無我夢中で追ってしまったというほうが正しいだろう。

幸い、そのアバターは広い環七《かんなな》道路に沿って飛んでいたので、ビーストモードの全力走行でどうにか追随《ついずい》できた。背中に装着された大型ブースターの噴射炎が弱まり、ネガ・ネビュラスの二人は道路に面したビルの屋上に着地した。美早は歩道橋に駆け上ると近くの建物に飛び移り、ジャンプを繰り返して二人のいる高さまで辿《たど》り着いた。

　美早の接近にいち早く気付いた薄紅色の遠隔《えんかく》型アバターが、さっと仲間の後ろに隠《かく》れた。

　ふわりと振り向いた空色のアバターをひと目見て、美早は胸を衝《つ》かれるような感覚を味わった。流体金属のように煌《きら》めきながら揺《ゆ》れるロングヘアと、たおやかなラインの女性型《F》ボディという、ブラッド・レパードとは対照的な優美極《きわ》まる外見にもかかわらず、そのアバターが自分とよく似た渇望《かつぼう》を表象していることを強く感じたのだ。

　一瞬《いっしゅん》の放心から立ち直り、豹《ひょう》の体を低く伏せて戦闘《せんとう》態勢を取る美早に向かって、空色のアバターはにこりと微笑《ほほえ》みかけた。

『素晴らしいスピードね。フォルムも、とても綺麗《きれい》。名前は？』

『……ブラッド・レパード』

　美早が短く答えると、彼女はひとつ頷《うなず》き、自分も名乗った。

『憶《おぼ》えておくわ。私はスカイ・レイカー。そしてこの子はアーダー・メイデン』

　それが、当時すでに《ＩＣＢＭ》と呼ばれて恐れられていたネガ・ネビュラスのサブリーダー、スカイ・レイカーと、まだほとんど新人だったにもかかわらずレイカーとコンビを組んで大きな戦果を上げていた《緋色弾頭《テスタロッサ》》アーダー・メイデンとの出会いだった。

　美早はレイカーと戦い、舞うように美しい掌打《しょうだ》の三連撃《さんれんげき》を浴びて手も足も出ず散った。

　あれから、もう四年近くが経《た》つ。美早が永遠の目標にしてライバルと定めたスカイ・レイカーは、二年半前にいちど加速世界から姿を消し、二ヶ月前に新生ネガ・ネビュラスのメンバーとして復帰した。

いまでは、ネガ・ネビュラスだけでなく、プロミネンスも代替わりしている。両レギオンは無期限停戦条約を結んでいるので、まだスカイ・レイカーと直接対戦する機会は得られていない。しかし、もうすぐその時がくることを美早《ミハヤ》は予感している。加速世界を覆《おお》う暗雲が払われ、レイカーと同様に半引退状態にあるアクア・カレントも帰還《きかん》したその時こそ、《親》と《好敵手》にいまの自分の全《すべ》てを見てもらうのだ。研《と》ぎ上げた牙《きば》の鋭《するど》さと、磨《みが》き抜いたスピードの切れ味を。

──だが、よもやレイカーと戦う前に、他のバーストリンカーによるコピー戦法を見ることになるとは思っていなかった。

ベリリウム・コイルの研究熱心さを褒《ほ》めるべきか、先達《せんだつ》の模倣《もほう》を躊躇《ためら》わない厚顔さに怒《いか》るべきかと半秒ほど迷ってから、美早は無表情に言った。

「残念だけど、オリジナルのほうが三倍痛くて五倍速い」

「ま、そうだろな」

細身のメタルカラーも平然と頷《うなず》くと、ゆるりと両腕を構えた。

「でも、あんたとのレベル差はたった一つだ。今日こそタイマンで勝たせて貰《もら》うぜ。……お互い仲間を待たせてる身だし、そろそろ始めっか」

「K《OK》」

短く答え、美早もすっと上体を沈める。

原始林ステージ最大の特徴は、無制限中立フィールドの《エネミー》なみに強力な大型生物が棲息《せいそく》していて、刺激すると攻撃《こうげき》してくることだが、中央拠点《きょてん》の周囲一キロ以内に連中の姿がないことは偵察中に確認している。それ以外は特に面倒《めんどう》な阻害《そがい》効果はないので、ここからは純《じゅん》粋《すい》に互いの技倆《ぎりょう》だけで決まる勝負だ。

戦闘《せんとう》前に、無為《むい》な睨《にら》み合いを続けるのは好きではない。一思いに飛びかかろうとした、その瞬間《しゅんかん》に気付く。ベリリウム・コイルの身長が、最初に対峙《たいじ》した時よりも少し縮んでいるように思える。理由は――両脚に内蔵されたスプリングが、きりきりとかすかな音を立てて今も縮んでいるからだ。

前に飛び出しつつある体を無理やり右に捻《ひね》り、美早はジャンプの軌道《きどう》を変えた。まったく同時に、ベリリウムの両脚がびんっ！と鳴り、青灰色のアバターはほぼノーモーションで突進してきた。踏《ふ》み込み、地面を蹴《け》る代わりに、バネの反発力を利用したのだ。

「リャアッ！」

左腕が、これもコンパクトな構えから突き出される。メタルカラーの拳《こぶし》による打撃をカウンターで喰《く》らえば、赤系にしては高い防御力を持つ美早とてかなりのダメージを受ける。

だが、ビーストモード時は体高が一メートル以下しかないブラッド・レパードにパンチを当てるのは至難《しなん》の業《わざ》だ。ベリリウムは腕をアッパー気味に振って軌道《きどう》を下げてきているが、美早《ミハヤ》は更《さら》にその下に体を滑《すべ》り込ませ、回避《かいひ》——

ビィンッ！　と再び空気が震《ふる》えた。銀色の光が美早の視界に閃《ひらめ》く。ベリリウムの腕に内蔵されていた大型ナイフが、バネの力で瞬時《しゅんじ》に飛び出したのだ。アビリティ《ジャックナイフ》。

この技の存在を失念していたわけではもちろんない。しかし、ナイフが収納状態から百八十度回転する動きをも攻撃《こうげき》に組み込んでくるとは予想していなかった。回転の途中で、長さ四十センチのブレードは、ほんの一瞬だが腕から垂直に立ち上がる形となる。ベリリウムは、その一瞬を、美早の回避モーションに見事合わせてきたのだ。

——お見事。

脳内で呟《つぶや》き、美早は更に頭を右に捻《ひね》った。

もし人型《ノーマルモード》だったら、ナイフブレードを回避または防御する手段はなく、顔面に大ダメージを負っていただろう。即死はしなくとも、アイレンズの片方を失って視界を半減させられていたかもしれない。

だが獣型《ビーストモード》に変身している今、美早には四肢《しし》の爪《つめ》を上回る強力な武器がある。しかも、ナイフが狙《ねら》っている頭部に。四本の、硬く鋭《するど》い牙《きば》。

もちろん、タイミングがほんの一ミリ秒遅《おそ》くても早くても、迎撃に失敗して大きなダメージを受けるだろう。だが美早は、走ることだけが速さではないことをすでに知っている。刹那《せつな》の世界にだけ存在する《スピードの戦い》もある。

二ヶ月前、高校生になったばかりのある日、美早は思いがけないバーストリンカーとタッグを組んで戦うことになった。場所は、秋葉原《あきはばら》エリアに存在する対戦者の聖地《アキハバラ・バトル・グラウンド》。敵は、マッチングリストを遮断《しゃだん》するというルール無視の力を持つ《ラスト・ジグソー》。そしてパートナーは、新生ネガ・ネビュラスのメンバーにして加速世界唯一《ゆいいつ》の完全飛行型アバター、《シルバー・クロウ》。

最初は少々頼《たよ》りない印象を受けたが、いざ実戦となると、クロウはバーストリンカーになって半年とは思えない対戦勘《かん》を発揮した。

敵のラスト・ジグソーは、高速回転する糸鋸《いとのこぎり》のリングを投射するという厄介《やっかい》な遠隔《えんかく》攻撃技を持っていて、美早にもそれを防御する手段はなかった。ジグソーに飛びかかる寸前、不可避のタイミングで回転鋸を投げつけられ、美早はその対処を背中に乗せたクロウに指示した。

本当は、腕を一本犠牲《ぎせい》にして防いでくれれば上出来、と思っていたのだ。

しかしクロウは、リングの内側には鋸歯《きょし》が存在しないことを見抜き、超高速で飛来する回転鋸を輪投げの要領で指に引っ掛けて、無傷で受け止めてみせた。タイミングが一瞬でも狂えば、指か首のどちらか、または両方が飛んでいたはずだ。

あの時美早《ミハヤ》は、アバターの動作だけでなく《感覚のスピード》を競う戦いもあるのだと、三年以上も後輩のシルバー・クロウに教えられた。

以来、対戦する時は常に、感覚の加速……つまり見切りの力を磨《みが》く練習をしてきた。不思議なもので、刹那《せつな》の感覚が鋭《するど》くなるほどに、現実世界でケーキをデコレーションする時の迷いや躊躇《ためら》いも消えるようだった。《苺《いちご》のラビリンス》の仕上げを伯母《おば》に褒《ほ》めて貰《もら》えたのも、きっとそのお陰だろう。

いまこそ、二つ年下の、頑張り屋の少年に教わったことを加速世界の戦いに活《い》かす時だ。

最小限開いた口に、視覚でも聴覚《ちょうかく》でもない感覚でナイフの接近を感じた瞬間《しゅんかん》、美早は思い切り牙《きば》を嚙《か》み合わせた。

バキイィィン！　と強烈《きょうれつ》な金属音が響《ひび》き、ブレードの破片が顔の左右にきらきらと散った。豹《ひょう》の強く鋭い牙が、狙《ねら》い違《たが》わずナイフの側面を捉《とら》え、嚙み砕《くだ》いたのだ。

「んがっ……」

ベリリウム・コイルの口から驚愕《きょうがく》の声が漏《も》れる。左アッパーが空振りし、わずかに体勢が崩れた瞬間、美早は長い尻尾《しっぽ》を鋭く振った。先端がベリリウムの左脚を引っ掛け、更《さら》にバランスを狂わせる。

すれ違い、着地するや否《いな》や、美早は大きく前方に跳んだ。正面の木の幹を足場にして、後方に宙返りジャンプ。

逆さまになった視界に、倒《たお》れ込むベリリウムが見えた。両脚のバネは再び圧縮されつつあり、もう一度《スプリング・ダッシュ》で距離《きょり》を取るつもりだろうが、そうはさせない。

ぐるうっ！　と喉《のど》から野獣《やじゅう》の咆哮《ほうこう》を迸《ほとばし》らせ、美早は両前脚でベリリウムの背中を押し倒すと、無防備な首筋に深々と噛み付いた。牙が火花をまき散らしつつ金属装甲を穿《うが》ち、アバター素体をも貫《つらぬ》く。

「いっつ……こ、このっ……」

ベリリウムは右手の飛び出しナイフを展開すると、それで背後の美早を攻撃しようとした。しかしその寸前、美早は咥《くわ》えたデュエルアバターを思い切り振り回す。いっそう深く牙が埋《う》まると同時に、ナイフの軌道《きどう》も逸《そ》れる。

中型以下の近接型アバターであれば、ブラッド・レパードに後ろから首に噛み付かれた場合、その状況から逃れる手段は無いに等しい。あたかも、野生の豹に仕留められた獲物のように。

美早は、ベリリウム・コイルをぶら下げたまま、東へと走り始めた。

「ちっくしょ、ネコの子じゃねーぞ！」

《ヘリックス》のリーダーは喚《わめ》きながら手足をバタつかせるが、かすり傷以上のダメージは与えられない。懸命《けんめい》に削《けず》った美早の体力ゲージも、即座に《奪活咬《バイタル・バイト》》の効果で回復してしまう。

いっぽう、急所を四本の牙で穿たれたベリリウムの体力ゲージはみるみる減少していき――

森から草原地帯に飛び出した直後、ゼロになった。

「見てろよ、次は……」

という台詞《せりふ》を最後まで言えずに、無数の破片となって消滅《しょうめつ》したベリリウム・コイルに向けて、美早《ミハヤ》は呟《つぶや》いた。

「次はもうひと工夫してきて。GG《グッドゲーム》」

言ってから、その挨拶《あいさつ》は少し早かったと思い直す。視線の先、要塞拠点の周辺ではプロミネンスの五人とヘリックスの四人がいまだ激戦を繰《く》り広げている。チリ・パウダーに続いてリーダーのベリリウムも退場し、ゲージ残量でも押されているが、敵はまだまだ勝負を投げるつもりはないようだ。

ならば、こちらも全力で相手をするまで。

仲間たちを鼓舞《こぶ》するためにひと声吼《ほ》えてから、美早はフルスピードで緑の草原を駆けた。

4

六月第五週の領土戦争が全《すべ》て終了し、《パティスリー・ラ・プラージュ》一階奥の専用室に帰還《きかん》した美早は、胸に溜《た》まっていた空気をゆっくりと吐《は》き出した。

加速対戦中も、生身の体はもちろん呼吸している。領土戦をフルに戦えば現実時間では一・八秒が経過するので、《バーストリンク》コマンドの発声とともに排気した肺が、次に空気を吸い終えたあたりで覚醒《かくせい》することになる。

新米《ニュービー》の頃《ころ》は、現実世界に戻った直後に、息を吐く前に思い切り吸おうとして咳《せ》き込んでしまうことも多々あった。《親》のあきらは、対戦の間じゅう走りっぱなしだからだと呆《あき》れ顔で言ったが、それももう昔のこと。

あきらとは、もう三年近くにわたって対戦も共闘《きょうとう》もしていない。かつての、渋谷《しぶや》を本拠《ほんきょ》としていたネガ・ネビュラスの崩壊《ほうかい》……いやその前夜の、黒の王ブラック・ロータスによる赤の王レッド・ライダーの全損事件を境に、たくさんのものが変わってしまった。

《純色の七王》の一人として絶対的信頼《しんらい》を寄せられていたレギオンマスターが突如《とつじょ》加速世界から退場するという異常事態に、プロミネンスは大混乱に陥《おちい》った。システム的なマスター権限は当時のサブマスターに自動委譲《いじょう》されたものの、メンバーの約半数が、彼がそのまま二代目の頭首となることを受け入れようとしなかったのだ。

まとまりを欠くまま次の領土戦を迎え、プロミネンスは惨敗《ざんぱい》を喫《きっ》した。他の王のレギオンはどこも攻めてこなかったのに、人数でも平均レベルでもゆうに優《まさ》る中小レギオン相手に次々と星を落としたのだ。一夜にして領土は半減し、脱退宣言するメンバーも少なからず出た。激昂《げっこう》した暫定《ざんてい》マスターが、とうとう脱退者の一人に対して《断罪の一撃《ジャッジメント・ブロー》》を行使するに至り、プロミネンスの分裂《ぶんれつ》は決定的となった。

一年と少しのあいだ所属したレギオンの崩壊劇《ほうかいげき》を、美早《ミハヤ》は少し外側から空《むな》しい気分で見守った。

赤の王レッド・ライダーのことは、ほとんど喋《しゃべ》ったこともなかったにせよ、強く公正なマスターとして信頼《しんらい》していたし、彼の下で戦うことにまったく不満はなかったが、しかし古参メンバーのように心酔《しんすい》するまでには至らなかった。

だから彼の退場に関しても、戦いに敗れた結果なのだと冷静に受け止めていた。それに、たとえバーストリンカーとして死んでも、当然ながら現実世界の命までは奪《うば》われない。美早の父親のように、二度とバイクにも乗れないし好きなコーヒーも飲めないというわけではないのだ。

そんなふうに考えてしまう自分は、たぶん情が薄《うす》いのだろうと美早は思った。プロミネンスには所属したままだったが、新しいマスターはあまり好きになれなかったし、このままならいずれ自分も脱退するかもしれないとさえ予感していた。

それが変わったのは、戦国時代の様相を呈してきた練馬《ねりま》エリアで、必死に自分と数人の仲間を守ろうとしている新米リンカーを見た時だった。

まだまだレベルも低く、戦い方は粗削《あらけず》りのひと言だったが、気迫《きはく》だけはステージ全体を焼き焦《こ》がす炎のように熱かった。この混乱を生き延びれば、きっとあの子は強くなる。そう感じた美早は、自分でも不思議だったが、自《みずか》ら彼女のチームへの合流を申し出た。

直感は正しかったが、よもやその小柄な少女型アバターが、《強くなる》どころか、わずか一年でレベル8の壁を突破して二代目赤の王の座に就《つ》こうとは、当時は思いもしなかった……。

「……ヒトの顔見て、なに笑ってんだよパド」

正面に座る赤毛の少女、赤の王スカーレット・レインこと上月由仁子《コウヅキユニコ》がきゅっと唇《くちびる》を尖《とが》らせるので、美早は素早くかぶりを振った。

「ニコを見て笑ったわけじゃない」

「へえ？　なら《ヘリックス》に勝って会心のスマイルか？」

「……そういうわけでもない」

「なら何なんだよ。……べつに、言いたくなきゃ言わないでいいけど」

子供のように——実際まだ小学六年生なのだが——すねた顔でソファに背中を預けるニコに、美早は少し考えてから答えた。

「対戦の間に、色々思い出したせい。ずっと昔のこと」

「ふうん………」

ニコは軽く首を捻《ひね》ったが、すぐに頷《うなず》き、自分も微笑《ほほえ》みながら言った。

「そっか。思い出して笑顔になれる思い出って、いいよな」

「………」

今度は美早《ミハヤ》が、思わず問いかけるような視線を向けてしまう。するとニコは美早の内心を読んだかのように、微笑を苦笑に変えた。

「ンな顔すんなよ、あたしにもそういう思い出くらいあるんだよ。パドがいちばん最初に声かけてきた時のセリフとかな」

「それは忘れていい」

「やーだねっ、永久保存済み！」

あははっと笑い、ニコは表情をレギオンマスターらしく改めると、口調も少し変えて言った。

「ともあれ、今週も防衛お疲れ様。ヘリックス戦はどんな感じだったんだ？」

「リーダーもメンバーも着実に強くなってる。それに、研究熱心」

「そうか……。──こっちは例のISSキット騒《さわ》ぎでゴタついてるからなぁ、来週はちっと気い引き締《し》めていかないと危ないかもな。今日は参加人数もなんか少なめだったし」

「その話だけど」

美早も真剣な表情を作ると、じっとニコを見ながら言った。

「今日の土壇場《どたんば》不参加メンバーについて、少し問題が」

「ん？　なんだ？」

「全員じゃないけど、たぶん三人、指示を無視して他のレギオンに攻め込んだ」

途端《とたん》、ニコの両眼がすっと細められる。

「……誰《だれ》だ？　それと、どこにだ？」

「《ブレイズ・ハート》と、他二名。侵攻先は……杉並《すぎなみ》の、ネガ・ネビュラス」

「な……ンだとぉ⁉」

勢いよく立ち上がり、テーブルの端《はし》にすねをぶつけて、あたっ！　と悲鳴を漏《も》らしつつ再びソファに倒《たお》れ込む。目尻《めじり》に涙を浮かべながらも厳しい表情は崩《くず》さず、ニコは言った。

「そりゃ休戦協定破りじゃねーか！　なんでまた――……って、ああ、そうか……昨日の、あの一件か……」

美早は頷いて同意を示した。

「多分、黒の王に直接確認に行ったんだと思う。ブレイズは、先代プロミネンスからの継続メンバーだから」

「…………うぅーん、そりゃ気持ちは解《わか》らなくもねーけどさぁ、昨日無制限フィールドでチョッカイ出してきたアイツは多分、いや八割がたロータスのパチモンだぜ。だから情報集めるまで待てっつったのに……」

「攻めてしまったものは仕方がない。多分、いえ八割がた撃退《げきたい》されただろうけど」

「九割がた、だな。つうかもし黒いのいるチームに勝ったんならむしろ褒《ほ》めてやりてーくらいのモンだけどな」

頭首の呑気《のんき》な台詞《せりふ》につい苦笑してしまってから、美早《ミハヤ》は咳払《せきばら》いして話題を戻した。

「勝っても負けても、協定破りについて筋を通しておく必要はある。私がこれから杉並《すぎなみ》まで行って、黒の王に直接謝罪を……」

「ん、ん〜、ちょい待った」

ぴしっと右手を上げて美早の言葉を遮《さえぎ》ったニコは、一秒ほど視線を天井《てんじょう》に向けてから、口許《くちもと》をにんまりさせた。《いいこと思いついちゃった》の顔だ。

「……ソレ、あたしが行ってくるよ」

「………」

「ほら、こういうのはリーダーが自《みずか》ら出向いたほうが重みが増すってモンだろ」

「………」

「それに、どうせ明日はあいつらんとこのガッコの文化祭に乗り込む予定だったじゃん？　ついでについで！」

「………明日のついでを今日済ませるつもり？」

美早がほんの少し上目遣いになって訊《たず》ねると、赤の王は悪びれずにニシシシと笑った。

「今夜はあいつん家《ち》に泊まっから、明日の朝迎えにきてくれ。パドのぶんの文化祭チケットもばっちりゲットしとくぜ！」

「……………よろしく」

日頃《ひごろ》のニコはどちらかと言えば慎重《しんちょう》派なのだが、ことネガ・ネビュラス絡《がら》みだとやけに行動的になるのは今に始まったことではない。美早が色々呑《の》み込んで頷《うなず》くと、ニコは勢いよくソファから飛び降り、さっそく杉並に向かうつもりか床からランドセルを持ち上げた。

「荷物は預かっておくから、明日の帰りに回収すればいい」

「お、悪いな。じゃあお言葉に甘えて」

ランドセルをソファに置き、小走りにドアに向かう。ノブに手をかけたが、すぐには開かずに振り向くと──幼き王は、無邪気《むじゃき》さと大人っぽさが等しく存在する笑みを浮かべ、言った。

「パド、来週の《ラビリンス》、楽しみにしてっからな」

「K」

美早の返事に笑顔のまま頷き、ひらりと手を振ると、ニコはドアを開けて出ていった。

足音が消えるまで待ってから、美早も立ち上がった。

バーストリンカーになってから四年。真に仕えるべき主を見出《みいだ》してから、三年。

数え切れないほどの対戦を繰《く》り返し、レベルを上げ、昔とは比べものにならないほど速く走れるようになったが、美早《ミハヤ》はまだ自分のスピードに満足していない。

恐れから逃げ続けるために走る段階は、そろそろ突き抜けねばならない。次のステージに行くために。今よりも速くなるために。そして、大切な人、大切なものを守るために。

右手を持ち上げ、軽く握《にぎ》る。指先に、血液の動きを感じる。とくん、とくん、と一秒に一度のパルス。父親の直接の死因は、心筋症を原因とする突発的な心室頻拍《しんしつひんぱく》だ。脈拍が毎分二百回を超え、燃え尽きるように止まり、二度と動くことはなかった。

特発性拡張型心筋症の発症原因には、わずかながら遺伝的要素も存在する。だから、いつか美早も同じ病気に冒され、心臓に異常をきたす可能性はある。でも、そればかり怖《おそ》れていてはどこにも行けないことを、化身たるブラッド・レパードが教えてくれた。

血を燃やせ。怒濤《どとう》の如《ごと》く全身に巡らせろ。

前だけを見て走り続けるのだ。草原をしなやかに駆ける豹《ひょう》のように。

美早は、右手でニコのランドセルを持ち上げると、しっかりと抱えながら作戦室を出た。


（終わり）

あとがき

アクセル・ワールド18巻『黒の双剣士《そうけんし》』をお読み下さりありがとうございます。

まずは、またしても前巻から八ヶ月お待たせしてしまったことをお詫《わ》びいたします。次巻は以前のペースでお届けできるようがんばりますのでお許し下さい！

さて。この18巻で、ようやく最後の《四元素《エレメンツ》》ことグラファイト・エッジが登場し、第一期ネガ・ネビュラスの幹部がそろい踏《ぶ》みしました。もっとも黒雪姫《クロユキヒメ》や楓子《フウコ》たちは再会にさしたる感慨《かんがい》もないようですが……（笑）。物腰とか立ち位置とか必殺技の名前とか、色々と胡散臭《うさんくさ》いグラフさんですが、貴重な?男性キャラクターですので応援よろしくお願いします！

話は変わりますが、これまでアクセル・ワールドは原則的に主人公ハルユキの三人称単視点で書かれてきました。しかし単視点ということは、《ハルユキが見たり聞いたりしたことしか書けない》ということでもありまして、キャラクターの増加に伴《ともな》って複数のシーンが同時進行する場面も増えてきますとハルユキ視点だけではどうしてもお話が回らず、15巻あたりからは視点キャラクターが追加されています。これまでは黒雪姫、パドさん、マゼンタ・シザーこと小田切累《オダギリルイ》の主観シーンがあったのですが、この巻では更《さら》に四埜宮謡《シノミヤウタイ》と、ショコラ・パペッターこと奈胡志帆子《ナゴシホコ》の主観シーンも追加されました。

書けることが増える、ということは書かなければならないことも増えるわけで、物語を先に進めるためにはあまり視点キャラを増やしたくはないのですが、いっぽうで新しい視点は書いていてなかなか楽しくもあります。とくに志帆子たちプチ・パケ三人組のシーンは、いままでやったことのない日常系コメディーラノベっぽいノリが自分でも新鮮でした（笑）。機会を見つけてまた彼女たちのパートを、もう少し長めにやってみたいと思っております。

物語のほうは、いよいよ（と言うかようやくと言うか……）《帝城《ていじょう》》《加速研究会》という物語の二本柱の決着に向けて進んでいきます。いままで無軌道《むきどう》にバラ撒《ま》きまくってしまった伏線の数々をがんばって回収していくつもりですので、皆様もどうぞお付き合いのほどよろしくお願いいたします！

また、前巻と同様にこの巻にも、テレビアニメ版アクセル・ワールドのBD＆DVDの特典として書き下ろした短編、『紅炎の軌跡《きせき》』が収録されています。許可して下さった関係者様、またアニメ版を応援して下さった皆様に、改めてお礼を申し上げます。

今回初登場のリアル版プチ・パケ三人娘とコバマガ姉妹をとってもかわいく描いて下さったイラストのＨＩＭＡさん、あれやこれやの調整や交通整理に腐心《ふしん》して下さった担当の三木《みき》さんもありがとうございました！　それではまた19巻でお会いしましょう！

二〇一五年四月某日　川原《かわはら》　礫《れき》

SWORD ART ONLINE
「これは、ゲームであっても
— 天才プログラマー・茅場晶彦
「暗黒神より全軍に告ぐ。
あの騎士を、《光の巫女》を無傷で捕らえるのだ。
捕らえた軍には、《人界》全土の支配権を与える」
電撃文庫
ソードアート
最新第16巻は、
電撃文庫にて2015年8月8日発売——!!!
特報!!!
『アクセル・ワールド19』は
2015年冬頃発売予定!!!

◉川原　礫著作リスト

「アクセル・ワールド1―黒雪姫の帰還―」（電撃文庫）
「アクセル・ワールド2―紅の暴風姫―」（同）

「アクセル・ワールド3—夕闇の略奪者—」（同）
「アクセル・ワールド4—蒼空への飛翔—」（同）
「アクセル・ワールド5—星影の浮き橋—」（同）
「アクセル・ワールド6—浄火の神子—」（同）
「アクセル・ワールド7—災禍の鎧—」（同）
「アクセル・ワールド8—運命の連星—」（同）
「アクセル・ワールド9—七千年の祈り—」（同）
「アクセル・ワールド10—Elements—」（同）
「アクセル・ワールド11—超硬の狼—」（同）
「アクセル・ワールド12—赤の紋章—」（同）
「アクセル・ワールド13—水際の号火—」（同）
「アクセル・ワールド14—激光の大天使—」（同）
「アクセル・ワールド15—終わりと始まり—」（同）
「アクセル・ワールド16—白雪姫の微睡—」（同）
「アクセル・ワールド17—星の揺りかご—」（同）
「アクセル・ワールド18—黒の双剣士—」（同）
「ソードアート・オンライン1　アインクラッド」（同）
「ソードアート・オンライン2　アインクラッド」（同）

「ソードアート・オンライン3　フェアリィ・ダンス」（同）
「ソードアート・オンライン4　フェアリィ・ダンス」（同）
「ソードアート・オンライン5　ファントム・バレット」（同）
「ソードアート・オンライン6　ファントム・バレット」（同）
「ソードアート・オンライン7　マザーズ・ロザリオ」（同）
「ソードアート・オンライン8　アーリー・アンド・レイト」（同）
「ソードアート・オンライン9　アリシゼーション・ビギニング」（同）
「ソードアート・オンライン10　アリシゼーション・ランニング」（同）
「ソードアート・オンライン11　アリシゼーション・ターニング」（同）
「ソードアート・オンライン12　アリシゼーション・ライジング」（同）
「ソードアート・オンライン13　アリシゼーション・ディバイディング」（同）
「ソードアート・オンライン14　アリシゼーション・ユナイティング」（同）
「ソードアート・オンライン15　アリシゼーション・インベーディング」（同）
「ソードアート・オンライン　プログレッシブ1」（同）
「ソードアート・オンライン　プログレッシブ2」（同）
「ソードアート・オンライン　プログレッシブ3」（同）
「絶対ナル孤独者《アイソレータ》1　—咀嚼者　The Biter—」（同）
「絶対ナル孤独者《アイソレータ》2　—発火者　The Igniter—」（同）

本書に対するご意見、ご感想をお寄せください。

電撃文庫公式ホームページ 読者アンケートフォーム
http://dengekibunko.dengeki.com/
※メニューの「読者アンケート」よりお進みください。

ファンレターあて先
〒102-8584 東京都千代田区富士見1-8-19
アスキー・メディアワークス電撃文庫編集部
「川原 礫先生」係
「HIMA先生」係

『黒の双剣士』——書き下ろし
『紅炎の軌跡』——アニメ『アクセル・ワールド』Blu-ray&DVD第8巻初回限定版特典(2013年2月)

電撃文庫

アクセル・ワールド18
—黒《くろ》の双剣士《そうけんし》—

川原《かわはら》 礫《れき》

発　行　2015年6月10日　初版発行

発行者　塚田正晃
発行所　株式会社KADOKAWA
〒102-8177　東京都千代田区富士見2-13-3
プロデュース　アスキー・メディアワークス
〒102-8584　東京都千代田区富士見1-8-19
03-5216-8399（編集）
03-3238-1854（営業）
装丁者　荻窪裕司（META＋MANIERA）
印刷・製本　旭印刷株式会社

ISBN978-4-04-865189-9　C0193　Printed in Japan

電撃文庫　http://dengekibunko.dengeki.com/
株式会社 KADOKAWA　http://www.kadokawa.co.jp/

電撃文庫創刊に際して

文庫は、我が国にとどまらず、世界の書籍の流れのなかで〝小さな巨人〟としての地位を築いてきた。古今東西の名著を、廉価で手に入りやすい形で提供してきたからこそ、人は文庫を自分の師として、また青春の想い出として、語りついできたのである。

その源を、文化的にはドイツのレクラム文庫に求めるにせよ、規模の上でイギリスのペンギンブックスに求めるにせよ、いま文庫は知識人の層の多様化に従って、ますますその意義を大きくしていると言ってよい。

文庫出版の意味するものは、激動の現代のみならず将来にわたって、大きくなることはあっても、小さくなることはないだろう。

「電撃文庫」は、そのように多様化した対象に応え、歴史に耐えうる作品を収録するのはもちろん、新しい世紀を迎えるにあたって、既成の枠をこえる新鮮で強烈なアイ・オープナーたりたい。

その特異さ故に、この存在は、かつて文庫がはじめて出版世界に登場したときと、同じ戸惑いを読書人に与えるかもしれない。

しかし、〈Changing Times,Changing Publishing〉時代は変わって、出版も変わる。時を重ねるなかで、精神の糧として、心の一隅を占めるものとして、次なる文化の担い手の若者たちに確かな評価を得られると信じて、ここに「電撃文庫」を出版する。

1993年6月10日
角川歴彦

アニメ
「ソードアート
オンライン」
the PERFECT GUIDE : ANIMATION
SWORD ART ONLINE
ノ全テ
ワールドガイド《World Guide》
《SAO》と《ALO》で描かれた
美麗な美術設定・アートボードの数々を紹介。
ストーリーガイド《Story Guide》
アニメ1期全25話と、TVスペシャル
「Extra Edition」の物語をプレイバック!
キャラクター《Character》
個性的なキャラクターたちの
二つのゲームでのアバターと、リアルでの姿を完全解説。
インタビュー、abecデザイン原案ラフ、等《Etc》
「監督:伊藤智彦」「総作画監督:足立慎吾&川上哲也」
「キリト役:松岡禎丞」インタビューを収録。
またキャラクター原案abecのお蔵出しデザインラフを特別掲載。
◆B5判/192ページ
◆電撃文庫編集部・編
◆カバーイラスト/abec

電撃の単行本